KB010847

서문문고
95

에머슨 수상록

에 머 슨 지음
이 창 배 옮김

차　례

1 자연론 7
서　론 7
자　연 10
편　익 15
미 17
언　어 28
훈　련 40
관 념 론 51
정　령 67
전　망 72
2. 역사론 85
3. 미국의 학자 133
4. 대령론(大靈論) 173
5. 자시론(自恃論) 208
6. 보상론 262

에머슨 수상록

1 자연론

서 론

우리의 시대는 회고적(回顧的)이다. 그것은 조상의 묘지를 쌓는다. 그것은 전기(傳記)를, 역사를, 비평을 쓴다. 전 시대 사람들은 신(神)과 자연을 정면에서 바라보았다. 그러나 우리는 전 시대 사람들의 눈을 통해서 보고 있다.

왜 우리는 우주에 대한 독자적인 관계를 향유해서는 안 되나. 왜 우리는 전통적인 시가(詩歌)나 철학이 아닌 직관(直觀)의 서가와 철학을 갖고, 전 시대 사람들의 종교의 역사가 아닌, 우리에 대한 계시(啓示)에 의한 종교를 가져서는 안 되나.

자연의 생명의 조류(潮流)는 우리를 에워싸고 우리를 꿰뚫고 흘러서, 그것이 준 힘에 의하여 우리를 자연에 순응하도록 행동으로 이끈다. 그러한 자연의 품에 한때 안겨 있으면서, 어째서 우리는 과거의 메마른 뼛속을 모색하고, 혹은 산 시대를 퇴색한 옷장에서 꺼낸 가장 무도회의 무리 속에 집어넣어야 하는가.

태양은 오늘도 빛나고 있다. 들에는 전보다 더 많은 양모(羊毛)와 아마(亞麻)가 있다. 새로운 토지가 있고,

새로운 인간이 있고, 새로운 사상이 있다. 우리는 우리들 자신의 사업과 율법과 예법(禮法)을 요구해야 할 것이다.

의심할 바 없이 우리에게는, 물어서 대답할 수 없는 의문이란 없다. 우리들은 천지창조의 완전함을 어디까지나 믿지 않으면 안 된다. 즉, 만물의 질서가 우리의 마음속에 일으킨 호기심은, 그것이 무엇이었든간에, 반드시 만물의 질서가 만족시킬 수 있는 것이라고까지 믿지 않으면 안 된다. 모든 인간의 경우는, 그가 묻고자 하는 이런 의문에 대한 상형문자로 된 해답이다.

그는 이것을 진리로서 받아들이기 전에, 이것을 생활로서 실행한다. 이와 마찬가지로, 자연은 이미 여러 가지 형태와 경향 속에 자기의 의도를 기술하고 있다. 우리는 자기의 주변에 이렇게 평화롭게 빛나고 있는 이 위대한 환영(幻影)에게 질문해 보자. 자연은 무슨 목적으로 존재하는가를 질문해 보자.

모든 과학은 하나의 목적을 갖고 있다. 즉, 자연의 이치를 캐내자는 것이다. 우리들은 인종(人種)의 이론이나 기능(機能)의 이론을 갖고 있다. 그러나 창조의 관념에 도달하기에는 까마득하다. 우리는 지금 진리에 도달하는 길에서 아주 멀리 떨어져 있다. 종교가가 서로 논쟁하고 증오하고, 사색가(思索家)들이 불건전하고 경박할 지경이다.

그러나 건전한 판단력에 있어서는 가장 추상적인 진리가 가장 실제적인 진리이다. 참된 이론이 나타날 때 언제나, 그 이론은 그 자체의 증거가 될 것이다. 그 이론이 모든 현상을 설명한다는 것, 그것이 그 이론의 진위(眞僞)를 가늠하는 시금석(試金石)이다. 오늘날 많은 사물은 다만 설명되어 있지 않다고 생각될 뿐만 아니라, 설명이 불가능하다고 생각된다. 예를 들면 언어·수면(睡眠)·광기(狂氣)·꿈·짐승·성(性) 같은 것이 그것이다.

철학적으로 고찰하면, 우주는 자연과 영(靈)으로써 이루어져 있다. 그러므로 엄밀히 말하면, 우리와 떨어져서 존재하는 모든 것, 철학이 비아(非我)라고 하여 구별하는 모든 것, 즉 자연과 인공 모두, 그리고 타인과 자신의 육체까지도 이 자연이라는 명칭하에 분류되지 않으면 안 된다.

자연의 가치를 열거하여 그 총체를 계산하는 데 있어, 나는 이 자연이란 말을 두 가지 뜻으로—일반적인 뜻과 철학적인 뜻으로—사용할 것이다. 우리의 당면 문제와 같은 일반적인 문제에 있어서는, 어의(語義)의 부정확은 중요한 문제가 아니다. 하등 사상의 혼돈을 일으키지 않을 것이다. 자연이란 일반적인 뜻으로는, 인간에 의하여 변혁되지 않은 본질을 가리킨다. 공간·공기·하천·나뭇잎 등이 그것이다.

인공이란, 같은 물건에 인간의 의지가 혼합된 것을 말할 때 쓰이는 말이다. 예를 들면 가옥·운하·조상(彫像)·미술품에 있어서와 같은 것이다.

그러나 인간의 작업 같은 것 전체를 합해서도 극히

미미한 것이어서 조금 깎거나 굽거나〔燒〕, 꿰매거나, 씻거나 하는 것에 불과하여, 세계가 사람의 마음에 주는 것과 같은 위대한 감명에 있어서는, 도저히 인간의 작업이 그 감명의 결과를 좌우하지는 못한다.

자 연

고독에 들어가고자 하는, 사람은 사회에서 물러나는 동시에 자기 방에서도 물러날 필요가 있다. 비록 아무도 나와 함께 있는 자가 없어도, 읽고 쓰고 하는 동안은 나는 고독하지 않다.

그러나 만일 누군가 고독하고 싶다면 그에게 별을 바라보게 하라. 그 수많은 천체에서 오는 빛은, 그와 그가 접촉하고 있는 세계를 분리시킬 것이다. 사람은 대기(大氣)가 이런 의도로써 투명하게 되었다고 생각해도 좋다. 즉 저 수많은 천체를 빌려 숭고미(崇高美)의 영구한 실재를 인간에게 주고자 함이라고. 도시의 거리에서서 바라볼 때, 천체는 얼마나 위대한가.

만일 별이 하룻밤밖에 나타나지 않는다면, 인간은 얼마나 별을 신앙하고 숭배하였을까. 이리하여 이렇게 나타난 신의 도시의 기억을 몇 대에 걸쳐서 전했을 것이다. 그러나 이러한 미(美)의 사절(使節)은 저녁마다 나타나 무엇인가 설교할 듯한 미소로써 우주를 비추고 있다.

별은 일종의 경건한 생각을 불러일으킨다. 그것은 그것이 항상 존재하지만 거기에 도달할 수 없기 때문이다. 그러나 자연계의 일체의 것은 마음을 열고 그 감화를 받고자 할 때에 유사한 감명을 주는 것이다.

자연은 결코 미천한 외모를 보이는 일이 없다. 가장 현명한 사람도 자연의 깊은 비밀을 빼앗을 수 없고, 자연을 모두 캐낸다 해서 그 호기심을 잃는 일이 없다. 자연이 현자(賢者)의 장난감이 된 일은 한 번도 없다. 꽃이나 동물이나 산악이 현자의 유년시대의 천진난만한 마음을 즐겁게 한 것과 마찬가지로, 그의 원숙기의 지혜를 반영하였다.

자연에 대하여 이렇게 말할 때, 우리는 마음속에 하나의 명확한, 그러나 가장 시적(詩的)인 느낌을 갖는다. 그렇게 말하는 것은, 다양다기한 자연물에서 얻는 인상이 완전하다는 것을 말한다. 이렇게 인상이 완전하기 때문에, 목재부(木材夫)의 재목과 시인의 나무 사이에 구별이 생기는 것이다.

내가 오늘 아침 본 매혹적인 풍경은, 분명히 스물 혹은 서른 가량의 농지로써 이루어졌다. 밀러는 이쪽 밭을 소유하고, 로크는 저쪽 밭을 소유하고, 매닝은 저 건너 숲을 소유하고 있다.

그러나 그 중 누구도 이 풍경을 소유하는 자는 없다. 지평선 안에는, 부분 부분을 결합하여 이것을 전체로서 볼 수 있는 눈을 가진 자, 즉 시인을 제외하고는 아무도 소유하고 있지 않는 재산이 있다. 이것이야말로 이들 세 사람의 농지 중에서 가장 좋은 부분이다. 그러나 그들의 소유 증서는 이 재산에 대해서는 아무런 권리도 부여하지 않는다.

정확히 말하면, 어른으로서 자연을 볼 수 있는 자는 적다. 대부분의 사람은 태양을 보지 않는다. 적어도 그들은 극히 피상적으로 본다. 태양은 어른에게는 그 눈을 비추는 정도다. 그러나 어린이에게는 그 눈과 마음에 비쳐 들어간다. 자연을 사랑하는 자는 그 내부·외부의 감각이 아직도 진정으로 서로 조화되어 있는 사람이다. 성인이 될 때까지 유아의 정신을 지니고 있는 사람이다. 이런 사람에게 하늘과 땅의 교통은 그의 일상 식물의 일부처럼 되어 있다. 자연 앞에 나서면 아무리 현실이 슬프더라도 피끓는 환희의 정이 그의 몸속을 흐른다.

자연은 말한다. "저이는 나의 창조물이다. 그러니 아무리 부당한 슬픔이 그에게 있을지라도 그가 나와 함께 있음으로써 즐거울 것이다"라고. 태양이나 여름뿐만이 아니라, 모든 시간과 계절이 각기 기쁨의 선물을 바친다.

왜냐하면 모든 시간과 변화는 숨결조차 없는 대낮에서부터 무시무시한 한밤중에 이르기까지 가지가지의 심적 상태에 대응하고, 또한 그것을 정당하게 인정하기 때문이다. 자연은 희극에도 비극에도 똑같이 잘 어울리는 배경이다.

건강할 때에, 공기는 믿을 수 없을 정도로 효능 있는 강장제(强壯劑)이다. 황혼녘에 흐린 하늘 아래 눈으로 질퍽거리는 길을 걸어 적막한 공유지(共有地)를 건넜을 때, 나는 무슨 행운이 일어나리라고 각별히 생각지도 않았는데도, 다시없는 기쁨을 느낀 때가 있었다. 나는 거의 오싹할 정도로 기뻐한다. 숲속에 들어가면 뱀이 그 껍질을 벗어버리듯이, 사람은 자기의 연령을 벗어던진다.

그리하여 생애의 어떤 시기에 있어서도 언제나 어린 아이가 된다. 숲속엔 영원한 청춘이 있다. 이 신의 식물 속엔 예절과 신성(神聖)이 군림하고, 영원의 축제가 장식되어 있다. 그러니까 여기를 찾는 손님은 1천 년의 세월이 경과하여도 이것에 싫증을 안 느낀다. 숲속에선 우리는 이성(理性)과 신앙으로 돌아간다.

거기에서 나는 평생 내게 일어날 것은 무엇이든—어떠한 치욕도, 어떠한 재난도(내게 두 눈이 있는 한) 자연이 치료하지 못할 것은 없을 것같이 느낀다. 황막한 지상에 섰을 때—나의 머리가 상쾌한 공기에 씻어지며, 무한한 공간 속에 쳐들고—모든 비루한 자부심은 모두 사라진다.

나는 하나의 투명한 안구(眼球)가 된다. 나는 무(無)로 된다. 나는 만물을 본다. 우주적 존재의 흐름이 나를 뚫고 순환한다. 나는 신의 일부분 또는 일편(一片)이다. 가장 가까운 친구 이름도 그때엔 아무 상관없는 바람소리같이 들린다. 형제나, 지기(知己), 주인이나, 종복(從僕)이라 하는 것이 그때엔 아무런 가치 없는 귀찮은 것이 된다. 나는 끝없는 불멸의 미의 애호자가 되어 있다.

황야에 있을 때, 나는 거리나 마을에 있을 때보다 한

층 친밀한 혈연관계의 어떤 것을 발견한다. 고요한 풍경 속에, 특히 아득히 먼 지평선상에 사람은 자기의 천성과 같은 아름다운 것을 보는 것이다.

들이나 숲이 제공하는 최대의 희열은, 인간과 초목 사이의 신비하고, 불가사의한 관계에 대한 암시이다. 나는 고독하지도 않고 인정받고 있지 않는 것도 아니다. 초목은 나에게 고개를 끄덕이고, 나는 그것들에게 고개를 끄덕인다. 폭풍에 나뭇가지가 흔들리는 것은 나에게 새로운 일이며, 이미 오래된 일이다. 그것은 나를 놀라게 한다.

그러나 미지의 일은 아니다. 거기에서 받는 감명은 내가 옳게 생각하고 옳게 행하고 있다고 생각할 때에 마음에 떠오르는 한층 고상한 사상, 혹은 한층 선량한 정서의 감명과 유사한 것이다.

그러나 이 희열을 만들어 내는 힘은 자연 속에 있는 것이 아니라 인간 속에, 혹은 양자의 조화 속에 존재하는 것은 확실하다. 이러한 쾌락을 사용하는 데 있어서는 대절제(大節制)가 따를 필요가 있다.

왜냐하면, 자연은 항상 축제일의 차림으로 치장하고 있는 것은 아니며, 어제는 님프(숲의 요정)들의 유희를 위하여 향기를 뿜어내고 빛나던 풍경도, 오늘은 우울에 덮여 있는 수가 있기 때문이다.

재난에 시달리고 있는 사람에게는 자기 집 화롯불도 슬픔을 지닌다. 그리고 다정한 친구와 막 사별(死別)한 사람은 풍경을 경시하는 경우도 있다. 하늘도, 가치를 느끼지 못하는 자들의 머리 위를 덮을 때엔 그 장대한 모습이 적어진다.

편 익

세계의 궁극적 목적을 고찰하는 사람은 누구나 다양한 효과가 그러한 결과(목적) 속에 부분 부분으로 들어와 있는 것을 분간할 것이다. 이것들의 효용은 모두 다음에 열거하는 부분의 하나에 넣어도 상관없다. 그 부분이란 즉, 편익(便益)·미(美)·언어·훈련 등이다.

편익이란 총칭하에 나는 우리의 오관(五官)이 자연에 힘입는 일체의 이익을 열거한다. 물론 이것은 일시적·간접적인 이익이고, 영혼에 대한 자연의 봉사와 같은 최종적인 것은 아니다. 그러나 이것은 정도는 낮을지언정 그 종류로선 완전하고, 자연의 효용 중 만인이 이해하는 유일한 효용이다. 인간으로 하여금 천체 사이를 부유케 하는 이 푸른 원구상(圓球上)에, 인간을 부양하고 즐겁게 하기 위하여 만들어진 한결같은 풍요의 양식을 우리가 찾을 때 인간의 불행 같은 것은 마치 어린이의 신경질 정도로 보인다.

이러한 화려한 장식품, 이러한 풍부한 편리품, 머리 위의 이 공기의 대해(大海), 발 아래 놓인 이 물의 대양, 중간에 펼쳐진 이 대지의 창궁은 도대체 어떤 천사들이 발명한 것이냐. 이 광명의 황도대(黃道帶), 이 매달린 구름의 천막, 이 줄무늬진 기후의 코트, 이 네 가닥으로 접힌 1년은, 또한 어떤 천사가 발명한 것이냐. 짐승류·불·물·돌·곡물 이것은 모두 인간에게 쓰임이 된다. 들은 인간의 마룻바닥인 동시에 그 작업장이고 운동장이고 정원도 된다.

"사람은 많은 하인이 섬기고 있지만, 그 많은 하인을 별로 못 알아본다."[1)]

주

1. 영국의 종교 시인 조지 허버트(1593~1632)의 〈인간〉이란 시의 한 구절.

자연은 인간에게 봉사하는 데 있어서 다만 재료일 뿐 아니라, 과정이고 결과도 된다. 인간의 이익이 되도록, 자연의 모든 부분이 부단히 작용하여 서로 다른 부분의 손이 된다. 바람은 씨를 뿌린다, 태양은 바닷물을 증발시킨다, 바람은 들로 불어 보낸다, 지구의 저쪽에 있는 얼음〔氷〕은 이쪽에다 비를 응결시킨다, 비는 식물을 배양한다. 즉, 이와 같이 해서 신의 자비는 무한히 순환하여 인간을 양육한다.

유용한 인공이란, 이미 말한 자연의 은혜물을 인간의 지혜로써 재생산하거나 새로이 결합시킨 것이다. 인간은 더이상 순풍을 기다리지는 않는다. 증기를 이용하여 풍신(風神) 에오루스의 포대의 우화(寓話)를 실현하고, 그 배〔船〕의 기관 속에 방위(方位)의 바람을 운반한다. 마찰을 덜하기 위하여 인간은 도로에 철봉을 깔고, 자기 뒤의 차에는 한 배 분량되는 점 정도의 사람이나 동물이나 상품을 싣고서, 마치 하늘을 나는 배나 제비처럼 이 고을에서 저 고을로 국내를 돌진한다.

이들 방조물(幇助物)의 적재로써, 노아의 시대로부터 나폴레옹의 시대에 이르기까지 세계의 표면은 얼마나 변화했는가. 이름없는 빈자(貧者)도 자기를 위하여 세워진 도시를 갖고, 선박을 갖고, 운하를 갖고, 교량을 갖는다. 그가 우체국에 가면 인류가 그의 사자(使者)가 되어 뛴다. 서점에 가면 인류가 그를 위하여 모든 발생사(發生事)를 읽고 써 준다. 재판소에 가면 모든 국민이 그가 입은 손해를 보상해 준다. 그가 길가에 집을 세우면 인류가 매일 아침 나와서 눈을 쓸고, 그를 위하여 통로를 열어 준다.

그러나 이 부분의 효용에는 일일이 세목을 열거할 필요는 없다. 그 목록은 무한하고, 그 실례는 극히 자명하여, 나는 이런 실례는 독자의 고찰에 맡기기로 하고 다만 개괄적으로, 이런 실리적인 은혜는 그 이상의 복리(福利)에 관계를 갖는 것이라는 것을 말해 둘 뿐이다. 사람에게 밥을 먹이는 것은, 다만 밥을 먹이기 위해서가 아니라 그가 일을 할 수 있게 하기 위해서다.

미

인간의 한층 고상한 욕망이 자연으로써 만족된다. 즉, 미를 사랑하는 마음이 이것이다.

고대 그리스인은 세계를 코스모스, 즉 미라고 불렀다. 만유(萬有)의 구성, 혹은 인간의 눈이 갖는 조형적 능력은 이러하기 때문에, 하늘이나 산이나 수목이나 동물과 같은 원시적 물상(物象)은 그것만으로써 우리에게 일종의 기쁨을 준다. 즉 윤곽·색채·운동·집합에서 오는 일종의 쾌감이다. 그것은 일부분 눈〔眼〕 그 자체에 원인이 있는 듯이 생각된다. 눈은 예술가 중의 예술가다. 그 구조와 광선의 법칙의 상호작용에 의하여 원근법이 만들어진다. 이 원근법에 의하여 어떤 성질의 물상의 집단도 모두 교묘히 채색된 음영 있는 원구(圓球)로 통일된다.

이 때문에 개개의 물건은 미천하고 감동을 줄 만한 것이 못 되는 경우에도, 이들 물건이 구성하는 풍경은 혼연히 균제를 이루는 것이다. 그리고 눈이 가장 우수한 구성자(構成者)인 것과 같이 광선은 화가 중의 제일가는 화가이다.

아무리 초라한 물상이라도 강렬한 빛을 받아서 아름다워지지 않는 것은 없다. 그리고 강렬한 광선이 오관에 주는 자극과, 그것이 공간과 시간만큼이나 갖고 있는 일종의 무한성은 모든 물상을 화려하게 만든다. 시체에조차 그 독자적인 미가 있는 것이다.

그러나 자연계에 퍼져 있는 이 일반적인 미 외에도 또, 거의 모든 형상들은 사람의 눈에 상쾌한 것이다. 그것은 이들 형상의 어떤 것들, 예를 들면 도토리·포도알·솔방울·보리이삭·달걀, 대부분의 새의 날개와 형체, 사자의 발톱, 뱀 · 나비 · 조개 · 불꽃 · 구름 · 이끼 · 잎새, 야자수와 같은 대부분의 수목의 형체를 우리들이 끝없이 모사(模寫)하는 사실로써 증명되는 바이다.

더 잘 고찰하기 위하여 우리는 미의 양상을 세 가지 면으로 분류할 수 있다.

첫째, 단순히 자연의 물상을 지각하는 것만도 기쁨이다. 자연계에 있어서의 여러 물상과 여러 작용이 주는 감화는 인간에게 아주 필요한 것이어서, 자연이 가장 저급한 기능을 작용할 때에도 그것은 편리와 미의 범위를 벗어나지 않는 것으로 생각된다. 유해(有害)한 일이나 사교(社交) 때문에 구속받는 육체와 정신에 대해서는, 자연은 의약(醫藥) 작용을 해서 심신의 상태를 회복시켜 준다.

상인이나 변호사는 거리의 소음과 장사에서 벗어나 하늘이나 숲을 바라볼 때 다시 인간이 된다. 하늘이나 숲의 영원한 고요함 속에서 그는 자기 자신을 발견한다. 눈의 건강에는 지평선이 필요한 모양이다. 먼 저 쪽을 바라보고 있는 한 우리는 결코 고달프지 않다.

그러나 다른 시간에는, 자연은 아름다움으로써 우리를 만족시킬 뿐 어떠한 유형(有形)의 은혜가 따르지 않는다. 나는 나의 집을 향한 언덕 꼭대기에 서서, 새벽부터 해가 뜰 때까지의 아침 경치를 바라보면서 천사가 느낄 듯한 정서를 체험한다. 몇 가닥 긴 구름 줄기는 진홍빛 바닷속을 물고기처럼 헤엄친다. 나는 마치 해안에서 바라보듯이, 지상에서 그 고요한 바닷속을 들여다

본다.

나는 자신도 그 신속한 변형에 가담하고 있는 듯이 느낀다. 생기발랄한 마력이 나의 몸에도 미쳐 와, 나는 아침 바람과 더불어 부풀고 아침 바람과 더불어 움직인다. 자연은 몇 안 되는 값싼 원소(元素)로써도 우리를 얼마나 신(神)처럼 만드는 것인가. 나에게 건강과 하루를 달라. 그러면 나는 제왕의 영화도 일소에 붙이리라.

새벽은 나의 앗시리아이다. 일몰(日沒)과 월출(月出)은 나의 파포스[1)]이고, 상상도 미칠 수 없는 신선경(新鮮境)이다. 대낮은 나의 지각과 오성과의 영국이 되고, 밤은 나의 신비한 철학과 꿈의 독일이 될 것이다.

주

1. 지중해의 사이프러스섬에 있는 도시. 비너스의 신전이 있다.

오후에는 우리의 감수성이 쇠퇴하기 때문에 별문제이지만, 그러나 간밤에 본 1월의 일몰의 마력은 역시 다른 것에 못지않은 훌륭한 것이었다. 서녘 하늘의 구름은 몇 가닥으로 갈라지고, 다시 그것은 말로 표현할 수 없는 부드러운 색조로 조절된 분홍빛으로 세분되어 있었다. 그리고 공기는 한껏 생생하고 상쾌하여, 집안에 들어오는 것이 고통스러울 정도였다.

자연은 도대체 무엇을 말하고자 하였던가. 물방앗간 뒤에 있는 계곡의 생기 있는 고요에는 아무 의미도 없었던가. 호머나 셰익스피어도 말로써 나에게 재현해 줄 수 없는 어떤 의미가 없었던가. 잎도 없는 나무들은 해질 무렵에 푸른 동쪽 하늘을 배경으로 화염의 뾰족탑이 되고, 별 같은 형상을 한 죽은 꽃덩굴, 서리에 덮여 고갈한 모든 줄기나 그루터기는 이 소리 없는 음악에 무엇인가를 기여한다.

도시의 주민은, 전원의 풍경이 즐거운 것은 다만 반년에 불과한 것으로 추측한다. 나는 겨울 풍경의 아름다움을 즐긴다. 그리고 우리들은 여름의 유쾌한 감화에 못지않게 겨울의 경치에도 감동된다고 믿는다.

주의 깊은 사람의 눈으로 보면, 1년의 모든 순간이 각각 특유한 미를 지니고 있다. 그리고 같은 들에서도 어떤 사람은 시간 시간마다 지금까지 본 일이 없고, 또한 앞으로 두 번 다시 볼 것 같지 않은 회화(繪畵)를 보는 것이다. 하늘은 순간마다 변화한다. 그리고 그 빛과 그림자를 아래 벌판에 투영한다. 주위의 전답 곡물의 상황은 매주마다 지면의 표정을 변화시킨다.

목장이나 길가에 계속 무성해 있는 자연생의 초목은 여름의 시간을 알리는 무성(無聲)의 시계가 되어, 예민한 관찰자에게 있어서는 하루의 시간 시간을 그것으로 알아볼 수 있게 될 것이다. 새나 곤충류나 식물과 마찬가지로 그들의 시간을 엄중히 지켜 계속 나타나고, 1년은 그들 전부를 수용할 여유를 갖는다.

물의 흐름을 보면 그 변화는 한층 심하다. 7월에는 폰테데리아, 즉 물옥잠〔水草〕의 푸른 꽃이 이 상쾌한 강 얕은 부분의 큰 화단에 꽃피고, 노란 나비들이 몰려

들어 연달아 움직인다. 예술도 이 자색과 금빛의 미관(美觀)에 필적할 수가 없다. 실로 이 강은 영원의 축제이고, 다달이 새로운 장식을 자랑한다.

그러나 이렇게 미로써 우리의 눈에 비치고 마음에 느껴지는 자연의 미는 그 최소의 부분에 불과하다. 하루의 가지가지 광경, 이슬진 아침, 무지개 산, 꽃핀 과수원, 별·달빛, 고요한 물에 비친 그림자 등등은, 만일 우리가 열심히 추구해 보면 단순한 환영에 불과하고, 그 비현실성이 우리를 조롱한다.

달을 보러 집 밖을 나가면 달은 다만 한쪽 은박(銀箔)에 불과하다. 그것은 그것이 우리들이 볼일이 있어서 가는 길을 비추는 것처럼 우리의 마음을 비추지는 않을 것이다. 10월의 노란빛 오후에 반짝반짝 흔들리는 미, 그것을 누가 포착한 사람이 있는가. 그 미를 찾으러 나가면, 그것은 꺼져서 없어진다. 그것은 단순히 승합마차의 창문에서 바라보는 신기루에 불과한 것이다.

둘째, 한층 고상한 요소, 즉 영적(靈的) 요소의 존재가 미의 완성에는 불가결하다. 우리가 어떠한 나약한 생각 없이 사랑할 수 있는 고상하고 신성한 미는, 인간의 의지와 결합될 때 발견된다. 미란 신이 덕(德)에 붙이는 표딱지이다.

모든 자연스런 행위는 아름답다. 모든 용감한 행동도 또한 고상하고, 그 장소와 방관자에게 빛을 준다. 우리들은 위대한 행동을 보고, 우주는 그 속에 사는 모든 개인의 소유임을 알게 된다. 모든 이성 있는 인간은, 그

지참금과 자산으로써 전자연을 소유한다. 만일 그가 원한다면 전자연은 그의 것이다. 그는 이것을 내던질 수도 있다. 또는 대부분의 사람이 하듯이, 그 한구석에 기어들어 자기의 왕국을 버릴 수도 있다.

그러나 누구든지 세계를 소유할 권리를 타고났다. 그는 자기의 사상과 의지의 힘에 따라 적당히 세계를 자기 자신 속에 끌어들인다.

"사람들의 경작·건설 및 항해의 목적이 되는 일체의 것은 모두 덕에 순종한다"라고 살루스트(BC 86~35)가 말했다. "바람과 파도는 항상 가장 유능한 항해사의 편이 된다"라고 기번(E.Gibbon)은 말했다.

태양이나 달이나 하늘의 모든 별도 이와 마찬가지이다. 어떤 고상한 행동—어쩌면 위대한 자연미를 갖는 무대에서—이 이루어질 때, 예를 들면 레오니다스와 부하 3백 명의 순국자가 죽어가면서 하루를 보내고, 태양과 달이 각각 올라와 더모필레의 험한 협로(狹路)에 있는 그들을 일단 보았을 때, 또는 아놀드 윙켈리드[2)]가 알프스의 고봉(高峰), 눈사태의 그늘에서 전우들을 위하여 적의 전선을 무너뜨리고자, 오스트리아 병사의 다발 같은 창끝을 자기 옆구리에 받을 때처럼, 이런 경우엔 이들 용사들은 행위의 미에 장면의 미를 더한 것이라고 할 수 있지 않은가.

콜럼버스의 배가 미국 해안에 접근할 때—전면에는 수숫대의 오두막에서 뛰쳐나온 야만인이 늘어선 해변이 있고, 배후에는 큰 바다가 있고, 주위에는 인도 제도

(諸島)의 자색 산들이 있다. 이런 때에 우리는 콜럼버스 그 사람과 한 폭의 활화(活畵)를 떼어낼 수가 있겠는가.

신세계는, 이 야자수의 숲과 대초원을 어울리는 의상으로 하여 그의 몸을 싸고 있는 것이 아닌가. 자연의 미는 언제나 공기처럼 스며들어 위대한 행동을 감싼다. 해리 베인(1612~1662)경[3)]이 영국 법률의 옹호자로서, 사형을 받으러 썰매를 타고 타워힐에 끌려 세워졌을 때, 군중의 한 사람은 그에게 "너는 아직 이런 영광스런 자리에 앉은 일은 없다"고 외쳤다.

찰스 2세는 런던 시민을 위협하려고, 애국자 러셀(1639~1683)경(卿)[4)]을 무개마차에 태우고서 단두대로 가는 도중 시중(市中)의 주요 가로(街路) 사이를 끌려다니게 했다. '그러나'라고 러셀경의 전기 기술자는 말했다. "군중은 자유와 덕이 그의 곁에 앉아 있는 것을 보는 것처럼 상상했다."

사람에게 알려지지 않은 장소나 미천한 물건들 사이에선, 진실의 행위 또는 용감한 행동이 곧 하늘을 그 전당으로 끌어들이고, 태양을 그 촛불로 끌어들이는 것처럼 생각된다. 자연은 발을 뻗쳐 인간을 포옹하고자 한다. 다만 그러는 데엔 인간의 사정이 자연과 동등하게 위대할 필요가 있다.

자연은 장미나 오랑캐꽃과 더불어 즐거이 인간의 뒤를 쫓고, 그 장엄하고 우아한 선을 구부려 그가 사랑하는 아이의 장식이 된다. 다만 인간이 그 사상을 자연과 같은 크기로 하면 된다. 그러면 액자는 스스로 그림에 적합하리라. 유덕한 사람은 자연의 작용과 합체하여, 눈에 보이는 세계의 중심 인물이 된다.

호머나 핀다로스나 소크라테스나, 포시온(BC 402~317)[5]은 우리들의 기억 속에서 그리스의 지리와 기후에 알맞게 결합되어 있다. 우리의 눈에 보이는 하늘과 땅은 예수에 공감한다. 그리고 일상생활에서도, 힘찬 품성과 풍부한 천재를 갖는 인물에 접한 사람은 누구나, 그 사람이 얼마나 용이하게 일체의 사물—인물이나 의견이나 시세(時勢)를 이해하는가를, 또한 자연이 얼마나 용이하게 인간의 종복이 되는가를 보았으리라.

주

1. 로마의 정치가·역사가. 케사르 시대의 인물.
2. 1386년 6월 9일 셈바크의 싸움에서 용명을 떨친 스위스의 병사.
3. 영국 내란 시대의 명사. 열렬한 淸敎徒民黨.
4. 찰스 2세 시대의 유명한 정치가.
5. 그리스 아덴스의 정치가·장군.

셋째, 세계의 미를 관찰할 때 또 한 면이 있다. 즉, 그것이 지적(知的) 대상이 될 때가 그것이다. 여러 사물에는 덕에 대한 관계 외에도 사상에 대한 관계가 있다. 지력(知力)은 신의 마음속에 아무런 애정의 색채 없이 존재하는 것과 같은, 사물의 절대적 질서를 찾아낸다. 지력과 활동력은 서로 잇따라 일어나는 듯이 생각된다.

그리고 한 가지 전유적(專有的) 활동은 다른 전유적 활동을 낳는다. 양자는 서로 친할 수 없는 어떤 것을 가지고 있다. 그러나 그것은 동물에 있어서 식물을 섭취하는 시기, 노동하는 시기가 서로 교체하는 것과 마찬가지다. 각자가 서로 준비를 하여 다른 것과 교대한다. 그 때문에 이미 말한 바와 같이 행위에 관련시켰을 때 우리들이 찾지 않았는데 오고, 또한 찾지 않았기 때문에 오는 미는 우선 지력의 이해와 추구를 기다리고, 다음으로 그것은 활동력의 이해와 추구를 기다린다.

신성한 것은 좀체로 사멸하지 않는다. 일체의 선은 영원토록 재생된다. 자연의 미는 사람의 마음속에 재현된다. 그리고 그것은 무익한 관조(觀照)를 위해서가 아니라 새로운 창조를 위해서다.

모든 사람은 세계의 얼굴에 의하여 어느 정도 감명을 받는다. 개중에는 희열을 느낄 때까지 감명 받는 사람도 있다. 미에 대한 이러한 애호심은 곧 취미이다. 남달리 이런 미에 대한 애호심을 극히 과도하게 갖게 되면, 다만 그것을 찬탄하는 데 만족치 않고 그것을 새로운 형식으로 구현코자 하는 사람도 있다. 이 미의 창조가 곧 예술이다.

예술품의 제작은 인성(人性)의 신비에 한 줄기 광명을 던진다. 예술품은 세계의 발췌 혹은 축도다. 그것은 자연의 성과나 표현을 축소화(縮小畵)한 것이다. 왜냐하면 자연의 작품은 무수하고 천차만별이지만, 이들 자연의 작품 전부의 결과 또는 표현은 한결같고 단일하기 때문이다.

자연은 근본적으로 서로 닮은, 아니 유일무이한 모든 물상(物象)의 대해(大海)이다. 하나의 나뭇잎, 한 줄기 햇빛, 한 폭의 풍경, 대양, 이런 것은 하나하나 우리 마음에 유사한 감명을 준다. 이들 물상 전부에게 공통적인 것—완전과 조화야말로 곧 미이다. 미의 표준은 자연계의 모든 물상의 전주(全周)이다—자연의 총체이다.

이탈리아인은 미를 정의하여 '단일(單一)에 들어 있는 다수'라고 말함으로써 그것을 표현했다. 어떤 것이고 그 물건만으로 완전한 미라고 할 수 있는 것은 없다. 전체 속에 포함됨으로써 비로소 아름다워진다. 단일의 물상은 그 보편적 미를 암시할 때 비로소 아름다워진다. 시인·화가·조각가·음악가·건축가는 각각 세계의 이 광휘(光輝)를 한 점에 집중하고자 한다. 그리고 각자의 작품에서, 그의 제작 의욕을 고무시키는 미의 애호심을 만족시키고자 한다.

이리하여 예술이란 인간이라고 하는 증류기(蒸溜器)를 통과한 자연을 말한다. 이리하여 예술에서 자연은 그 최상의 여러 작품의 미로 채워진 인간의 의지를 통하여 작용한다.

이상 말한 바와 같이 세계는 영(靈)에 대하여 미의 욕구를 만족시키기 위하여 존재한다. 이 미의 요소를 나는 궁극적 목적이라고 부른다. 왜 영이 미를 요구하는지, 그 이유는 물을 수도 없고 대답할 수도 없다. 미는 그 최대 최심(最深)의 의의에 있어서, 우주를 나타내는 한 가지 표현이다. 신은 완전미이다. 진과 선과 미는 동일한 '전(全)'의 각각 다른 상(相)에 불과하다.

그러나 자연에서의 미는 궁극의 것은 아니다. 그것은 내부의, 영원한 미의 선구이다. 그것만으로는 견실한 만족의 선은 아니다. 그것은 자연의 궁극 원인이 일부분으로서 존재할 것이지, 아직 그 궁극의 원인의 최종, 또는 최고의 표현으로서 조립할 것은 아니다.

언 어

언어는 자연이 인간에게 도움이 되는 제3의 효용이다. 자연은 사상의 운반자이다. 단일로, 이중으로, 삼중으로 말해서 그러하다.

(1) 언어는 자연적 사실의 기호이다.

(2) 특수한 자연적 사실은 특수한 정신적 사실의 상징이다.

(3) 자연은 정령(精靈)의 상징이다.

1. 언어는 자연적 사실의 기호다. 자연의 역사적 효용은, 초자연(超自然)의 역사에 있어서 우리에게 보조를 준다. 즉, 외적 창조의 효용은, 내적 창조의 존재와 변화를 표현할 수 있도록 우리에게 언어를 준다. 정신적 혹은 지적 사실을 표현하기 위하여 쓰이는 언어는, 그 어원(語源)을 더듬으면 어느 것이나 어떤 물질적 외

관(外觀)에서 차용한 것임을 알 수 있다.

즉, right〔바르다〕는 straight〔반듯하다〕를 의미하고, wrong〔부정한〕은 twisted〔구부러졌다〕를 의미한다. spirit〔정신〕은 본래 wind〔바람〕를 의미하고, transgression〔위범(違犯)〕은 line〔線〕을 넘는 것을 의미하고, supercilious〔오만한〕는 raising of the eyebrow〔눈썹을 올리는 것〕을 의미한다. 우리는 성서를 표현하기 위하여 heart〔가슴〕라 말하고, 사상을 표시하기 위하여 head〔머리〕라고 한다. 그리고 thought〔사상〕와 emotion〔정서〕은 지각할 수 있는 사물에서 차용되어, 지금은 정신적 성질에 적용되는 말이다.

이 변형이 행해지는 과정의 대부분은 언어가 형성된 먼 시대에 숨겨져서 우리에겐 알려져 있지 않다. 그러나 그와 같은 경향은 매일 아동들에게서 관찰할 수 있다. 아이들과 야만인은 단순히 명사, 즉 사물의 명사만을 쓴다. 그들은 그것을 동사로 바꾸어 유사한 심적 동작에 적용한다.

2. 그러나 정신적 의미를 전하는 모든 언어가 이런 어원을 갖는 것은—언어사상 극히 현저한 사실이지만—우리가 자연에 힘입는 최소 부분이다. 기호적인 것은 다만 언어만이 아니다. 기호적인 것은 사물 그 자체이다. 자연계의 사실은 어느 것이나 모두 정신적 사실의 상징이다. 자연계에서의 외관은 어느 것이나 모두 정신 상태에 대응한다. 그리고 그 정신 상태는 자연계에서의 외관을 자기의 그림으로 표현함으로써 비로소 기술될

수 있다.

격노(激怒)한 인간은 사자이고, 교활한 인간은 여우이다. 견고한 인간은 바위이고, 학문 있는 사람은 횃불이다. 어린 양은 천진난만을 가리키고, 뱀은 교활한 악의이다. 꽃은 우리에게 미묘한 애정을 표현한다. 광명과 암흑은 지식과 무지를 표현하는 우리의 관용어이다. 열은 사랑에 대한 표현이다.

우리의 앞과 뒤에 보이는 거리는 각각 우리의 기억의 영상이고 희망의 영상이다. 명상에 잠겨 강물을 바라보는 사람으로서 만물의 유전(流轉)을 생각지 않는 자 있겠는가. 그 강물에 돌 하나를 던져보라. 그러면 사방으로 퍼져가는 파문이 모든 감화(感化)의 아름다운 전형(典型)일 것이다. 인간은 자기의 개인적 생명의 내부 혹은 배후에 보편적 영이 존재하는 것을 의식한다. 그 개인적 생명 속에는, 마치 창궁 속에서처럼 정의·진리·사랑·자유의 본성이 나타나 빛나리라.

이 보편적 영을 인간은 이성이라 부른다. 이성은 나의 것도 아니고, 너의 것도 아니고, 그의 것도 아니다. 우리가 그 이성의 것이다. 우리는 이성의 것이고 종복이다. 그리고 미미한 지구를 그 속에 내포하고 있는 푸른 하늘과, 영원의 고요를 지니고 불멸의 천체가 충만되어 있는 하늘이야말로 이성의 전형이다.

지적(知的)으로 고찰하였을 때 우리가 이성이라고 부르는 것을, 자연과의 관계에서 고찰하여 정령이라 부른다. 정령은 조물주(造物主)이다. 정령은 그 자체 속에 생명을 가지고 있다. 그리고 어느 나라나 시대를 막론하고, 사람은 그 정령을 자기의 국어에 체현(體現)하여 아버지(father)라고 부른다.

이상과 같은 유사(類似)는 결코 요행이거나 변덕스러운 점이 없다. 오히려 이런 유사가 항구 불변하고 자연계에 널리 퍼져 있다는 것이 쉽게 보인다. 이런 유사는 여기저기의 몇몇 시인의 꿈은 아니다.

인간은 본래 유추가(類推家)이어서 모든 사물 사이의 관계를 연구한다. 인간이 만유(萬有)의 중심에 서면, 한 줄기 관계의 빛이 그 이외의 모든 존재에서 비쳐와 그에게 미치는 것이다. 이런 사물이 없으면 인간은 이해될 수 없고, 또한 인간이 없으면 이런 사물은 이해되지 않는다. 자연사(自然史), 즉 박물학상(博物學上) 모든 사실은 다만 그 사실만으로는 가치가 없다. 마치 남녀의 어느 한쪽처럼 생산을 못한다.

그러나 자연의 역사를 인간의 역사와 혼합시킬 때 그것은 생명이 충만된다. 모든 식물법(植物法), 린네우스나 뷔퐁(1707~1788)[1)]의 저서는 무미건조한 사실의 목록이다. 그러나 이런 사실 중의 가장 사소한 사실, 예를 들면 어떤 식물의 습성이라든지 어떤 곤충의 기관, 그 일, 그 울음소리 등도 그것이 지적 철학상(知的哲學上)의 어떤 사실을 예증하기 위하여 쓰이든지, 또는 어떤 점에서 인간성과 관련시킬 때 가장 활발하고 상쾌하게 우리에게 감동을 준다.

어떤 식물의 종자—인체를 종자라고 부르는 파울의

목소리에 이르기까지 모든 논의(論議)에서, 저 작은 과일이 인간의 본성에 관한 감동적인 유추에서 얼마나 쓰이고 있는 것인가—는 "육체에서 씨뿌려져서 영체(靈體)로서 배양된다." 지구가 그 지축을 회전하고, 태양의 주위를 회전하는 운동은 날을 낳고 해를 만든다. 이 날과 해는 무감각한 빛과 열의 일정량이다.

그러나 사람의 일생과 1년 사이에는 유추의 의사는 조금도 없는 것인가. 그리고 사철은 그 유추로부터 아무런 장엄이나 애감(哀感)을 얻지 못하는 것인가. 개미의 본능은 단순히 개미의 본능으로 고찰하면 극히 사소한 것이지만, 관계를 보이는 한 줄기 빛이 개미에서 인간에게 미치는 것이 명백해지고, 또한 이 작은 고역자(苦役者)가 경고자(警告者)이고, 위대한 심정을 가진 작은 몸인 것이 밝혀지는 순간에, 최근 관찰된 바에 의하면 개미는 결코 잠을 자지 않는다는 습성까지도 모두 숭고해진다.

주

1. 위대한 프랑스의 자연 과학자. 大著 《박물학》 15권이 있다.

눈에 보이는 사물과 인간의 사상 사이에는 이러한 근본적 조응(照應)이 있기 때문에, 다만 필수품밖에 소유하지 않는 야만인들은 물건의 형상을 써서 담화한다. 우리가 역사를 거슬러 올라감에 따라서 언어는 더욱 회화적으로 되어, 드디어 아주 초기에 이르면 그것은 모두 시가(詩歌)이다.

즉, 정신적 사실은 모두 자연계의 상징으로써 표현된다. 동일한 상징이 모든 언어의 원시적 요소를 이루고 있는 것을 알 수 있다. 또한 모든 언어의 관용어구는 최대의 웅변과 힘을 나타내는 대목에서 서로 근접한다는 것도 관찰되어 온 사실이다. 그리고 이것은 최초의 언어인 동시에 또한 최후의 언어이다.

이렇게 언어가 자연에 대하여 직접 인연을 갖는 것, 이렇게 외계의 현상이 인생에서 어떤 형식으로 전환하는 것은 결코 자연이 우리를 감동시키는 힘을 잃는 것은 아니다. 천성이 강한 농부 또는 미개간지의 거주자의 회화에 어떤 통쾌한 매력이 들어 있는 것이 바로 이것이다.

사람이 자기의 사상을 그것과 적절한 상징과 결합하여 발표하는 힘은, 그 사람의 성격의 솔직함, 바꾸어 말하면 진리에 대한 그 사람의 애호심과, 이것을 상실함이 없이 남에게 전달하고자 하는 그의 욕구에 의존한다. 사람이 부패하면 그와 더불어 언어도 부패한다. 성격의 솔직함과 사상의 주권(主權)이, 제2류의 욕망—예를 들면 부귀욕·향락욕·권력욕·피상찬욕(被賞讚慾) 같은 것—의 발호에 침범당할 때, 그리고 이중심(二重心)과 허위가 솔직함과 진실에 대체될 때에, 의지의 해석자로서의 자연이 지배하는 힘은 어느 정도 상실된다.

새로운 비유적 서술은 참조되지 않고, 낡은 언어가 실재하지 않는 사물을 표시하기 위하여 오용된다. 금고

안에 금덩어리가 없을 때엔 지폐가 통용된다. 적당한 때가 되면 그 거짓 수단은 폭로되고, 언어는 오성이나 감정을 자극하는 힘을 완전히 잃는다.

자기가 진리를 보고 발표하고 있다는 것을, 잠시 동안 자기도 믿고 남에게도 믿게 하면서도, 사실은 자기는 하나의 사상도 그 자연의 의상으로 감쌀 수가 없고, 그 나라의 최초의 문인들—즉 최초에 자연을 파악한 사람들—이 창조한 언어에 부지불식간에 양육되고 있는 문인들이, 어느 오랜 문명국민들 사이에서나 수백 명씩 발견될 것이다.

그러나 현자는 이 부패한 용어를 꿰뚫고 언어를 다시 눈에 보이는 사물에 결부시킨다. 그래서 회화와 같은 언어는, 동시에 이것을 사용한 자가 진리와 신에 합치된 사람이라는 것을 보이는 유력한 증서다.

우리의 논증이 흔히 있는 사실의 지평선 위에 올라와, 열정의 화염에 불타거나 사상으로 고상해질 때 그것이 즉시 비유로 몸을 싼다. 열심히 대화하는 사람은, 그가 만일 자기의 지적 과정을 주목할 때엔 다소라도 명료한 물질적 형상이 모든 사상과 동시에 마음속에 올라와, 그것이 사상에 대한 의복을 공급하는 것을 알게 될 것이다.

명문(名文)이나 훌륭한 담론이 영원의 비유로 되어 있는 것은 이 때문이다. 이 비유적 서술은 자발적이다. 그것은 경험과 현재의 정신활동의 혼합이다. 그것은 정당한 창조이다. 그것은 근원적 원인인 신이 그가 이미 만들어 놓은 기재(器材)를 통하여 행하는 작용이다.

이러한 사실은 정신력이 굳센 사람에게 있어선 전원 생활이, 인위적이고 궁색한 도시 생활보다 이점이 있다는 것을 암시할지도 모른다. 우리가 자연에서 배우는 것은, 우리가 마음껏 사람에게 전달하는 것보다 많다. 자연의 빛은 부단히 우리의 마음속에 흘러들어온다.

그러나 우리는 그 빛의 존재를 잊고 있다. 숲속에서 자라 아무 계략도 없고 집착도 없이, 매년 그 감각이 숲의 아름다움과 마음을 부드럽게 하는 변화에 양육되는 시인이나 웅변가는 도회의 소음 속, 정치의 소용돌이 속에 있어서도, 그들이 숲속에서 배운 교훈을 전혀 망각하는 일이 없다. 뒷날, 국민회의의 소란과 공포 속에 있을 때—혁명 때— 이러한 숭엄한 이미지는, 당장 눈앞의 사건이 불러일으키는 사상을 표현하는 데 적당한 상징이나 말로 되어 아침 광채를 발하며 재현될 것이다.

고상한 정서가 부르는 소리에 응하여 다시 숲이 흔들리고, 소나무가 속삭이고, 시냇물이 흐르며 빛나고, 소가 산 위에서 운다. 마치 그가 어릴 때 보고 들은 바와 같다. 그리고 이런 물상과 더불어 남을 설득하는 마력, 즉 힘의 열쇠가 그의 손안에 쥐어진다.

3. 우리는 이리하여 특수한 의미를 표현하는 데 자연계 사물의 원조를 받는다. 그러나 이러한 고추씨 정도의 보도를 전하는 데 얼마나 위대한 언어이냐. 인간에게 그 도시어(都市語)의 사전과 문법을 공급하기 위하

여 이렇게 고상한 생물족(生物族)과 이렇게 많은 물상, 이런 다수의 천체가 필요했겠는가. 우리는 일상생활의 사소한 일들을 촉진시키기 위하여 이 장대한 기호를 쓰고 있으면서 지금까지 그것을 써본 일이 없는 듯이, 혹은 그것을 쓸 수 없을 듯이 느끼는 것이다.

우리는 달걀을 굽기 위하여 화산의 불재를 이용하는 나그네와 흡사하다. 우리는 이 장대한 기호가 우리가 말하고자 하는 것을 옷입히고자 항상 준비하고 있는 것을 보면서, 그 기호의 문자 자체는 그다지 중요하지 않다는 것에 대한 의문을 품게 된다. 산이나 파도나 하늘에는, 우리가 그것을 자신의 사상의 기호로서 사용할 때 의식적으로 부여하는 의미 외에는 하등의 의미가 없는 것일까.

세계는 기호이다. 품사는 은유이다. 왜냐하면 자연의 전부가 인간의 마음의 은유이기 때문이다. 정신적 자연계의 법칙이 물질계의 법칙에 조응하는 것은 마치 실제의 얼굴이 거울 속의 얼굴과 조응하는 것과 같다.

"눈에 보이는 세계와 그 각 부분 상호 관계는, 눈에 안 보이는 세계의 나침반이다." 물리학의 공리(公理)는 윤리학의 법칙을 번역한다. 예를 들면 "전체는 그 부분보다 크다"라든지, "운동과 반동(反動)은 균등하다"라든지, "시간으로써 중량의 차이를 보상하면, 최소한 중량으로써 최대의 중량을 쳐들 수 있다"라든지, 기타 이것과 유사한 명제로서 물리학의 의의를 동시에 갖는 것이 많이 있다. 이런 명제를 인간 생활에 적용할 때, 전문적

용법에 국한된 경우보다 한층 더 넓고 보편적인 의의를 띠는 것이다.

이와 마찬가지로 역사상의 기억할 만한 말이나 여러 나라의 속담은, 흔히 도덕적 진리의 회화(繪畵), 또는 우화로서 선택된 자연계의 사실로 이루어져 있다. 예를 들면, 구르는 돌엔 이끼가 끼지 않는다든지, 숲속의 두 마리 새보다 손안의 한 마리라든지, 바른 길을 가는 절름발이가 잘못된 길을 가는 경주자를 이긴다든지, 해가 나와 있는 동안에 건초(乾草)를 만들어라든지, 물이 가득 찬 컵을 가지고 가기는 어렵다든지, 초는 술의 아들이라든지, 최후의 1온스가 낙타의 등을 부러뜨린다든지, 장수(長壽)한 나무는 우선 뿌리를 뻗는다든지 등이 그것이다.

이것들은 그 본래의 뜻에서 보면 사소한 사실이지만, 우리가 그것을 반복해서 입에 올리는 것은 그 유추적 의의에 가치가 있기 때문이다. 속담에서 진실한 것은 일체의 우화나 비유에서도 진실하다.

정신과 물질 사이에 존재하는 이 관계는 어떤 시인의 상상에서 나오는 것이 아니고, 신의 의지 속에 존재한다. 그러니까 만인이 자유로 그것을 알 수가 있는 것이다. 이 관계는 사람들의 눈에 보이는 수도 있고, 보이지 않는 수도 있다. 우리는 행복한 때에 이 기적을 생각하는데, 현자는 기타 모든 경우에 자기가 눈멀고 귀먹은 것이 아닌가 하고 의아해 한다.

이런 것들이 지금 있어서
여름의 뇌운(雷雲)처럼 우리를 압도하면서
각별히 우리의 경이를 일으키지 않는 수가 있을까.[1)]

주
1. 《맥베스》 제3막 제4장의 구절.

왜냐하면 그때에는 우주가 투명해지고, 그 자체의 법칙보다는 한층 높은 법칙의 빛이 그 속을 뚫고 비추기 때문이다. 그 관계는 천지개벽 이래, 즉 이집트인과 브라만의 시대로부터 피타고라스의, 플라톤의, 베이컨의, 라이프니츠의, 스웨덴보리의 시대에 이르기까지 모든 대천재(大天才)를 놀라게 하여 그 연구를 촉진시킨 항구 불변의 문제이다. 스핑크스는 길가에 앉아 있고, 여러 시대에 걸쳐 그 곁을 지나는 예언자는 각기 그 수수께끼를 읽어서 자기의 운명을 시험한다.

정령(精靈)에는 물질적 형체로써 자기를 표시해야 할 필연성이 있는 듯이 생각된다. 낮과 밤, 강과 폭풍, 짐승과 새, 산(酸)과 알칼리는 모두가 이미 신의 마음속에 필연적인 이데아로서 존재해 있고, 정령의 세계에서 앞질러 받는 영향으로써 그 현재의 상태가 되어 있는 것이다. 한 개의 사실은 정령의 목적, 혹은 최종의 결과이다.

눈에 보이는 창조물은 눈에 보이지 않는 세계의 종점, 혹은 도주(圖周)이다.

"물질적 사물은 필연적으로 조물주의 본질적 사상의

찌꺼기 같은 것이어서, 그것은 자기의 최초의 기원에 대하여 항상 정확한 관계를 유지하지 않으면 안 된다. 달리 말하면, 눈에 보이는 자연은 영적이고 정신적인 면을 갖고 있지 않으면 안 된다"라고 프랑스의 철학자는 말했다. 이 교의(敎義)는 심원하여 알기 어렵다. 그래서 '의복'이라든지, '찌꺼기'라든지, '거울'이라든지 하는 비유는 사람의 상상력을 자극할지도 모르지만, 우리는 이 교의를 알기 쉽게 하기 위하여 한층 투철하고 한층 활기 있는 설명자의 원조를 청해야 한다.

"모든 경전은 그것을 생산한 정령과 동일한 정령에 의하여 해석되어야 한다."

이것이야말로 비평의 근본 법칙이다. 자연과 조화된 생활, 진리를 사랑하고 덕을 사랑하는 마음은 사람의 눈을 정화하여 경문(經文)을 이해시킬 것이다. 점차 우리는 자연계의 영구 불멸한 사물의 원시적 의미를 알게 될지도 모른다. 그리하여 자연은 우리에게 펼쳐진 한 권의 책이 되고, 모든 물상이 그 숨겨진 생명과 궁극의 원인을 표시하게 될 것이다.

지금 암시된 견해하에서, 무서울 정도로 광범위하고 허다한 사물을 명상할 때, 그러는 동안에 새로운 흥미가 우리를 놀라게 한다. 왜냐하면 '모든 사물은 똑바로 보면 영(靈)의 새로운 능력을 노출하기' 때문이다. 무의식적 진리였던 것이 하나의 사물로서 해석되고 정의가 내려질 경우, 지식의 영토의 일부분—힘의 무기고(武器庫) 내의 새로운 한 무기가 된다.

훈 련

자연의 진리를 고찰하면, 우리는 곧 훈련이라는 하나의 새 사실에 당도한다. 세계의 이러한 효용은 전술(前述)한 여러 효용을 그것의 부분부분으로서 내포한다.

공간·시간·사회·노동·기후·식물·운전·동물·기계력 등은 매일 우리들에게 무한한 의미를 갖는 가장 진지한 교훈을 준다. 이런 것은 오성(悟性)과 이성을 모두 교육한다. 물질의 특성—그 견고성 내지는 저항성, 그 관성(慣性), 그 확장, 그 형태, 그 가분성(可分性)—은 오성을 가르치는 학교이다. 오성은 이 가치 있는 무대에서 활동하기 위하여 필요한 식료와 공간을 첨가하고 분할·결합·측정·발견한다.

한편 이성은 물질과 정신을 혼합시키는 유사를 인정함으로써, 이러한 교훈을 모두 자기의 사상세계로 옮기는 것이다.

1. 자연은 지적 진리에 의하여 오성을 훈련한다. 우리가 지각할 수 있는 사물을 취급하는 것은 차이나 유사나 질서나, 실재 및 외견(外見)이나, 점진적(漸進的) 배열이나, 특수에서 일반으로서의 향상이나, 동일한 목적을 향한 가지가지 결합 같은 필요한 교훈을 부단히 실습하는 것이다.

형성될 기관(器官)의 중요성에 비례하여, 그 기관의 교육에는 절대적인 주의—어느 경우에나 등한히 할 수 없는 주의—가 주어진다. 상식을 만들기 위하여 얼마나 지루한 훈련이 매일, 매년 끊임없이 계속되는가. 얼마나 번거로움과 불편과 딜레마가 잇따라서 생겨나는 것인가. 얼마나 소인배(小人輩)들이 우리의 실패를 좋아할까. 얼마나 가격의 분쟁이 있고, 얼마나 이해타산이 있는 것인가. 그러나 모든 것은 마음의 손을 만들기 위하여 "좋은 사상도 이것을 실행하지 않으면 좋은 꿈에 불과하다"는 것을 우리에게 교훈하기 위해서다.

재산과 여기에서 생기는 대차(貸借)의 조직도 또한 똑같이 좋은 임무를 다한다. 부채(負債), 압박하는 부채, 과부나 고아나 천재 아이들이 무서워하고 증오하는 철면(鐵面)의 부채—많은 시간을 낭비하고, 아주 천하게 보이는 배려 때문에 위인도 불구로 만들고 낙담시키는 부채는, 결코 버릴 수 없는 교훈을 주는 하나의 교훈자이고, 부채 때문에 가장 고생하는 자에게 가장 필요한 것이다.

그뿐만 아니라 교묘하게도 눈〔雪〕에 비유되어 온 '오늘은 평평히 내리지만 내일은 휘몰아쳐서 쌓이는' 재산이라고 하는 것은, 시계 문자판의 바늘과 같은 내부 기구의 표면 활동이다. 지금은 그것이 오성(悟性)의 훈련이지만, 정령의 선견(先見)에서는 한층 심원한 법칙에서의 경험의 축적이다.

개인의 모든 성격과 운명은 오성의 수련상의 가장 작은 부동(不同), 예를 들면 사물의 차이를 지각하는 데서의 부동에 의하여 좌우된다. 공간이 존재하고 시간이 존재하는 것은, 만물은 한덩어리로 되어 집합하고 있는 것이 아니라 개개로 분리되어 있는 것임을 인간에게 알리기 위함이다. 종(鍾)과 쟁기는 각자 독자적 효력을 갖고 있어, 어느 것이고 다른 직무를 수행할 수가 없다. 물은 마시는 데 좋고, 석탄은 때는 데 좋고, 양모는 입는 데 좋다.

그러나 양모를 마시고, 물을 실로 뽑고, 석탄을 마실 수는 없다. 현자는 사물을 분리하고 그것에 등급을 붙이는 데서 그의 지혜를 나타낸다. 그리하여 현자가 일체 창조물을 측정하고 가치를 측정하는 척도는 자연 그것만큼이나 광대하다.

우인(愚人)은 자기의 자에 눈금도 없이, 사람은 모두 다른 사람과 같다고 상상한다. 우인은 다만 좋지 않은 것을 가장 나쁘다고 부르며, 다만 싫지 않은 것을 제일 좋은 것이라고 부른다. 이와 마찬가지로, 자연은 얼마나 면밀한 주의를 우리에게 기울이는가. 자연은 어떠한 오류도 용서치 않는다. 자연의 찬(贊)은 찬이고 부(否)는 부일 뿐이다.

농학·천문학·동물학 등의 초보—농부나 수부(水夫)가 경험하는—는, 자연이 던지는 주사위에는 항상 추가 놓여져 있다는 것, 또한 자연의 먼지더미나 폐물 속에도 확실히 유용한 결과가 숨겨져 있다는 것을 가르친다.

사람의 마음은 얼마나 평정(平靜)하고 명쾌하게, 식물학상의 법칙을 차례차례 이해해 나가는 것인가. 인간이 창조의 평의(評議)에 참가하여, 생존의 특권을 지식으로써 느낄 때에 얼마나 고상한 정서가 그의 마음을 확대시키는 것인가. 그의 통찰은 그를 우아하게 만든다. 자연의 미가 그 자신의 가슴속에서 빛난다. 인간은 이것을 볼 수 있기 때문에 보다 크고 우주는 보다 작다. 왜냐하면 시간과 공간의 관계는, 모든 법칙이 알려지자 소멸하기 때문이다.

여기서 다시 우리는, 탐험할 우주의 광대함에 감명을 받고 다시 위압당한다. "우리가 알고 있는 것은 우리가 알고 있지 않은 것에 비하면 한 점에 불과하다." 최근의 과학잡지를 펼쳐서 빛이나 열이나 전기나, 자기(磁氣)나 식물학이나 지질 등에 관하여 제시된 여러 문제를 고찰하고, 자연과학의 흥미가 곧 다하고 말 것인가 아닌가를 판단해 보라.

자연의 훈련의 많은 세목(細目)은 그대로 지나친다 해도, 우리는 두 가지 세목은 빼놓아서는 안 되겠다.

의지의 훈련, 즉 힘의 교훈은 모든 사건에서 가르쳐진다. 어린아이가 여러 가지 감각을 차례차례로 소유하는 무렵부터 "신이여, 당신의 뜻에 맡기리다"라고 말하는 시대에 이르기까지, 그는 개개의 사건뿐만 아니라 여러 가지 큰 사건도, 아니 연달아 일어나는 일련의 사건을 전부 자기의 의지에 복종시키고, 이리하여 일체의 사실을 자기의 성격에 적응시킬 수 있다는 비밀을 배우는 것이다.

자연은 철저히 중개적(仲介的)이다. 그것은 인간에 봉사하기 위하여 만들어졌다. 그것은 예수 그리스도께서 타신 노새처럼 온순하게 인간의 제어를 받는다. 그것은 자기의 영토 일체를 인간에게 바치고, 그가 유용한 물건을 형성할 수 있는 원료가 되게 한다. 인간은 그 원료를 완성하는 데 결코 싫증을 안 느낀다.

그는 정묘, 우아한 공기를 현명하고 음조 고운 말로 다져서, 그것에 날개를 붙여 사람을 설복하고 명령하는 천사(天使)로 만든다. 그의 승리적인 사상은 만물을 차례차례 추적하여 그것을 굴복시키면 결국 세계는 다만 실현된 의지, 즉 인간의 분신에 지나지 않게 된다.

그 지각할 수 있는 여러 사물은 이성의 예고(豫告)를 좇아서 양심을 반영한다. 만물은 도덕적이다. 그리고 그 무한의 변화에서 계속 영성(靈性)과 교섭하고 있다. 따라서 자연은 형태와 색채와 운동에 광휘(光輝)를 던진다.

이리하여 가장 먼 천계(天界)의 모든 천체도 극히 조잡한 결정에서부터, 생명의 법칙에 이르기까지의 모든 화학적 변화도 하나의 잎에서 싹이 나타나는 생장의 근본원리로부터, 열대의 숲이나 대홍수 이전의 탄갱(炭坑)에 이르기까지의 모든 식물 성장의 변화도, 해면(海綿)에서 허큘리즈에 이르기까지의 모든 동물성 기능도, 모두 인간에 대하여 정사(正邪)의 제법칙을 암시하고 혹은 천둥쳐서 저 십계명(十誡命)을 반향할 것이다.

그 때문에 자연은 영원히 종교의 동맹자(同盟者)이고, 자기가 갖는 일체의 화려함과 풍요를 종교적 정서에 빌려준다. 예언자도 승려도, 다윗도 이사야도, 예수도 모두 이 깊은 원천에서 끌어내온 것이다. 이 윤리적 성격은 매우 깊이 자연의 골수에까지 침투하여, 말하자면 그 성격이야말로 자연이 만든 목적인 듯이 생각되는 것이다. 비록 어떤 사적인 목적이 어떤 국면이나 부분으로서 응해진다 하더라도, 이 윤리적 성격은 그것의 공적이고 보편적인 기능이어서 결코 생략되지 않는다.

자연계의 사물은 어떤 것이고 최초로 사용하여 다 쓰여서 탕진되는 일이 없다. 비록 어떤 사물이 그 목적을 위하여 극도에 이르기까지 구실을 다했다 하더라도, 그 사물은 다른 봉사를 위해서는 완전히 새로운 것이다. 신에게는 모든 목적이 새로운 수단으로 전환된다. 이리하여 상품의 효용은 그 자체만으로 생각하면 비천하고 초라하다.

그러나 그것도 정신에 대하여는 효용의 이치, 즉 사물은 그것이 어떤 구실을 하는 한에서는 선이고, 여러 부분과 노력이 힘을 합쳐 한 목적을 만들어내는 것이 어떠한 존재에 있어서도 긴요하다는 효용의 이치를 가르치는 하나의 교육이다. 이 진리가 제일로, 그리고 크게 나타나 있는 것은 가격과 수요, 곡물과 육류에 있어서 우리의 피할 수 없는 혐오스러운 훈련이다.

자연의 모든 과정이 도덕률의 번역인 것은 이미 예증한 바이고, 도덕률은 자연의 중심에 있어서 주위에 빛을 발사한다. 그것은 모든 물질, 모든 관계, 그리고 모든 과정의 진수(眞髓)이다. 우리가 접하는 모든 사물은 모두 우리에게 설법을 한다.

농장은 무언(無言)의 복음이 아니고 무엇이냐. 겉곡식과 밀, 잡초와 수목, 충해(蟲害)와 비·곤충·태양—

이것들은 모두 봄의 최초의 묘포(苗圃)로부터 겨울의 눈덮인 들판의 최후의 곡식단에 이르기까지의 신성한 기록이다.

그러나 수부(水夫)도 목양자(牧羊者)도, 광부도 상인도, 있는 곳은 모두 달라도 그들의 경험은 정확히 똑같아서 같은 결론에 도달하는 것이다. 왜냐하면 모든 조직은 근본적으로 유사하기 때문이다. 그리고 이리하여 공기를 향기 있게 한다든지, 곡물 속에서 성장한다든지, 세계의 바닷물을 잉태케 한다든지 하는 이 도덕적 정서가 인간에게 포착되어 그 영혼에 침투하는 것도 의심의 여지가 없다.

자연이 모든 개인에게 주는 도덕적 감화는 바로 자연이 그에게 증명하는 진리의 양(量)이다. 이 진리의 양을 측량할 자 누구이겠는가. 파도에 시달린 바위는 견인불발(堅忍不拔)을 어부에게 얼마나 가르쳐 왔는가. 그 더럽혀지지 않은 깊이 위를 바람이 폭풍의 구름떼를 휘몰아도 주름살 하나, 오점 하나 남기지 않는 푸른 하늘에서 얼마나 고요가 인간에게 반영되었는가. 금수(禽獸)들의 무언극에서부터 근면이나 예비와 애정을 우리는 얼마나 배웠는가. 이런 것들을 추측할 자가 있겠는가. 건강이라고 하는 변화 무쌍한 현상은 자제를 설교하는 엄격한 설법자이다.

도처에서 우리가 마주치는 자연의 통일—변화의 통일—이 이 점에서 특히 잘 이해된다. 만물의 무한한 변화는 모두 동일한 감명을 준다. 크세노파네즈(BC 570~

480)[1]는 그 만년에 이르러, 어디를 보나 만물은 모두 통일로 서둘러 돌아간다고 노래하였다. 그는 모든 물상의 지루한 변화 속에 동일한 실체를 보는 데에 싫증을 느꼈었다.

프로테우스의 우화에는 간곡한 진리가 들어 있다. 하나의 잎사귀도, 하나의 물방울도, 한 개의 결정체도, 한 순간도 전체와 관련되고, 전체의 완성에 참여한다. 각 분자는 소우주에서 이 세계를 충실히 모사하고 있다.

주

1. 옛 그리스의 즉흥시인이고 철학자. 신과 자연의 일치를 노래했다.

유사(類似)는 예를 들면, 우리가 소러스의 화석의 발에서 인간의 손의 유형을 발견하는 경우와 같이, 유사가 명백한 사물에만 존재하는 것은 아니고 표면상 크게 다른 물상 가운데 존재한다. 이리하여 드 스타엘 부인(1776~1817)[1]과 괴테는 건축을 '동결(凍結)된 음악'이라고 불렀다. 비트루비우스[2]는 건축가는 음악가여야 한다고 생각했다. 콜리지는 "고딕식 사원은 석화(石化)된 종교이다"라고 말했다. 미켈란젤로는 건축가에게는 해부학의 지식이 필요 불가결하다고 주장했다. 하이든(1732~1809)[3]의 성악(聲樂)을 들으면 그 곡조는 듣는 이의 상상에 대하여, 예를 들면 뱀이나 사슴이나 코끼리 등의 운동을 제시할 뿐 아니라 푸른 초원의 색채도 제시한다.

조화 있는 음향의 법칙은 조화 있는 색채 속에도 재현한다. 화강암은 그 자체의 법칙으로는 다만 다소의 열에 의해서만 자신을 마멸시키는 강물과 구분된다. 강은 흘러갈 때 그 위를 흐르는 공기와 같고, 공기는 한층 더 희박한 흐름으로써 공기를 꿰뚫는 빛과 유사하고, 빛은 빛과 더불어 공간을 달리는 열과 유사한다.

각 창조물은 모두가 다른 창조물의 변형에 불과하다. 만물 속에 있는 유사점은 그 차이점보다 많다. 만물의 근본 법칙은 한결같다. 한 예술의 규칙, 또는 한 조직의 법칙은 자연 전반에 걸쳐 통용된다. 이 통일은 극히 친밀한 것이기 때문에, 그것이 자연의 최하의 의상 밑에도 존재하고, 그 원천이 우주의 정령(精靈) 속에 있음을 보이고 있는 것을 쉽게 알 수 있다.

왜냐하면 이 통일성은 사상에도 침투되어 있기 때문이다. 우리가 언어로써 표현하는 보편적 진리는 다른 모든 진리를 포함하거나 가상한다. "모든 진리는 일체의 다른 진리와 조화한다." 그것은 마치, 모든 있을 수 있는 원주(圓周)를 포함하는 한 둥근 형체의 원주 같은 것이다. 그러나 이 있을 수 있는 일체의 원도 똑같이 그려져서 그 대원을 포함할 수 있을 것이다. 이런 진리는 모두 한 방면에서 보면 절대적 실체이다. 그러나 그것은 무수한 방면을 갖고 있는 것이다.

주

1. 프랑스의 여류작가. 당시의 유명한 문인들과 교우가 많았다. 나폴레옹 당시에 국외로 추방됨.

2. 로마의 건축기술가. 아우구스투스 시대의 사람으로 유명한 ≪건축론≫을 썼다.
3. 독일의 유명한 음악가.

이 중심적 통일이 행위에 있어서는 한층 현저하다. 언어는 무한한 정신의 유한한 기관이다. 언어는 진리 속에 들어 있는 것의 여러 차원을 다 망라할 수는 없다. 언어는 진리를 파괴하고, 절단하고 빈약하게 만든다. 행위는 사상의 완성이고 공표(公表)이다. 옳은 행위는 눈을 만족시키고 그것은 또한 전자연과 관련되어 있는 것처럼 생각된다.

"현자는 한 가지 것을 행하여 만사를 행한다. 또한 현자는 그가 바르게 행하는 한 가지 것에 바르게 행해지는 일체의 영상을 본다."

언어와 행위는 짐승들 세계의 속성은 아니다. 우리는 언어와 행위로써 비로소 인간의 형체를 갖춘다. 기타 일체의 조직은 인간의 형체가 퇴화한 것으로 생각된다. 이 인간의 형체가 그것을 에워싸는 그 많은 것 사이에 나타날 때에, 정령은 다른 모든 것을 버리고 그것을 택한다. 정령은 말한다.

"인간의 형체 같은 것에서부터 우리는 희열과 지식을 끌어들였다. 인간의 형체 같은 것에서 우리는 자기를 발견하고 자기를 지켜보았다. 우리는 이것에 말을 걸련다. 그것은 다시 말할 수 있다. 그것은 이미 형체를 이룬 살아 있는 사상을 자기에게 줄 수 있다."라고. 사실상 눈은—마음은—항상 남성의, 그리고 여성의 이러한 형체에 수반된다. 그리고 이런 형체는 여러 사물의 한 복판에 있는 힘과 질서를 유례 없이 풍부히 보도하는 것이다. 불행히도 이런 형체는 어느 것이나 다소의 손상을 받은 흔적을 지니고 있다. 즉 훼손되어 외관상 결핍되어 있는 데가 있다.

그럼에도 불구하고 이런 형체는 그 주위에 있는, 말도 못하고 듣지도 못하는 자연계와는 아주 달라서, 사상과 덕(德)의 한없이 깊은 바다 위에 마치 분수대처럼 서 있다.

이들 형체가 우리의 교육에 어떤 작용을 하는가를 상세하게 추구하는 것은 유쾌한 연구일 것이다. 그러나 그런 연구에 끝이 있을 것인가. 우리가 청년시대나 장년시대에 사귄 친구 중에는, 마치 하늘과 바다만큼 우리의 사상과 같은 넓이를 갖고, 또한 각자 심령(心靈)의 감동에 응하여 그 방면의 우리의 욕구를 만족시키는 자가 있다. 이런 친구를 우리에게서 적당한 초점거리에 놓고서, 그들을 수정하거나 나아가 분석하는 일이 우리로선 도저히 불가능하다.

우리는 그들을 사랑하지 않을 수 없다. 한 친구와의 깊은 교제가 우미(優美)의 표준을 우리에게 주고, 우리의 이상보다 나은 진인(眞人)을 이와 같이 보내주시는 신의 힘에 대하여 우리의 존경심을 높일 때, 그 친구가 사상의 대상이 되어 그 인격에는 모든 무의식적인 감화력을 유지하면서 우리의 심중에서는 그것이 견실하고 쾌적한 지혜로 바뀔 때, 그것은 그 친구의 임무가 곧 끝난다는 것을 우리에게 무언중에 암시하고, 그는 곧 우리의 시야에서 사라지는 것이 보통이다.

관념론

이리하여 말로는 표현하기 어렵지만, 그것을 이해하고 실제로 적용할 수 있는 세계의 의미가, 모든 감각의 대상을 빌려 그 불멸의 제자인 인간에게 전해진다. 이 훈련이라고 하는 하나의 목적에 대하여 자연의 모든 부분이 힘을 합치는 것이다.

이 목적이 우주의 궁극적 원인이 아닌가, 그리고 자연이란 과연 외적으로 존재하는 것인가. 이런 고상한 의문이 부단히 우리의 마음에 떠오른다. 신이 인간의 마음을 가르치고, 이리하여 인간의 마음을 조금씩 서로 적응하는 감각, 즉 우리가 태양이나 달, 남자와 여자, 집과 상업이라고 부르는 감각의 수용자가 되게 하는 것만으로써 우리가 세계라고 부르는 이 외관을 설명하는 데 충분하다.

나의 오관(五官)의 보고가 확실한지의 여부를 시험하는 것, 즉 나의 감각이 내게 주는 인상이 외계에 존재하는 사물과 대응하는지의 여부를 식별하는 것이 내게 완전히 불가능한 이상, 오리온 성좌(星座)가 사실상 하늘에 있건 또는 어떤 신이 그 오리온 성좌의 상(像)을 우리의 영혼의 창공에 그린 것이건 무슨 차이가 있겠는가.

각 부분간의 관계와 전체의 목적도 항상 동일한 이상, 육지와 바다가 서로 작용하고, 모든 세계가 수없이, 그리고 끝없이 회전하고 교차한다 하더라도—바다가 바다 밑에 입 벌리고, 무한 공간에 걸쳐서 은하(銀河)가 은하와 평행한다 하더라도—또는 시간과 공간의 관계없이 동일한 외관이 인간의 한결같은 신앙에 새겨져 있다 하더라도 무슨 차이가 있겠는가. 자연이 외부에 실체로서 존재하든, 또는 다만 우리의 마음의 묵시 속에 존재하는 것에 불과하든, 자연은 내게 똑같이 유용하고 똑같이 존엄한 것이다.

비록 자연이 어떤 것이든, 내가 나의 감각의 정확 여부를 시험할 수 없는 한, 자연은 내게 관념으로 존재할 뿐이다.

경박한 자들은 관념물을 웃음거리로 하여 마치 그 결말이 희화(戲畵)인 듯이, 그리고 그것이 자연 안정성을 흔드는 것인 줄로 생각한다. 분명히 그렇지 않다. 신은 결코 우리를 희롱하지 않는다. 그리고 자연의 진행에 다소라도 전후 모순을 허용하여 자연의 목적을 위태롭게 하고자 하지 않는다. 다소라도 제법칙의 불변성을 의심하는 것은 인간의 제능력을 마비시키는 일이 되리라.

제법칙의 불변성은 신성하게 존경받고 있고, 이에 대한 인간의 신앙은 완전하다. 인간의 차륜(車輪)과 태엽은 모두 자연의 불변이라는 가정에 따라 붙여진 것이다. 우리는 물결에 흔들리는 배처럼 만들어지진 않았다. 지상에서는 가옥처럼 만들어져 있다. 원동력이 반동력(反

動力)보다 우월하다는 한에서, 자연은 정령보다 단명하고 변하기 쉽다는 것을 보이는 암시에 대하여 분연히 반대하는 것은, 이런 구조를 갖고 있는 이상 당연한 결과다. 중개인도, 목수도, 차량목수도, 도로세 수거인(收去人)도 이런 암시를 받으면 매우 불유쾌하게 느낀다.

그러나 우리가 자연의 제법칙설에 전적으로 동의하지만, 자연의 절대적 존재의 문제는 여전히 미결인 채 남아 있다. 열이라든지, 물이라든지, 질소 같은 개개의 현상의 안정에 대한 우리의 믿음을 동요하지 않고, 그러나 자연을 하나의 실체로 보지 않고 현상으로 보며, 필연적인 존재는 이것을 정령으로 돌리고 자연을 하나의 우연, 하나의 인상으로 보는 것은 교양이 인간의 마음에 주는 획일적 결과이다.

자연의 절대적 존재에 대한 일종의 본능적 신앙은, 감각과 아직 갱신되지 않은 오성이 소유하는 것이다. 이런 감각과 오성의 관점에서는 인간과 자연은 불가분으로 결합되어 있다. 만물은 모두 궁극적인 것이고, 자기의 영역 밖으로 눈을 돌리지 않는다. 이성이 나타나자마자 이 신앙은 파괴된다. 사상의 최초의 노력은 마치 우리가 자연의 일부분인 듯이, 우리를 자연에 결부시키는 감각의 전제를 완화하는 방향으로 기울어지고, 자연을 우리와 유리된, 말하자면 부유하는 것으로써 우리에게 보여준다.

이러한 한층 고상한 작용이 개입되기까지에는, 육안은 뚜렷한 윤곽과 색채 있는 표면을 놀랄 만큼 정확하게 본다. 이성이 눈을 뜨면 윤곽과 표면에는 당장 우미(優美)와 표정이 가해진다. 이 우미와 표정은 사상과 애정에서 생기며, 물상의 각이 진 명확성을 약간 감축한다. 만일 이성이 한층 진지하게 시력을 자극받을 때, 윤곽과 표면은 투명해지고 이제 더이상 보이지 않는다. 제원인과 정령이 이런 윤곽과 표면을 통하여 보인다. 인생의 최고의 순간은 이 한층 고상한 힘이 상쾌하게 눈뜨고, 자연이 그 신 앞에서 경건하게 물러갈 때이다. 우리는 나아가 교양의 결과를 지시해야겠다.

1. 관념론 철학에서 우리의 제1의 기본이 되는 것은 자연 그 자체에서 받는 암시이다.

자연은 정령과 협력하여 우리를 해방하도록 만들어져 있다. 어떤 기계적 변화, 예를 들면, 우리가 있는 위치의 사소한 변경이 우리에게 이원론(二元論)을 가르친다. 우리는 해안을 달리는 배에서 보고, 기구(氣球)에서 보고, 혹은 미묘한 하늘의 빛을 통해서 봄으로써 신비로운 감동을 받는다.

우리의 견지(見地)를 조금만 바꾸어도 전세계에 그림 같은 풍치가 가해진다. 별로 마차를 타지 않는 사람에겐 다만 마차를 타고 자기 고을을 통과하기만 해도 시가가 인형극으로 바뀐다. 남자도 여자도—지껄이고, 달리고, 매매하고, 싸우고 있는—열심히 일하는 직공도, 게으름뱅이도, 걸인도, 아이도, 개도 곧 실체 없는 것으로 되어버리거나 혹은 적어도 관찰자와의 일체의 관계에선 완전히 떨어져서, 실체가 없는 외관만의 존재물인 듯이 보인다.

빨리 달리는 기차의 창을 통하여 아주 익숙한 전원의 풍물을 바라볼 때 얼마나 새로운 사상이 떠오르는가. 뿐만 아니라 가장 익숙한 물상도(아주 조금만 관점을 바꾸면) 우리를 매우 즐겁게 해준다. 카메라의 암상(暗箱)을 통하여 보면, 푸줏간의 차나 자기 가족의 모습도 재미있다. 그와 마찬가지로 잘 알고 있는 얼굴의 상(像)도 즐거워진다. 몸을 굽혀 가랑이 사이로 풍경을 거꾸로 보면 그 풍경이 비록 20년 동안이나 보아온 것이라도 얼마나 재미있는가.

이런 경우에 있어서는, 관찰자와 광경 사이의 인간과 자연 사이의 상이점이 기계적 방법으로써 암시되어 있다. 거기에서 외경심과 섞인 쾌감이 일어난다. 이렇게도 말할 수 있다—약간의 숭엄(崇嚴)한 감정이 어쩌면 다음 사실에서, 즉 인간은 이와 같이 세계가 하나의 광경인 데 대하여, 자신 속의 어떤 것은 불변인 것을 알게 되는 사실에서 느껴진다고.

2. 어떤 고상한 방법으로 시인은 이와 똑같은 쾌감을 전한다. 그는 약간의 필치로써 마치 공기 위에 묘사하듯이 태양·야영·도시·영웅·처녀를 묘사한다. 그러나 그것은 우리가 아는 것과 다르게 그리는 것이 아니라, 다만 이것을 지상에서 추켜올려 우리의 눈앞에 부유시켜서 묘사하는 것이다. 그는 육지와 바다를 해방하며, 이것을 자기의 근본적 사상을 중추로 하여 회전시키고, 그것을 새로이 배치한다.

그 자신이 용맹한 열정에 사로잡혀 있기 때문에, 그는 물질을 그 열정의 상징으로 사용한다. 감각적인 사람은 사상을 사물에 적합시킨다. 시인은 사물을 자기의 사상에 적합시킨다. 한쪽은 자연을 뿌리 박혀 고착된 것으로 보고, 한쪽은 자연을 유동적인 것으로 보아, 자연 위에 자기의 존재를 인각(印刻)한다. 시인에게 있어서는 열거하기 어려운 이 세계도 유순하고 다루기 쉬운 것이 된다.

그는 먼지나 돌도 인간성의 옷으로 감싸고 그것을 이성(理性)의 언어가 되게 한다. 상상이란 이성이 물질계를 이용하는 것이라고 정의할 수도 있다. 셰익스피어는 어떤 시인 이상으로 표현을 위하여 자연을 복종시키는 힘을 갖고 있다. 그의 제왕다운 시혼(詩魂)은 삼라만상을 마치 장난감처럼 이 손에서 저 손으로 던지고, 그의 마음속의 가장 윗부분에 있는 변덕스런 사상을 구현하는 데에도 그것을 이용한다.

절묘한 영적 결합에 의하여 그는 자연의 가장 멀리 떨어진 공간도 방문하고 가장 먼곳에 흩어진 사물도 집합시킨다. 우리는 물적(物的) 사물의 대소는 상대적이어서, 일체의 물상은 이 시인의 열정에 봉사하기 위하여 수축하고 확대하는 것임을 알게 된다. 이리하여 그의 ≪소네트집(集)≫에서 셰익스피어는 새의 노래와 꽃향기와 빛깔을 그의 애인의 그림자로 본다. 애인과 그를 갈라놓는 시간은 그의 가슴이고, 애인이 일으킨 의혹은 그녀의 장식이다.

의혹은 미(美)의 장식이다.
하늘의 가장 아름다운 대기 속으로
나는 까마귀다.1)

그의 열정은 우연히 얻은 성과는 아니다. 그것은 그가 도시나 국가에 말을 걸 때 확대한다.

아니, 그것은 결코 우연히 세워진 것은 아니다.
그것은 미소짓는 영화 속에 고통받는 일도 없고
구속의 불만을 당하여 쓰러지는 일도 없다.
그것은 권모(權謀)에도—짧은 시간 동안 번창하는
이교도도 두려워 않고,
다만 홀로 국가라는 거대한 모습으로 선다.2)

주

1. 셰익스피어의 《소네트집》 70.
2. 셰익스피어의 《소네트집》 124.

항구불변의 힘을 갖는 그에게 있어서는, 피라밋도 최근에 생긴 일시적인 덧없는 것으로 생각된다. 청춘과 사랑의 청신함은 아침과 유사한 점에서 그를 눈부시게 한다.

그렇게 달콤하게 거짓 맹서한
그 입술을 떼라
그리고 그 눈을—새벽을,
아침을 그릇 인도하는 빛을.1)

주

1. 셰익스피어 ≪以尺報尺≫ 제5막 제1장의 구절.

그러므로 이렇게 말할 수 있는 것은 이러한 과장법의 분방한 미는 문학에서 이것과 필적시키기가 쉽지 않으리라는 것이다.

이 시인의 열정에 의하여, 일체의 물적 사상(事象)이 모두 변형하는 것은—그가 이런 힘을 행사하여 거대한 것도 왜소하게 만들고, 미세한 것도 확대하는 것은—그의 극에서 많은 예를 들어 증명할 수 있다. 내 눈앞에 ≪폭풍≫이 있으니 다음 몇 행을 인용해 보겠다.

에어리얼—나는 대반석 같은 갑(岬)을 뒤흔들었다.
그리고 돌출한 뿌리를 잡아
소나무와 삼나무를 잡아뺐다.1)

주

1. ≪폭풍≫ 제5막 제1장의 구절. 이하의 인용구도 같다. 에어리얼은 프로스페로의 착오.

프로스페로는 광란한 알론조와 그 동료를 위안하기 위하여 음악을 청한다.

장엄한 곡조야말로 흐트러진 공상을 위안하는 제일인자, 두개골 속에서 들끓어도 이제 아무 소용없는 그대의 뇌수가 그것으로 고쳐지기를.

다시,

저주가 당장 풀린다.

그리고 마치 아침이 어둠을 녹이고 밤에 다가들듯이, 그들의 회복한 정기가, 그들의 맑은 이성을 덮고 있는 무명(無名)의 독기를 쫓아내기 시작한다……. 그들의 분별력이 부풀기 시작한다.

그리고 다가오는 밀물이
지금은 탁한 진흙 같은
이성의 기슭을 곧 채우리라.

여러 사건 사이에 있는 참된 친연(親緣)—달리 말하면, 관념상의 친연, 왜냐하면 이것만이 참되기 때문이다—을 파악했기에, 이 시인은 세계의 가장 당당한 형체와 현상을 자유로 구사하며 영(靈)의 우월을 주장할 수 있는 것이다.

3. 이와 같이 시인은 자기 자신의 사상으로써 자연을 생기 있게 할 수 있지만, 한편 그는 다만 다음 점에서 철학자와 다르다. 즉, 전자는 미를 그 주요한 목적으로 제의하고, 후자는 진리를 제의한다. 그러나 철학자라 하더라도, 만물의 외관상의 질서나 관계를 뒤로 미루고 사상의 제국을 앞세우는 점에서 시인보다 나으면 나았지 못하지 않다.

플라톤에 의하면, "철학의 문제는 조건하에 존재하는 만물을 위하여, 무조건적이고 절대적인 기초를 발견하는 것이다."

이 말은 하나의 법칙이 만상(萬象)을 결정하므로, 그

것을 알면 만상을 예지할 수 있다는 신념에서 나온 것이다. 그 법칙은, 그것이 사람의 정신 속에 있어서는 하나의 관념이다. 그 미는 무한하다. 참된 철학자와 참된 시인은 동일하고, 진리이면서 미인 것과, 미이면서 진리인 것이 그들 양자의 목적이다.

플라톤이나 아리스토텔레스의 정의의 한 가지가 매력이 있는 것은, 소포클레스[1]의 비극 ≪안티고네≫의 매력과 완전히 흡사한 것이 아닌가. 그것은 양자의 경우에 있어 영적 생활이 자연에 부여되어 있기 때문이다. 외관은 견고하게 보이는 물질의 덩어리가 사상에 침투되어 용해되어 버렸기 때문이다. 이 연약한 인간이 활력 있는 영혼으로써 자연의 광대한 집단 속에 침투하여, 그들 집단의 조화 속에 자신을 발견하였기 때문이다. 즉 그들 집단의 법칙을 포착하였기 때문이다.

물리학에 있어서 이것이 성취될 때엔, 기억은 개개의 사항의 번잡한 목록을 암기하는 고역을 면하고, 수세기에 걸치는 관찰을 하나의 공식으로서 보지(保持)한다.

주

1. 고대 그리스 아덴스의 대비극작가. B.C. 5세기경의 사람.

이와 같이 물리학에서조차, 물질적인 것은 영적인 것 앞에서 그 품격이 낮아진다. 천문학자·기하학자는 그들의 논쟁의 여지없는 분석에 의지하여 관찰의 결과를 무시한다. 오이레르(1707~1783)[1]가 호선(弧線)에 관한 법칙에 대하여 말한 숭고한 말, 즉 "이 법칙은 모든 경험과 반대되는 것임을 알게 될 것이다. 그렇지만 이것은 진(眞)이다"라고 한 말은 이미 자연을 정신세계 속에 이입(移入)하고, 물질을 마치 버린 시체처럼 돌보지 않았음을 뜻하는 것이다.

㈜

1. 유명한 독일의 수학자.

4. 지적(知的) 과학은 물질의 존재에 대하여 항상 의문을 낳는 것으로 생각되어 왔다. 튀르고(1727~1781)[1]는 말했다. "물질의 존재에 대하여 전에 한 번도 의심을 품지 않은 사람은, 형이상학의 연구에는 부적당하다고 단언해서 말할 수 있다"라고.

이것은 사멸하는 일 없는 필연적인, 그리고 창조에 의한 것이 아닌 제자연(諸自然)에, 즉 관념세계에 주의를 결부시킨다. 그리고 이 관념세계(이데아)의 존재 앞에서 우리는 외계의 사실을 한바탕의 꿈이나 하나의 그림자로 느끼는 것이다.

우리가 이 이데아라고 하는 제신의 올림푸스에 머무르는 동안, 우리는 자연을 영혼의 부속물로 생각한다. 우리는 이 제신의 세계에 올라간다. 그리하여 이들의 이데아야말로 지상의 실재인 신의 사상임을 안다.

"이런 것은 영원에서부터, 원초(元初)로부터, 대지가 있기 전부터 만들어진 것이다. 신이 하늘을 만들기 시작할 때 그것은 거기에 있었다. 신이 구름을 위에 놓았을 때, 심연(深淵)의 샘의 힘을 굳혔을 때 거기에 있었다. 그때 이래, 그것은 마치 신과 더불어 성장한 존재처럼 신의 곁에 있었다. 신은 이들의 이데아를 논의의 대상으로 한 것이다." [2)]

주

1. 루이 16세 시대의 프랑스의 정치가·철인.
2. 구약의 〈잠언〉 제8장, 23, 26, 27, 28, 30 등 참조.

이데아가 우리에게 주는 감화력은 비례적이다. 과학의 대상으로서의 이데아, 그것에 접근할 수 있는 사람은 적다. 그러나 경건심과 열정에 의하여서는 누구나 이데아의 세계에 오를 수 있다. 그리고 이 이데아의 신성한 본성에 접할 때엔 어떤 사람이고 자신이 어느 정도 신성해지지 않을 수 없다. 이러한 신성한 본성은 하나의 새로운 영과 같이 육체를 새롭게 한다.

우리의 육체가 민첩해지고 경쾌해진다. 우리는 허공을 밟는다. 인생은 더이상 귀찮은 것이 아니고, 앞으로도 결코 귀찮은 것이 아닐 것으로 생각된다. 이런 신성한 본성과 청랑(淸朗)한 영교(靈交)를 계속하는 자는 누구나 나이를 두려워하거나, 불행을 두려워하거나, 죽음을 두려워하지 않는다.

왜냐하면 그의 몸은 변화의 영역 밖으로 옮겨져 있기 때문이다. 우리가 정의와 진리의 성질을 가린 것 없이 보고 있는 동안, 우리는 절대적인 것과 조건적인 것 내지는 상대적인 것 사이의 차이를 안다. 우리는 절대적인 것을 이해한다. 말하자면 비로소 "우리는 존재한다." 우리는 불사(不死)의 상태가 된다. 왜냐하면 우리는 시간과 공간은 물질의 관계이고, 진리의 지각 내지는 유덕한 의지에 대하여 시간과 공간은 아무런 친연(親緣)을 갖고 있지 않은 것임을 알기 때문이다.

5. 마지막으로 종교와 윤리(그것은 관념의 실행, 인생에 대한 관념의 도입이라고 부르는 것이 적당하겠지마는 그것이 자연의 품격을 낮추고, 그것이 정령(精靈)에 의존하고 있는 점에서 모든 저급한 교양과 유사한 결과를 갖는다.

윤리와 종교는 다음과 같은 점에서 차이가 있다. 즉 전자는 사람에서 시작하는 인간의 의무의 체계이고, 후자는 신에서 시작하는 인간의 의무의 체계인 점이다. 종교는 신격(神格)을 포함하지만 윤리는 포함하지 않는다. 양자는 우리의 현재의 의도에 대해서는 동일하다. 양자가 모두 자연을 발 아래 놓고 있다. 종교의 최초이자 최후의 교훈은 "눈에 보이는 사물은 일시적인 것, 눈에 보이지 않는 사물은 영구적인 것'이라고 한다.

그것은 자연을 모욕하는 것이다. 종교는 철학이 버클리(1684~1753)[1)]나 뷔아사[2)]에 대하여 하는 일을 무교육자에게 한다. 가장 무식한 종파의 교회에서 들을 수 있는 문구는 이것이다—

"세계의 실체 없는 외관을 경멸하라. 그것은 공허하고, 꿈이고, 그림자이고 비실재이다. 종교의 실재를 구하라."

이러한 종파의 신도들은 자연을 경멸한다. 어떤 접신론자(接神論者)들은 마네스교도(敎徒)[3]나 프로티누스(BC 204~276)[4]와 똑같이 물질에 대하여 일종의 적개심과 분개심을 갖게 되었다. 그들은 자기들이 저 이집트의 성연(盛宴)을 되돌아보는 일이 있으리라고 믿지 않았다.

프로티누스는 자기의 육체를 부끄럽게 생각했다. 요컨대 그들은 모두가 미켈란젤로가 외면적 미에 대하여 "그것은 신이 이세상에 불러낸 영혼을 싸는 연약하고 혐오스러운 옷가지이다"라고 말한 것을 물질에 대해서 말했는지도 모른다.

주

1. 영국의 유명한 관념론 철학자.
2. '편찬자'의 뜻. 고대 인도의 經論史編 등의 전설적 작가 내지는 編者. 특히 유명한 ≪베다≫의 완성자. 그리고 ≪라마야나≫ 등의 편자를 가리킨다.
3. 페르시아인 마네스가 창시한 二元敎. 사람의 육체는 암흑계〔惡〕에서, 정신은 광명계〔善〕에서 생하고, 악은 사람을 타락시키고, 선은 높인다고 가르친다.
4. 新플라톤 학파의 유명한 철학가. 이집트 출신. 로마에서 철학을 가르쳤다.

운동·시가·자연과학·지적 과학·종교 등은 모두 외계의 실재에 대한 우리의 확신을 흔들고자 하는 경향이 있는 듯이 보인다. 그러나 일체의 교양은, 우리의 마음에 관념론을 침투시키려는 경향이 있다는 일반적 명제의 세목을 너무 자세히 펼치는 것은 자연에 대하여 망은적(忘恩的)인 경향이 있다고 생각한다.

나는 자연에 대하여 하등 적의를 갖고 있지 않고, 그것에 대하여 어린아이와 같은 사랑을 갖는다. 나는 따스한 햇볕을 쬐며 옥수수나 멜론처럼 몸을 펴고 산다. 나는 자연을 공정히 말해야겠다. 나는 나의 아름다운 어머니에게 돌을 던지고, 나의 우아한 둥주리를 더럽히고 싶지 않다. 나는 다만 인간에 대한 자연의 진정한 위치를—모든 올바른 교육이 인간을 거기에 놓는 경향이 있는 자연의 진정한 위치를, 거기에 도달하는 것이 인생의 목적, 즉 인간과 자연과의 결합의 목적인 자리라고 그것을 지시하고자 할 뿐이다

교양은 자연에 대한 야비한 견해를 전도하여, 정신으로 하여금 그것이 실재라고 흔히 불려온 것을 피상이라고 부르고, 환영이라고 흔히 불려온 것을 실재라고 부르게 한다. 과연 아이들은 외면 세계를 믿는다. 외면의 세계는 다만 피상적이라는 생각은 나중에 생기는 사상이다.

그러나 일단 교양이 생기면, 이 신념은, 외면 세계를 실재라고 한 최초의 신념이 생겼을 때와 똑같이 확실하게 마음에 일어난다.

관념론이 통속의 신념보다 우월한 점은, 그것이 우리의 정신에게 가장 바람직한 견해로 이 세계를 올바로 제시해 주는 데 있다. 이 견해는 사실상 사변적(思辨

的) 및 실천적 이성, 즉 철학과 덕이 취하는 견해이다.

왜냐하면, 사상의 빛에 비추어 보았을 때 세계는 언제나 현상적이고, 덕은 세계를 정신에 복종시키는 것이기 때문이다. 관념론은 세계를 신 속에 본다. 그것은 인간과 사물, 행위와 사건, 국가와 종교 등의 전원(全圓)을 보는 데 있어, 늙어서 기어가는 '과거' 속에, 원자(原子)에 원자를 겹치고, 동작에 동작을 더하여 애써 쌓아올린 것으로 보지 않고, 영(靈)의 정관(靜觀)을 위하여 신이 즉각적으로 영원 위에 그려놓는 한 폭의 거대한 그림으로 본다.

그 때문에 영은 이 우주의 액면(額面)에 대하여 너무 사소한 현미경적 연구를 하는 것을 피한다. 영은 목적을 너무 지나치게 존중하기 때문에 수단에 몰두하지 못한다. 영은 기독교에서 교회사상(教會史上)의 오점 내지 비평의 정미(精微)한 것보다는 더 중요한 어떤 것이 있음을 인정한다.

그리고 인물과 기적에 관해서는 극히 무관심하게, 그리고 역사적 증거가 결핍해 있는 것이 있어도 조금도 마음을 어지럽히는 일 없이, 영은 이 현상을 자기 눈에 비치는 대로, 즉 이 세계의 순수하고 외경할 만한 형식의 종교로 신에게서 받아들인다.

영은 자칭해서 영 자신의 행운 혹은 불운이라고 하는 것이 나타나도, 다른 사람들이 화합(和合)하거나 반대해도 열을 올리고 격하지 않는다. 아무도 영의 적은 아니다. 영은 어떤 일이 일어나도 자기 교훈의 일부분으로서 그것을 받아들인다. 영은 행하는 자라기보다 오히려 지켜보는 자이다. 그리고 영이 행하는 자가 되는 것은 다만 보다 더 잘 지켜보기 위함이다.

정 령

자연과 인간에 관한 참된 학설에서는 다소라도 진보적인 것을 포함하는 것이 긴요하다. 다 써버린 혹은 써버릴지도 모르는 효용이나, 다만 서술로 끝나버릴 사실은 자연이라고 하는 이 화려한 숙소—그 속에서 인간이 보호받고, 그 속에서 인간의 일체의 능력이 적당히, 그리고 무한히 운용되는 이 숙소의 진실을 말하는 전부라고 할 수 없다. 그리고 자연의 일체의 효용은 그것을 인간 활동에 무한한 범위를 주는 효용이라고 요약해서 말할 수 있다.

자연은 그 영역 전체에 걸쳐서, 즉 만물의 주변과 변경에 이르기까지 그 원천이 된 원인에 대해서는 충실하다. 자연은 항상 정령에 대하여 말한다. 자연은 절대적인 것을 암시한다. 자연은 영속하는 결과이다. 자연은 우리 배후에 있는 태양을 항상 가리키는 커다란 그림자이다.

자연의 외모는 경건하다. 마치 예수 상(相)과 같이 머리를 수그리고 양손을 가슴 위에 접고 서 있다. 자연에서 예배의 교훈을 배우는 자는 가장 행복한 자이다.

우리가 정령이라고 부르는 말로 표현할 수 없는 본질에 대하여 가장 많이 생각하는 사람은 가장 적게 얘기하리라. 우리는 조야한, 그리고 말하자면 아득한 물질 현상 속에서 신을 예견한다.

그러나 우리가 신 그 자체를 정의하고 서술하고자 할 때는 말도 사상도 모두 우리를 버리고, 우리는 우인(愚人)이나 야만인처럼 어찌 할 바를 모르게 된다. 그 본질은 명제로서 기록되기를 거부한다. 그러나 인간이 그 본질을 지적으로 예배했을 때 자연이 하는 가장 고상한 봉사는, 신의 환상으로서 서는 것이다. 자연은 보편적인 정령이 그것을 통하여 개인에게 말을 해오고, 개인을 정령 자신에게로 데려가고자 노력하는 기관이다.

우리가 정령을 고찰할 때에, 우리가 이미 말한 여러 견해가 인간의 전원주(全圓周)를 싸고 있지 않음을 안다. 우리는 이에 관련되는 몇 가지 사상을 첨가해야겠다.

세 가지 문제가 자연에 의해서 사람의 마음에 제기된다. 즉 물질은 무엇이냐, 물질은 어디에서 오는가, 그리고 어디로 가는가. 관념론은 이 문제 중에서 첫째 문제에 대해서만 대답한다. 관념론은 말한다, 물질은 현상일 뿐 실체가 아니라고. 관념론은 우리들 자신의 실재의 증거와 세계의 실재의 증거 사이에는 전혀 차이가 있음을 우리에게 알린다. 즉 한쪽은 완전하고, 다른 한쪽은 어떤 보증도 불가능하다. 정신은 만물의 본성의 일부분이고 세계는 신성한 꿈이다.

우리는 당장 이 꿈에서 깨어나 대낮의 광명과 확실성에 이를지도 모른다. 관념론은 목수일이나 화학의 원리와는 다른 원리로써 자연을 설명코자 하는 가설(假說)

이다.

그러나 만일 관념론이 단순히 물질의 존재를 부정하는 것뿐이라면, 그것은 정신의 요구를 만족시키지 못한다. 그것은 신을 나에게서 떼낸다. 그것은 나를 나 자신의 지각의 화려한 미로(迷路)에 남겨놓고서 끝없이 방황하게 한다. 그리고 우리의 심정이 관념론에 반항한다.

왜냐하면 관념론은 남녀의 실체적 존재를 부정하고 애정의 발로를 방해하기 때문이다. 자연 속에는 인간의 생활이 널리 침투되어 자연 전체 속에도, 그리고 각 개체 속에도 어느 정도 인간성이 포함되어 있다. 그러나 이 관념론은 자연을 나와는 인연이 없는 것으로 만들고, 우리가 자연에 대하여 인정하는 그 혈연 관계를 설명하지 않는다.

그러므로 현재 우리의 지식 상태에 있어서는, 관념론은 단순히 영과 세계 사이에 존재하는 영원의 구별을 우리에게 알리는 구실을 하는 유용한 서론적 가설이라고 해두자.

그러나 우리가 눈에 보이지 않는 사상의 발자취를 더듬어 물질은 어디에서 왔고, 어디로 가는가를 묻게 되면 많은 진리가 의식의 뒤안에서부터 우리에게 나타난다. 우리는 지고(至高)한 자가 인간의 영에 대하여 존재하는 것을 알며, 지혜도 아니고 사랑도 아니고, 미도 아니고 힘도 아니고, 그 모든 것의 일체이고, 그 하나하나를 완전히 갖추고 있는 그 무서운 보편적 본질이 만물의 존재의 목적을 이루고 또한 만물의 존재의 원인을 이루는 것임을 알고, 정령이 창조하는 것을 알고, 자연의 배후에나 자연의 내부 어디에나 정령이 존재하는 것을 안다.

그 정령은 단일한 것이지 복합적인 것은 아니다. 그것은 외부로부터, 즉 시간과 공간으로써 우리에게 작용해 오는 것이 아니라 영적으로, 즉 우리를 통해서 작용한다. 따라서 우리는 그 정령, 즉 지상의 실재가 자연을 우리 주위에 구축하는 것이 아니라, 마치 수목의 생명이 낡은 가지와 잎의 구멍에서 새로운 가지와 잎을 피워내듯이 우리를 통해서 발생시키는 것을 안다.

식물이 지상에 서 있듯이 사람은 신의 가슴 위에 앉아 있다. 그는 마르는 일 없는 샘으로 양육되고, 필요에 따라 끝없는 힘을 빨아올린다. 과연 누가 인간의 가능성을 제한할 수 있겠는가. 정의와 진리의 절대적 성질을 보도록 허용되어 일단 상층의 영기(靈氣)를 호흡하면, 우리는 인간이 조물주의 전지함에 접근할 수 있고, 그 자신이 이 유한계의 조물주임을 안다. 이 견해는 지혜와 힘의 원천이 어디에 있는가를 나에게 경고하고 또한 마치,

영원의 왕궁을 여는
황금 열쇠1)

를 가리키는 것처럼 덕을 가리키는 것이며, 그 자체의 면상에 진리의 최고 증명서를 지니고 있다. 왜냐하

면 그것은 나를 고무하고, 나의 영(靈)을 정화함으로써 나 자신의 세계를 창조하기 때문이다.

주

1. 밀턴 《코마스》 13, 14행.

세계는 인간의 육체의 출처와 동일한 정령에서 발생한다. 세계는 신의 화신(化身)이지만 인간의 육체보다 한층 인연이 멀고 열등하며, 무의식계에서의 신의 투영이다. 그러나 세계는 한 가지 중요한 점에서 육체와 다르다. 세계는 육체처럼 인간의 의지에 종속되어 있지 않다.

그 청량한 질서를 우리가 침범할 수는 없다. 그 때문에 세계는 우리에게는 신의 마음의 현재의 설명자이다. 세계는 우리로 하여금 얼마나 신의 마음에서 떨어져 있는가를 측정케 하는 정점(定點)이다. 우리의 집인 세계 사이의 대조는 점점 명백해진다. 우리는 신에 대해서 타국인이 되는 것과 같이 자연 속에서도 이방인이 된다.

우리는 새의 노래 곡조를 이해하지 못한다. 여우나 사슴은 우리를 보고 도망치고, 곰이나 범은 우리를 찢는다. 우리는 옥수수나 사과·감자와 포도 같은 몇몇 가지 식물의 효용밖에 모른다. 어디를 보나 웅대한 저 풍경은 신의 면모가 아닌가. 그러나 이 사실은 인간과 자연 사이에 얼마나 부조화가 있는가를 우리에게 가르쳐 주는 것인지도 모른다.

왜냐하면, 바로 근처 들에서 노동자가 흙을 파고 있으면, 그대들은 고상한 풍경이라도 그것을 마음껏 찬탄할 수 없기 때문이다. 시인은 사람들의 모습이 안 보일 때까지는 그의 기쁨 속에 무엇인가 우스운 존재가 있음을 알게 된다.

전 망

세계의 제법칙(諸法則) 및 만물의 조직에 관한 규명에 있어서는 최고의 이성(理性)이 항상 진(眞)이다. 너무 정련(精練)되어 있어서 존재의 가능성이 희미하게밖에 생각되지 않고, 흔히 희미하고 몽롱한 까닭은 여러 가지 영원의 진리 중에서도 그것이 가장 깊숙이 사람의 마음속에 숨어 있기 때문이다.

실험적 과학은 사람의 시력을 흐리게 하기 쉽고, 모든 기능과 과정에 관한 지식 바로 그것에 의하여 연구자로 하여금 전체에 대한 남성적인 주시(注視)를 잃게 하는 경향이 있다. 학자는 비시인적으로 된다.

그러나 가장 박식한 박물학자로서 완전히 경건한 주의를 진리에 쏟는 사람은, 그와 세계와의 관계에 대하여 배울 바가 많이 남아 있음을 알 것이고, 또한 그것은 이미 알려진 지식 분량을 가감하거나 달리 비교해서 배워지는 것은 아니고, 아무에게서도 배울 수 없는 영(靈)의 돌진(突進)에 의해서, 그리고 부단한 자기 부활로써, 그리고 대단히 겸허한 태도로써 비로소 도달될 수 있음을 알 것이다. 그는 학자에게는 정확성이나 착오가 없는 것보다 훨씬 우수한 특질이 있는 것을 인정할 것이고, 추측이 논쟁의 여지가 없는 단정보다 훨씬 좋은 결과를 가져오는 수가 자주 있음을 인정하고, 또한 몽상이 백 가지 예정된 실험보다 더욱 깊이 자연의 비밀 속으로 우리를 들어가게 하는 수가 있음을 인정할 것이다.

왜냐하면, 해결해야 할 문제는 정확히 생물학자나 박물학자가 진술을 생략하는 문제이기 때문이다. 동물계의 모든 개체(個體)를 아는 것은 인간에게는 부당한 일이다. 그것보다는 오히려 부단히 사물을 분리하고 분류하여 가장 다양한 사물을 단일체로 환원하고자 하는 인간본성에 들어 있는 폭력적 통일성향이 대체 어디에서 생겨서 어디로 가는 것인가를 알고자 하는 것이 한층 적당하리라.

내가 아름다운 풍경을 바라볼 때에 지층의 순서와 중첩을 정확히 암기하는 것보다도 어째서 다양한 사상이 일체 몰입되어 고요한 통일의 감성으로 되는가를 아는 편이 한층 내 목적에 적합하다. 사물과 사상 사이의 관계를 설명할 수 있는 힌트가 주어지지 않는 한, 또한 패류학(貝類學)의, 식물학의, 그리고 예술의 형이상학(形而上學)에 한줄기 광선이 가해져서, 꽃이나 조개류나 동물이나 건축 등의 형체가 인간의 마음에 대하여 어떤 관계를 갖는가를 밝히고, 관념 위에 과학이 세워지지 않는 한, 나는 하나하나의 세부적인 사실은 크게 존중할 수 없다.

박물 표본실에 들어가면, 우리는 짐승이나 물고기나 곤충류의 가장 다루기 어렵고, 기괴한 형체에 대하여 어떤 불가사의한 인식과 공감을 느낀다. 자기네 나라에서 외국의 모형에 좇아서 설계된 건축만을 보아온 미국인이, 요크 대사원(大寺院)이나 로마의 성(聖) 베드로 대사원 안에 들어가면, 그런 대건축도 역시 모방임을 보고서 즉, 눈에 안 보이는 원형의 사소한 모사임을 느끼고서 놀란다.

또한 박물학자가 인간과 세계 사이에 존재하는 관계의 놀랄 만한 조화를 못 보는 한, 과학은 충분한 인간성을 갖지 못한다. 인간은 세계의 주인공이다. 그것은 인간이 가장 정묘한 주민이어서가 아니라, 그가 세계의 두뇌이고 심장이어서 모든 크고작은 사물 속에서, 모든 산악의 지층 속에서, 그리고 관찰이나 분석의 결과 명백한 모든 색채의 새로운 법칙이나, 천문학상의 사실이나, 대기의 영향 같은 것 속에서 어느 정도 자기를 발견하기 때문이다.

17세기의 아름다운 찬미가(讚美歌) 작가였던 조지 허버트는 이 신비를 지각하고 시상(詩想)이 고취되었었다. 다음 시는 인간을 노래한 그의 단시(短詩)의 일부이다.

> 사람의 몸은 완전히 균제를 이루어 조화를 이루고 있다.
> 팔은 팔과 그리고 전체는 세계의 전체와.
> 각 부분은 가장 멀리 떨어진 것도 동포라고 부를 수 있다.

그것은 머리와 발이 은밀한 친교를 맺고 있고,
그 머리와 발이 달과 조수(潮水)와 친교하기 때문이다.

아무리 멀리 있는 것도
사람이 이것을 잡아 그 먹이를 보존하지 않은 것은 없다.
사람의 눈은 가장 높은 별도 끄집어내린다.
사람의 몸은 작으나 전세계이다.
우리의 육(肉) 속에 그 지기(知己)를 찾을 수 있기 때문에
풀은 기꺼이 우리의 육체를 치료한다.
우리를 위하여 바람은 불고,
대지는 휴식하고, 하늘은 움직이고, 샘은 흐른다.
우리가 보는 것은 무엇이나 모두 우리에게 이롭다.
우리의 기쁨으로서, 아니면 우리의 보물로서.
전세계는 우리의 찬장이거나
아니면 우리의 오락실이다.

별은 우리를 침실로 유인하고,
밤은 커튼을 끌어닫고, 해는 그것을 열어젖힌다.
음악과 빛은 우리의 머리를 시중들고,
만물은 그것이 내려와 존재할 때엔
우리의 육체에 다정하고,
올라가 원인이 될 때엔 우리의 마음에 다정하다.

사람은 많은 하인의 시중을 받으면서 이 많은 시중을 못 느낀다.
사람이 병들어 창백하고 야위어 터벅터벅 걸어갈 때엔
어느 길이나 그를 도와준다.
아 위대한 사랑이여. 사람은 한 세계이고
또한 자기를 섬기는 또 한 세계를 갖고 있다.

이 정도의 진리를 깨달으면, 사람들은 과학에 매력을 느껴 그것에 접근하고 싶어진다. 그러나 수단에 주의를 기울이는 바람에 목적을 못 보고 만다. 과학의 시력은 이토록 불완전하기 때문에 우리는 "시가(詩歌)는 역사보다 산 진리에 가깝다"고 말한 플라톤의 말을 진실이라고 받아들인다. 심령(心靈)의 추측과 예언은 모두 어느 정도 존경받을 가치가 있다. 그리고 우리는 잘 정돈되긴 했어도 한 귀중한 암시를 내포하지 않은 학술체제보다는, 오히려 진리의 편린이 들어 있는 불완전한 학설이나 문장을 택해야 할 것을 안다.

현명한 작가는 연구와 창작의 목적이 사람에게 아직 발견되지 않은 영역이 있는 것을 알림으로써, 그리고 희망을 통하여 마비된 정령에 새로운 활력을 전함으로써, 가장 잘 달성된다고 느낀다.

그러므로 나는 인간과 자연에 관한 몇 가지 전설(傳說)을 적어 이 논(論)을 끝맺고자 한다. 이 전설은 어떤 시인이 내게 노래해 준 것인데, 이것은 지금까지 늘 이세상에 존재해왔고, 아마 모든 시인의 마음에 재현할 것이므로 역사일 수도 있고, 예언일 수도 있으리라.[1)]

주

1. 이 시인이란 에머스 브론슨 올코트(1779~1888)를 말함. 미국의 문인·교육자·철인.

"인간의 기초는 물질에 있지 않고 정령 속에 있다. 그러나 정령의 요소는 영원하다. 그러므로 영에서 보면 가장 긴 사건의 연속도, 가장 오래된 연대기도 세월이 오래지 않은 최근의 것이다. 우리가 이미 아는 개개인을 낳게 한 보편적 인간의 주기(週期)에서 보면, 세기(世紀)는 한 점이고, 전 역사는 다만 똑같은 타락의 시대일 뿐이다."

"우리는 우리가 자연과 공감하는 것을 심중에서 의심하고 부정한다. 우리는 자연에 대한 우리의 관계를 혹은 시인하고 혹은 부인한다. 우리는 네부카드넷자르[1)]과 같이, 왕위에서 추방되어 이성(理性)을 잃고 소처럼 풀을 뜯는다. 그러나 누가 정령의 치료할 수 있는 힘에 제한을 가할 수 있으랴.

주

1. 고대 바빌론의 대왕. 구약 〈다니엘書〉 4장 31~33장을 참조.

사람은 영락한 신이다. 사람이 천진무구할 때엔 생명은 더욱 길고, 우리가 꿈에서 깰 때처럼 조용히 불사(不死)의 경지에 들어가리라. 그러나 이런 분란이 수백년 계속되면 세계는 광란하리라, 다행히 유년(幼年)과 죽음이 있어 세계를 억제한다. 유년은 영원한 구세주여서 타락한 사람의 품안에 들어와 "낙원으로 돌아가라"고 그들을 설득한다.

"인간은 그 자신의 난쟁이다. 일찍이 그는 정령에 의하여 침투되고 용해되었다. 그는 자기의 넘치는 조류(潮流)로써 자연을 충만시켰다. 그에게서 해와 달이 나왔다. 남자에게서는 해가, 여자에게서는 달이 나왔다. 그의 마음의 제법칙(諸法則)과 그의 행위의 모든 기간이 형체로 표현되어 밤낮이 되고, 연세(年歲)와 사계(四季)가 되었다. 그러나 그 자신을 위하여 이 거대한 패각(貝殼)을 다 만들자 그 조류는 물러갔다. 그는 더 이상 큰 맥관(脈管)도 작은 맥관도 채우지 않는다. 그는 응축하여 한 개의 물방울이 된다. 그는 천지의 구조가 아직 자기에게 적합하나, 그 적합이 너무 방대함을 본다. 아니 오히려 전에는 그 구조가 그에게 적합했지만 이제는 멀리에서, 그리고 높은 데서 그에게 대응한다고 말할 수 있다. 그는 주저하며 자기 자신의 작품을 숭배한다. 이제 남자는 해의 종자(從者)이고, 여자는 달의 종자이다. 그러나 그는 때로 그의 잠에서 깨어나 자기 몸과 자기 집을 보고 놀라며, 자기 몸과 자기 집 사이의 유사(類似)를 기이하게 명상한다. 그는 비록 그의 법칙이 아직 최고라 하더라도, 비록 그가 아직 지수화풍(地水火風)의 자연력을 갖는다 하더라도, 비록 그의 언어가 지금도 아직 자연계에 있어서 순정(純正)한 것이라 하더라도 그것은 의식적 힘이 아니고, 또한 인간의 의지보다 못한 것이 아니고, 보다 우위인 것을 인정한다. 그것은 본능이다."

저 오르페우스와 같은 나의 시인은 이렇게 노래불렀다.

"현재에는 사람이 그의 힘을 반밖에 자연에 적용하지 않는다. 그는 오성만으로써 세계에 작용한다. 그는 세계에 살면서 한 푼의 지혜로써 그것을 다스린다. 그래서 세계에서 가장 잘 일하는 자는 다만 반인(半人, a half—man)에 불과하다. 그의 양팔은 굳세고, 그의 소화력은 양호하며, 그의 마음은 짐승처럼 잔인하고, 그는 하나의 이기적인 야만인이 되어 있다. 자연에 대한 그의 관계, 자연에 미치는 그의 힘은 오성을 통하여 갖는 관계이고, 오성을 통해서 미치는 힘이다. 예를 들면 비료나 불·바람·물, 그리고 항해자의 나침반의 경제적 이용, 증기·석탄·화학적 농예(農藝), 치과의사나 외과의사가 행하는 치료 등으로써 자연에 대한 관계를 갖고, 자연에 힘을 미친다. 이것은 마치 추방된 국왕이 한꺼번에 그 왕위를 회복하지 않고 조금씩 조금씩 자기 영토를 매입(買入)하는 것과 같이, 그 힘을 회복해가는 것이다. 그러는 동안에 짙은 어둠속에 훨씬 밝은 광명의 반짝임—인간이 그 전력을 다하여 오성과 동시에 이성으로써 자연에 작용하는 실례가 때때로 나타나는 것—이 없는 것이 아니다. 그 실례를 들면, 모든 국민의 태고적의 기적에 관한 전설, 예수 그리스도의 일대기, 종교혁명 및 정치혁명에서 보는 바와 같은, 그리고 노예매매의 폐지와 같은 어떤 주의(主義)의 성취, 스웨덴보리나 호헨로헤(1794~1849)[1]나 세이카 교도에 대하여 전해 내려오는 것과 같은 광신(狂信)의 기적, 근자에 동물자기(動物磁氣)라는 이름하에 정리되고 있는 여러 가지 애매하고 논쟁되는 사실, 기도(祈禱)·웅변·자기요법(自己療法), 아동들의 지혜 등이 그런 것이다. 이런 것은 이성이 일시적으로 왕홀(王笏)을 쥔 실레이다. 시간과 공간 속에 존재하지 않는 힘의 행사이다. 흘러들어오는 찰나적인 원인의 작용이다. 인간의 현실의 힘과 관념의 힘 사이의 차이는 학자들에 의하여 교묘하게 비유되어 있다. 그들은 이렇게 말한다. 인간의 지식은 저녁의 지식(vespertina cognitio)이지만, 신의 지식은 아침의 지식(matutina cognitio)이다."

주

1. 독일의 승직자. 1824년 그 기도의 힘으로 한 여성의 병을 치료해서 유명.

세계에 대하여 그 본래의 영원의 미를 회복하는 문제는 영(靈)의 구제로써 해결된다. 우리가 자연을 바라볼 때 우리 눈에 비치는 황폐함이나 공허함은 우리들 자신의 눈에 있다. 시각의 중축(中軸)이 만물의 중축과 일치하지 않음으로써 만물이 투명하게 보이지 않고 불투명하게 보인다. 세계가 통일을 이루지 못하고 깨어져 여러 무더기로 쌓여 있는 이유는, 인간이 자기 자신과 분열되어 있기 때문이다.

정령이 발(發)하는 일체의 요구를 만족시키지 않고서는 인간은 박물학자가 될 수 없다. 사랑은 지각과 마찬가지로 정령이 요구하는 것이다. 확실히 이 사랑과 지각은 어느 것이나 그 어느 한쪽이 결핍되면 완전해질 수 없다. 언어의 지고(至高)한 의미에 있어서 사상은 신앙이고, 신앙은 사상이다. 깊이가 깊이를 부른다.

그러나 실생활에 있어서는 사상과 신앙의 결혼식은

거행되지 않는다. 세상에는 조상 전래의 관습에 따라서 신을 예배하는 천진한 사람들이 있다. 그러나 그들의 의무감은 아직도 그들의 모든 능력을 사용하는 데까지는 미치고 있지 않다. 그리고 세상에는 근면한 박물학자가 있다.

그러나 그들은 그들의 연구과제를 오성의 찬 빛에 쏘여 얼리고 만다. 기도도 또한 진리의 연구가 아닌가—미발견(未發見)의 무한의 세계에 들어가고자 하는 영(靈)의 돌격이 아닌가. 충심으로 기도를 드리고서 무엇인가 배우지 않는 사람은 없다. 그러나 모든 물상을 개인적 관계에서 떼어내어, 이것을 사상의 빛에 비추어 보고자 맘먹은 충실한 사상가가, 그와 동시에 가장 신성한 애정의 불로써 과학을 불태울 때 그때 신이 다시 천지에 나타나리라.

마음에 연구 태세가 갖춰져 있으면 새삼스럽게 연구 대상을 찾을 필요가 없다. 지혜의 불변의 목표는 평범한 것 속에서 불가사의한 것을 보는 것이다. 하루는 무엇인가, 1년은 무엇인가, 여름은 무엇인가, 여자는 무엇인가, 어린이는 무엇인가, 잠은 무엇인가. 우리의 어두운 눈에는 이런 것들이 아무런 감정을 주지 않는 것으로 생각된다. 우리는 적나라한 사실을 감추기 위하여 우화(寓話)를 만든다.

그리하여 그 사실을 마음의 한층 높은 법칙에 순응시킨다고 우리는 말한다. 그러나 그 사실을 사상의 빛에 비추어 볼 때엔 그 화려한 우화는 퇴색하고 시들고 만다. 우리는 진정으로 한층 높은 법칙을 본다. 그 때문에 현자의 눈으로 보면, 사실이야말로 참된 시가(詩歌)이고 우화 중의 가장 아름다운 우화이다.

이런 불가사의한 사물들은 우리들 자신의 문턱으로 다가온다. 그대들도 또한 하나의 인간이다. 남녀와 그들의 사회생활, 즉, 빈곤·노동·수면·공포·운명 어느 것이고 그대가 아는 바이다.

이런 사물은 외면적이 아닌 것이 없고, 각개의 현상은 그 뿌리를 마음의 능력과 애정에 두고 있음을 알아야 한다.

추상적인 문제가 그대의 지력(知力)을 점유하고 있는 동안에, 자연은 그대의 손으로 해결하게 하고자 그 문제를 구체적인 물건으로 하여 가져온다. 우리의 일상 경력과 정신 내에서의 관념의 발생과 진전을 한점 한점 비교하는 것은, 특히 생애의 현저한 위기에서 그렇게 하는 것은 사실(私室)에서의 현명한 연구이리라.

이리하여 우리는 새로운 눈으로써 세계를 보게 된다. 세계가 스스로 교화(教化)된 의지에 묵종(默從)함으로써 "진리는 무엇이냐"라고 지성이 제기하는 무한한 질의와, "선이란 무엇이냐"라고 하는 애정이 제기하는 무한한 질의에 응답하리라. 이리하여 우리 시인의 말을 다음과 같이 인용한다.

"자연은 고정적이지 않고 유동적이다. 영(靈)은 자연을 변혁시키고 형성하고 제조한다. 자연이 고정되고 혹은 정(情)을 갖지 않는 것은 정령이 존재하지 않기 때문이다."

순수한 정령에 대해서는 자연은 유동하고, 경쾌하고 순수하다. 모든 정령은 스스로 하나의 집을 짓고, 자기 집 저쪽에 하나의 세계를 구축하고, 또 자기의 세계 저쪽에 하나의 천국을 구축한다. 그러니 세계는 그대를 위하여 존재함을 알라. 그대를 위하여 현상세계는 완전하다.

우리는 대체 무엇인가, 다만 그것만을 우리는 볼 수 있을 뿐이다. 아담이 가졌던 일체의 것, 케사르가 할 수 있었던 일체의 것은 그대도 갖고 있으며, 또한 할 수 있다. 아담은 자기 집을 천지라고 불렀다. 케사르는 자기 집을 로마라고 불렀다. 그대는 아마 그대의 집을 구둣방이라고 부르고, 1백 에이커의 경작된 토지라고 부르고, 혹은 학자의 다락방이라고 부르리라.

그러나 그대의 영토는 아름다운 이름이 없을망정 아담이나 케사르의 영토만큼 크고, 선과 선이, 점과 점이 하등 차이가 없는 것이다. 그러니 그대 자신의 세계를 구축하라. 그대의 생활을 그대의 마음속의 순수한 관념에 순응시키면, 당장 그대의 세계는 폭넓게 펼쳐지리라. 정령이 흘러들어오면 그에 호응하는 혁명이 만물속에 일어나리라.

이리하여 돼지 · 거미 · 뱀 · 흑사병 · 정신병원 · 감옥 · 적(敵) 등 이러한 불유쾌한 외관이 당장 소멸하리라.

그러한 것은 일시적인 것이니 더이상 눈에 보이지 않으리라. 자연이 갖는 추하고 더러운 것은 태양이 그것을 말리고 바람이 그것을 불어헤치리라. 여름이 남쪽에서 오면, 눈 쌓인 둑은 녹고, 땅은 여름 앞에서 푸른색이 될 것이다.

그와 같이 진행하는 정령은 그 통로에 연하여 장식을 만들고, 제가 찾는 미와 황홀케 하는 노래를 동반한다. 그것은 여러 아름다운 얼굴과, 여러 따스한 심정과, 여러 현명한 논의와, 여러 용감한 행위를 제가 가는 통로 주변에 끌어들여, 드디어 악은 더이상 눈에 띄지 않는다.

자연 위에 세워진 인간의 왕국, 그 왕국에 들어가 인간은 마치 점차 시력을 회복하는 맹인의 경이감과 동일한 경이감을 느끼리라. 이 인간의 왕국은 관찰에서 생긴 그런 것이 아니라, 이제 신에 대한 인간의 꿈을 초월하는 데 있는 그러한 영토를 말하는 것이다.

인간은 그 왕국으로, 마치 완전히 시력을 회복한 맹인처럼 더이상 의구심 없이 들어가리라.

2. 역사론

만물을 만드는 영(靈)에게 있어서는
사물의 큰 것, 작은 것이 있지 않다.
영이 오는 데에 만물이 있고,
또한 그것은 도처에 온다.

나는 지구의 소유주이다.
그리고 일곱 별과 태양년(太陽年)과,
케사르의 손과 플라톤의 두뇌와
주 예수의 마음과 셰익스피어의 운율의.

모든 개인에게 공통된 한 마음이 있다. 모든 사람은 이 마음에 그리고 이 마음의 전체에 통하는 입구이다. 일단 이성(理性)의 권리를 갖도록 허용된 사람은, 이 마음의 전왕국(全王國)의 자유민이 된다. 플라톤이 생각한 것을 그도 생각할 수 있을 것이다. 성인(聖人)들이 느낀 것을 그도 느꼈을 것이고, 언제 누구에게 일어난 것이라도 그가 이해할 수 있다. 이 편재(偏在)한 마음에 드나들 수 있는 사람은 누구든지 일찍이 이루어지고, 이루어질 수 있는 모든 것에 참여할 수 있다. 왜냐하면 이 마음이야말로 유일한 지상(至上)의 주동자이기 때문이다.

이 마음의 여러 가지 일의 기록이 역사이다. 그 정수

(精髓)는 매일의 연속으로 예증되어 있다. 인간은 그의 전역사로써 비로소 설명이 된다. 서두르지 않고, 쉬지 않고, 인간 정신은 태초 이래 걸어오면서, 그것이 갖추고 있는 모든 능력, 모든 사상, 모든 감정을 적당한 사건에 구현해 온 것이다. 그러나 사상은 반드시 사실에 앞선다. 역사의 모든 사실들은 법칙으로서 마음속에 선재(先在)해 있다. 하나하나의 법칙은 차례차례 그때 그때의 경우에 따라 주세(主勢)를 갖게 되지만, 자연의 제한으로 말미암아 일시에 하나의 법칙만이 힘을 받게 된다.

인간은 사실의 전백과사전(全百科事典)이다. 천 개의 삼림이 만들어지는 것도 하나의 도토리 속에 있다. 이집트·그리스·로마·고올[1]·영국·미국 그 모두가 이미 최초의 사람 속에 들어 있던 것이다. 일대일대(一代一代)·진영·왕국·제국·공화국·민주정치 그 모든 것이 인간의 다양한 정신을 다양한 세계에 적용한 것에 불과하다.

주

1. 오늘날의 프랑스·북부 이탈리아·벨기에·네덜란드·스위스 및 독일 일부를 포함한다.

이 인간의 마음이 역사를 썼다. 따라서 읽기도 그렇게 읽어야 한다. 스핑크스[1]는 그 자체의 수수께끼를 풀지 않으면 안 된다. 만일 역사의 전체가 한 인간에게 들어 있다면, 그것은 모두 개인적 경험에서 설명되지 않으면 안 된다. 우리 인생의 시시각각과 시간의 세기 세기 사이에는 일종의 어떤 관계가 있다.

내가 호흡하는 공기가 자연의 큰 저장고에서 나오듯이, 내 책에 쏟아지는 빛은 몇백만 마일 먼 별에서 생기듯이, 나의 신체의 균형이 구심력과 원심력의 형평에 의존하고 있듯이, 이 시시각각은 과거의 시대 시대에 의하여 가르침을 받고, 그 시대 시대는 또한 이 시시각각으로써 설명되지 않을 수 없다. 개개의 인간은 이 편재하는 마음의 또 하나의 육화(肉化)다. 그 특질의 모든 것은 그 속에 존재한다.

개인의 사적 경험의 개개의 새로운 사실은 인간의 대집단들이 한 일에 대하여 한 줄기 빛을 던진다. 그리하여 개인의 생애의 위기는 국가적 위기와 관련된다. 모든 혁명은 그 하나하나가 최초의 한 사람의 마음에서 생긴 사상이었다. 그리고 그 사상이 다른 사람에게 일어날 때 그것은 이 시대를 푸는 열쇠가 된다. 모든 개혁은 한때는 어떤 사람의 사견(私見)에 불과했다. 그러나 그것이 다시 하나의 사견으로 될 때 그것은 그 시대의 문제를 해결할 것이다. 이야기되는 사실이 내 마음속의 무엇과 호응하는 것이 있어서 비로소 그것이 믿어지고 이해된다.

역사를 읽을 때 우리는 그리스인으로, 로마인으로, 터키인으로, 승려로, 왕자로, 순교자로, 행형관(行刑官)으로 되지 않으면 안 된다. 그리고 이러한 이미지를 우리의 어떤 내밀한 경험 속의 어떤 현실과 결부시키지 않으면 안 된다. 그렇지 않으면 아무것도 옳게 배우지 못할 것이다. 아스드루발[2]이나, 케사르볼지아[3]에게 일어난 것은 우리들에게 일어난 것과 마찬가지로 이 마음의 활력과 퇴폐를 예증하는 것이다.

하나하나의 새 법률과 새 정치운동은 모두 그대들에게 의미가 있다. 그 하나하나의 팻말 앞에 서서 이렇게 말하라—"이 가면 밑에서 나의 프로테우스[4] 같은 본성이 몸을 감추었었다"라고. 이것은 우리가 지나치게 자신에게 접근하는 결점을 치료한다. 이것은 우리의 행동을 멀리 조망(眺望)할 수 있게 해준다. 게나 산양(山羊)이나 전갈이나 저울이나 물병이 표지(表識)로서 하늘의 12궁(十二宮)에 매달리면 그 비속함이 사라지듯이, 내 자신의 악덕도 솔로몬[5], 알키비아데스[6], 카티라인[7]과 같은 아득한 옛사람의 몸에서 볼 때, 냉정히 그것을 볼 수 있다.

주

1. 신화에 나오는 괴물. 여자의 머리에 날개 있는 사자의 몸을 갖고 있다. 유명한 이집트의 스핑크스는 길가 바위 위에 앉아서 행인에게 수수께끼를 던져, 해답하지 못하는 자를 죽인다. 그 수수께끼는 "아침엔 네 발, 점심엔 두 발, 저녁엔 세 발이 된다. 발이 가장 많을 때 가장 약한 것이 무엇이냐"라는 것이다. 이 수수께끼는 영웅 오디푸스에 의하여 해명되었다. 그것은 '사람'이라고. 이리하여 스핑크스는 바위에서 몸을 던져 죽었다고 한다.
2. 유명한 한니발의 동생. 형이 이탈리아 원정 때에 스페인을 지키고 로마군과 싸웠고, 다시 형의 군대와 합세하기 위하여 이탈리아에 들어가 로마군에게 전사했다. 기원전 207년으로 전해진다.

3. 법왕 알렉산더 6세의 넷째아들. 승직자·군인·정치가. 성품이 잔인 간교하여 많은 죄악을 저질렀고, 악의 권화로 알려진 인물. 1507년 死.
4. 그리스 신화에 나오는 해신 중의 하나. 예언에 능하여 인간의 운명을 말할 수 있었으나, 그것을 듣고자 하면 곧 변신하여 그 정체를 잡을 수 없었다.
5. 이스라엘의 왕(기원전 1015~977). 그가 누린 일대의 영화로써 유명하다.
6. 옛 그리스의 정치가이고 장군(기원전 450~404). 문벌·외모·재능·부유를 갖춘 인물이었으나 공명심이 강하여 타국으로 추방되어, 결국 자객의 손에 죽었다.
7. 로마의 귀족이고 정치가(기원전 109~62). 야심이 강하여 모반을 계획하다 추방당하여 타국에서 로마군에게 공격받아 죽었다.

개개의 인간이나 사물에 가치를 부여하는 것은 그 보편적 본성이다. 인생은 그것을 포함하기 때문에 신비스럽고 침범할 수 없다. 그리고 우리는 형벌과 법률로써 이것을 에워싼다. 일체의 법률은 여기에서 그 궁극적 이유를 가져오고, 일체의 법률은 이 지고 무한한 본질의 어떤 명령을 다소 분명히 표현한다. 물질적 재산도 또한 심령에 관여하는 것이고, 위대한 정신적 사실을 포용한다.

따라서 본능적으로 우리는 우선 칼과 법률과 광대하고 복잡한 결합체로써 그것을 굳게 지키는 것이다. 이 사실을 희미하게 의식하는 것은 우리들의 매일의 광명이고, 요구 중의 요구이다. 그것은 교육·정의·박애에 대한 변호이다. 그것은 우정과 애정의 근원이고 자기 신뢰의 행위에 속하는 장렬(壯烈)과 장엄의 근원이다.

부지불식간에 언제나 우리가 탁월한 존재로서 사물을 읽는 것은 주목할 일이다.

세계사 · 시인 · 설화작가는 그 장대한 묘사에 있어서—그 성자(聖者)의 전당, 왕의 궁전에서, 의지나 천재의 승리에 있어서—도처에서 우리의 귀를 흐리는 일은 없다. 도처에서 우리가 버릇없이 지나친다든지, 이것은 우리보다 나은 사람을 위하여 씌었다고 느끼게 하는 일이 없다. 도리어 가장 호화로운 필치에서 우리가 오히려 가장 편안한 기분을 느끼는 것은 사실이다. 셰익스피어가 왕에 대하여 말하는 모든 것을, 저쪽 구석에서 그것을 읽고 있는 꼬마는 자기 자신의 일처럼 옳다고 느낀다.

우리는 역사의 위대한 순간에 있어서, 위대한 발견에 있어서, 위대한 반항, 인간의 위대한 번창에 있어서 공감한다. 왜냐하면 '우리를 위하여' 법률은 제정되고, 해양은 탐험되고, 대륙은 발견되고, 혹은 타격이 가해지는 것이고, 우리 자신이 그 장소에 있었으면 그와 같이 행했거나, 혹은 성원했을 것이기 때문이다.

우리는 상황과 성격에 대하여 위와 같은 관심을 갖는다. 우리는 부자를 존귀히 여긴다. 그것은 그들이 외면상 인간에게 고유하다고 생각되는 자유 · 권력 · 우미(優美)를 가지고 있기 때문이다. 마찬가지로 스토아학파, 또는 동양의, 또는 근대의 논자(論者)가 현인(賢人)에 대해 한 일체의 말은, 어떤 독자에게나 그 자신의 이상을 그려준다. 즉 아직 도달하지는 못했지만 언젠가는 도달할 수 있는 자신을 그리고 있는 것이다.

모든 문학은 현인의 성격을 그리고 있다. 책·기념비·미술품·회화(會話)는 어느 것이나 그가 형성하고 있는 인상(人相)을 볼 수 있는 초상화이다. 침묵하는 사람이나 웅변가나 모두 그를 찬양하고 그에게 인사한다. 그래서 그는 어디서 움직이든 직접 자기에 언급된 것 같은 자극을 받는다. 그러므로 참된 향상의 희망을 갖는 자는, 얘기 중에 자기 개인에 대한 칭찬의 말을 찾을 필요는 결코 없다. 그는 성격에 관하여 논해지는 모든 말 중에서, 아니 모든 사실, 모든 상황 중—흐르는 강물, 살랑살랑 흔들리는 곡식—에서 칭찬의 말을 듣는다. 자기 자신에 대해서는 아니지만, 자기가 찾는 성격에 대한 것이기 때문에 한층 유쾌한 칭찬의 말을 듣는다. 침묵의 자연에서부터, 산악에서부터, 창궁의 빛에서부터 찬사(讚辭)가 드러나 있고, 존경이 소중히 여겨지고 사랑이 흐른다.

이러한 암시는 말하자면 잠과 밤의 세계에서 떨어져 내린 것처럼 생각되지만, 우리는 그것을 환한 대낮에 활용하자. 학자는 역사를 능동적으로 읽을 것이지 수동적으로 읽을 것이 아니다. 자신의 인생을 곧 본문으로 보고, 책은 그 주석(註釋)으로 보아야 한다. 이와 같이 강요당하면 역사의 여신은, 자신을 존중하지 않는 자에게는 결코 내리는 일이 없는 신탁(神託)을 비로소 내릴 것이다. 아득한 시대에 널리 이름을 드날린 사람들에 의하여 이루어진 일들을 자기가 오늘날 하고 있는 것보다 훨씬 깊은 의의가 있다고 생각하는 사람들에게는, 그가 역사를 옳게 읽는다고 기대를 걸 수가 없다.

세계는 각 인간을 교육시키기 위하여 존재한다. 역사상의 어떤 시대, 어떤 사회상태, 어떤 활동양식이건 각자의 생활에 무엇인가 그것과 대응하는 것이 있게 마련이다. 모든 것이 그 자체를 압축하여, 자신의 힘을 각자에게 주게 되는 것은 놀라울 정도이다. 그는 자기 한몸에 전 역사를 살 수 있음을 알아야 한다. 그는 든든히 집에 앉아서, 제왕이나 제국에게 위협받지 않도록 주의해야 하고, 자기가 세계의 모든 지리나 모든 정부보다 위대하다는 것을 깨달아야 한다.

보통 역사를 읽는 관점을 바꾸어, 방향을 로마·아덴스·런던에서부터 자기 자신에게로 전환해야 한다. 그리하여 자기가 법정(法廷)이고, 따라서 영국이나 이집트가 자기에게 무엇인가 말하는 것이 있으면 자기는 그 사건을 심판할 것이지만, 아무것도 없다면 그들을 영구히 침묵시켜 두어야 할 것이라는 신념을 꺾어서는 안된다. 그는, 사실 그 비밀의 의의를 제시하고, 시가(詩歌)와 연대기(年代記)가 동일하게 되는 높은 견지(見地)에 도달하여 그것을 유지하지 않으면 안 된다.

마음의 본능, 자연의 목적은 우리가 역사의 주목할 만한 기사를 이용할 때 드러난다. 시간은 사실이라고 하는 다각(多角)의 고체(固體)를 찬란한 영기(靈氣)로 화하게 한다. 어떠한 닻도, 어떠한 쇠줄도, 어떠한 담장도 사실을 사실로 보존할 힘이 없다. 바빌론[1]·트로이

·타이어[2)]·팔레스타인[3)], 심지어 고대 로마까지도 이미 허구적인 이야깃거리로 되어가고 있다.

에덴동산, 기베온[4)] 위에서 움직이지 않는 태양은 그때 이래 모든 국민에게 있어서는 시(詩)에 불과하다. 그 사실이 무엇이었든 누가 상관하랴. 우리는 이미 그것을 하나의 성좌(星座)로 만들어 불후의 상징으로서 하늘에 매달아 두는 것이 아닌가. 런던도 파리도 뉴욕도 같은 길을 걷지 않을 수 없다. 나폴레옹이 말했다.

"역사란 무엇이냐. 결국 만인이 동의(同意)한 하나의 우화(寓話)에 불과한 것이 아니냐"라고.

우리의 인생은 이집트·그리스·고올·영국·전쟁·식민·교회·궁정·무역 등으로 빈틈없이 에워싸여 있다. 마치 평범하고 화려한 가지가지 꽃이나 야생의 장식으로 에워싸여 있듯이. 나는 더이상 그것을 얘기하지 않으리라. 나는 영원을 믿는다. 나는 내 자신의 마음속에서 그리스·아시아·이탈리아·스페인, 그리고 제도(諸島)[5)]를—개개의 시대와 모든 시대의 정수(精髓)와 창조적 원동력을 찾을 수가 있다.

주

1. 고대 바빌로니아 왕국의 수도. 부와 물질적 번영의 극치를 이룬 반면 음탕했던 도시. 기원전 538년 페르시아 왕 사이러스에게 멸망당함.
2. 고대 페니키아 남부의 항구도시, 무역으로 번창하여 유명하다.
3. 그리스도교의 근원지. 지중해 동남쪽에 있는 성지.
4. 고대 팔레스타인의 한 도시로서, 예루살렘 등 여러 나라의 침공을 받았을 때, 이스라엘이 기베온을 구원했다. 이때 이스라엘의 장군 요슈아는 신에게 기도하여 적이 망할 때까지 태양을 기베온의 위에 머물

러 있게 했다고 한다.

5. 여기 諸島는 무엇을 가리키는지 확실치 않으나 15,6세기경 스페인이 해상에서 웅비하던 때 정복한 남대서양의 제도를 가리키는지도 모른다.

우리는 항상 자기의 사적 경험에서 역사의 사실을 확인한다. 모든 역사는 주관적으로 된다. 달리 말하면 세상에는 참된 의미에서 역사는 없다. 다만 전기(傳記)가 있을 따름이다. 모든 사람의 마음은 스스로 전교훈(全敎訓)을 배워야 하다. 전분야를 자세히 살펴야 한다. 자기가 보지 않은 것, 자기가 체험하지 않은 것은 알리가 없다.

전시대(前時代)가 취급하기 편리하게 하기 위하여 공식이나 정칙(定則)으로 간편히 축소시켜 놓은 것에 있어서는 그 정칙의 장벽이 있기 때문에, 그것을 제 힘으로 확증하는 이익을 모두 상실한 것이다. 어딘가에서 언젠가, 그것은 제 힘으로 그 일을 수행함으로써 그 손실에 대한 보상을 요구하고 또한 그것을 찾아낼 것이다. 퍼거슨[1)]은 천문학상 이미 알려진 많은 것을 발견했다. 그러나 그것은 그 자신에게 그만큼 더 좋은 것이었다.

주

1. 제임스 퍼거슨(1710~1776), 스코틀랜드 출생의 천문학자.

역사는 반드시 이러해야 한다. 그렇지 않다면 그것은 아무것도 아니다. 국가가 제정하는 모든 법률은 인간 본성의 한 사실을 지시한다. 그것뿐이다. 우리는 우리 자신 속에 모든 사실의 필연적인 이유를 찾지 않으면 안 된다—그것이 어떻게 해서 그럴 수가 있었으며, 그렇지 않으면 안 되었는가를 보아야 한다. 그리하여 모든 공사(公私)의 사업 앞에 서라.

버크[1]의 웅변(雄辯) 앞에, 나폴레옹의 승리 앞에, 토머스 모어 경(卿)[2], 시드니[3], 마마듀크 로빈슨[4]의 순교적 죽음 앞에 서라. 프랑스의 공포시대[5] 앞에, 살렘의 무녀교살(巫女絞殺)[6] 앞에, 광신적 신앙부흥, 그리고 파리와 프로비던스의 동물자기술(動物磁氣術)[7] 앞에 서라. 생각컨대 우리는 같은 영향하에 있어서는 같은 감화를 받을 것이고, 같은 일을 성취하리라. 그리하여 우리는 지적(知的)으로 같은 단계를 숙달하여 우리의 동료, 우리의 대리자가 한 것과 같은 높낮이에 도달하고자 의도할 것이다.

주

1. 아일랜드 태생의 정치가 · 웅변가 · 저술가(1730~1797).
2. 영국의 정치가 · 문인 (1478~153), 에라스무스의 친구로서 ≪유토피아≫의 저자.
3. 영국의 정치가 · 장군 · 공화주의자 (1622~1683), 크롬웰의 동지.
4. 이것은 에머슨의 착각으로서 마마듀크 스티븐슨과 윌리엄 로빈슨의 두 사람 이름을 혼합하고 있다. 두 사람이 모두 퀘이커교도로서, 1659년 보스턴 코뮌에서 교살당하였다.
5. 프랑스 혁명이 가장 격렬한 시기였다(1793~94).
6. 1691~92년에 미국 매사추세츠주의 살렘에서 巫女信心이 대유행하여, 많은 무녀들이 마술사라는 죄로 처형당하였다.
7. 미국 로드 아일랜드의 한 항구. 動物磁氣는 최면술을 말한다. 파리의 유행이 이런 곳까지 전해왔다.

고대에 대한 모든 탐구(探求), 피라밋, 발굴한 도시, 스톤헨지[1], 오하이오의 원형토루(圓形土壘)[2], 멕시코[3]·멤피스[4]에 관한 모든 호기심은 이 미개하고, 야만적이고, 터무니없는 '그곳'과 '당시'를 치워버리고, 그 대신 '여기'와 '지금'을 끌어들이자는 염원이다. 벨좀[5]은 시브스의 미이라 구멍이나 피라밋을 발굴하고 측량한다.

드디어 그는 이 거대한 작품과 자기 자신 사이의 사소한 차이도 없어짐을 본다. 그는 이것이 자기와 같은 사람이, 자기와 같은 도구로, 자기와 같은 동기하에서, 아마 자기도 그런 목표하에 일을 했을지도 모르는 목적으로 만들어졌을 세부나 전부에 납득이 갔을 때에 문제는 해결된다. 그의 사상은 여러 전당(殿堂), 스핑크스, 지하 묘지[6]의 일련된 전체에 걸쳐서 살고, 이런 모든 것을 만족한 마음으로 통과한다. 이리하여 이것들은 다시 그의 마음에 산다. 즉 '지금'이 되는 것이다.

주

1. 영국 윌트셔의 솔즈베리 평원에 있는 거대한 돌기둥의 2重圓陣群을 말한다.
2. 오하이오 서클, 콜럼버스시의 26마일 남방, 사이오토 강기슭의 원시 토인의 토루이다.
3. 고대 멕시코를 말한다.
4. 고대 이집트의 수도.
5. 이탈리아의 유명한 여행가, 이집트 탐험가(1778~1823). 시브스는 나일강 서안에 있는 고대 이집트의 도시.
6. 로마 시대의 유적. 거대한 굴로서 그 양옆이 일종의 납골당으로 쓰이도록 되어 있다.

고딕식의 대사원(大寺院)은 우리가 그것을 만든 것, 동시에 우리가 그것을 만들지 않은 것을 조장한다. 확실히 그것은 인간에 의하여 만들어졌다. 그러나 우리는 그것을 오늘날의 인간에게서는 찾지 못한다. 그러나 우리는 그것이 나온 역사에 전심(專心)한다. 우리는 숲속의 주민들의 일을 상기한다. 그 최초의 전당, 최초의 양식(樣式)에의 집착, 그리고 국민이 부유해짐에 따라서 그것이 장식된 것을 상기한다.

처음에 조각으로서 목재에 가치가 가해졌는데, 그것이 나아가 대사원의 석재(石材)의 산 전체를 조각하는 결과가 됐다. 이 과정을 지난 다음, 거기에 카톨릭교회의 그 십자가, 그 음악, 그 행렬, 그 성도제일(聖徒祭日) 및 성상숭배(聖像崇拜)를 첨가해 보면, 우리들은 말하자면 이 사원을 세운 인간이 된다.

우리는 그것이 어떻게 해서 그럴 수 있었으며 그렇지 않으면 안 되었는가를 보아 온 것이다. 우리는 충분한 이유를 파악한 것이다.

인간과 인간의 차이는 그 연상(聯想)의 법칙에 있다. 어떤 사람은 색채·대소(大小)·형태·외양의 우연한 특질 같은 것으로써 사물을 분류한다. 다른 사람들은 내재적(內在的) 유사성이나 원인 결과의 관계로써 분류한다. 인지(人知)의 진보는 원인을 보는 것이 더욱 명료해지지만, 표면의 상이점(相異點)은 무시해 버린다. 시인에게 있어, 철인(哲人)에게 있어, 성도(聖徒)에게 있어 모든 것은 친밀하고 신성한 것이고, 모든 사건은 유익하고, 모든 날들은 거룩하고 모든 인간은 신에게 유사한 것이다. 왜냐하면 그 눈은 생명에 쏠려 있고 환경을 경시하기 때문이다. 모든 화학적 물질, 모든 식물, 발육 중의 모든 동물은 어느 것이나 원인의 일치, 외관의 다양성을 가르쳐 준다.

이 만물을 창조하는 자연, 구름 같고 공기 같은 부드럽고 유동하는 자연에 떠받치고 에워싸여 있으면서, 우리는 왜 이러한 완고한 현학자(衒學者)가 되고, 몇 가지 형식을 확대시하고 있지 않으면 안 되나. 우리는 왜 시간을, 용량을 혹은 형체를 중요시해야 하나. 심령(心靈)은 이런 것을 모른다. 천재는 그 법칙에 좇아, 이런 것을 어떻게 가지고 놀 것인가를 안다. 마치 어린아이가 수염이 허연 노인과 더불어, 사원(寺院) 내에서 놀고 있을 때 같다.

천재는 인과사상(因果思想)을 추구하여, 멀리 사물의 태내(胎內)로 돌아가, 하나의 천체에서 갈라져 나온 광선이 떨어지기 전에 무한의 직경을 그리며 발산하는 것을 본다. 천재는 단자(單子)의 모든 가면을 통하여, 그것이 자연계를 윤회하는 모습을 지켜본다. 천재는 파리를 통하여, 유충을 통하여, 구더기를 통하여, 알을 통하여 불변의 개체를 찾아낸다. 무수한 개체를 통하여 일정한 종(種)을, 많은 종을 통하여 유(類)를, 모든 유를 통하여 확고부동의 정형(定型)을, 유기적 생명의 모든 왕국을 통하여 영원한 통일을 찾아낸다.

자연은 가변(可變)의 구름이다. 그것은 항상 있지만

결코 동일하지 않다. 마치 시인이 하나의 교훈으로 스무 개의 이야기를 만드는 것과 같이, 자연은 동일한 사상을 몇 군(群)의 형식으로 주조한다. 물질의 무감각과 강인 속으로 흘러들어가자, 정묘한 정신은 모든 물건을 그의 지대에 맞추어 구부린다. 금강반석도 그 앞에서는 부드러운, 그러나 명확한 형체로 흘러들어간다.

한편 내가 그것을 보고 있는 동안에 그 윤곽과 조직은 다시 변화한다. 어떤 물건이고 형체처럼 그렇게 변화하는 것은 없다. 그러나 그것은 결코 자체를 부정해 버리는 일은 없다. 우리는 인간 속에서, 하등동물의 경우엔 노역(勞役)의 휘장으로 생각되는 모든 것의 유적과 암시를 더듬을 수가 있다.

그러나 인간의 경우엔 그것은 인간의 숭고함과 기품을 높인다. 예를 들면 에스키루스[1)]의 희곡에 있어서 아이오[2)]가 암소로 변화했을 때 불유쾌한 상상력을 자아낸다. 그러나 그녀가 이집트의 아이시스로서 오시리스 대신(大神)[3)]을 만날 때 어떻게 변화해 있는가. 이마를 장식하는 훌륭한 초생달 모양의 두 개의 뿔 외엔 아무것도 변형의 자취가 남아 있지 않은 완연한 미인이 아닌가.

㈜

1. 옛 그리스 아덴스의 비극작가(기원전 525~456).
2. 아고스 왕 이나고스의 딸. 제우스 主神의 총애를 받았으나, 주신의 왕비의 질투로 암소로 변신, 소파리의 괴로움을 당하여 여러곳을 방랑하다가 이집트에 낙착, 오시리스 大神을 만나 그 처가 되어 아이시스라고 이름 불렀다.

3. 고대 이집트의 주신. 로마의 주피터, 그리스의 제우스와 동격.

역사의 동일성이란 것은 역시 내재적이고, 그 다양성은 역시 외재적이다. 외면에는 사물의 무한한 변화가 있고, 중심에는 원인의 통일이 있다. 한 인간의 행동이 아무리 많아도 우리는 그것에 같은 성격을 인정하는 것이 아닌가. 저 그리스인의 천재에 관한 우리의 지식의 근원을 고찰해 보라. 우리들은 헤로도토스[1], 투키디데스[2], 제노폰[3], 그리고 플루타르크[4]가 제공하는 것과 같은 이 인민(人民)의 인문사(人文史)가 있다.

그들이 어떤 종류의 인간들이었던가, 무엇을 했는가에 관한 하나의 충분한 설명이다. 그리고 또한 같은 국민정신이 그들의 문학에서, 즉 서사시·서정시·극시·철학으로 우리에게 표현되어 있다. 아주 완전한 형식이다. 다시 한 번 그것은 그들의 건축에 표출되어 있다. 즉 절제 자체를 나타내는 직선과 방형(方形)에 한정된 미—건축된 기하학이라 할 수 있는 것.

또다시 조각에서 그것을 볼 수 있다. '표정의 평형을 말하는 혀'이고, 다수다양의 형상이 극도의 활동의 자유를 가지면서, 결코 이상적 청정(淸淨)의 상태를 흐트리는 일이 없다. 마치 제신(諸神) 앞에서 신자가 어떤 종교춤을 출 때처럼, 비록 경련의 고통이나 필사의 투쟁의 경우에도, 그 춤의 자태와 예절은 결코 깨뜨리는 일이 없는 것과 같다.

이리하여 우리는 한 특출한 인민의 천재에 대하여, 4

중의 표현을 갖고 있다. 그러나 감각에 대해서는 핀다로스[5]의 송시(頌詩), 대리석의 반인반마상(半人半馬像), 파르테논[6] 전당의 주랑(柱廊), 포시온[7]의 최후의 행위만큼 유사성이 없는 것이 또 어디 있겠는가.

주

1. 그리스 역사가의 원조(기원전 484~425).
2. 그리스 대역사가(기원전 460~399).
3. 그리스 역사가 · 철인 · 장군(기원전 약 403~354).
4. ≪영웅전≫으로 유명한 그리스 태생의 역사가 · 전기가 · 철인(기원 50~120).
5. 그리스 최대의 서정시인(기원전 522~442).
6. 옛 그리스 아덴스에 있었던 아테네신의 전당.
7. 그리스 아덴스의 정치가 · 장군(기원전 420~317).

누구나 경험한 일이 있겠지만, 사람의 얼굴이나 모습이 이렇다 할 유사한 특징이 없는데도, 보는 사람에게 동일한 인상을 주는 일이 있다. 어떤 종류의 그림이나 시집(詩集)은 반드시 동일한 영상(影像)의 연속을 불러일으키진 않지만, 어떤 황량한 산길을 갈 때와 같은 감정을 첨가하는 일이 있다. 말할 것도 없이 이 유사(類似)는 감각에 뚜렷한 것은 아니지만 비밀이며, 이성의 힘을 전연 초월해 있다. 자연은 아주 소수의 법칙을 무한히 결합시키고 무한히 되풀이한다. 자연은 저 오래된 누구나 잘 알고 있는 곡조를 무수한 변화를 통하여 구음(口吟)한다.

자연은 그 작품을 통하여 웅대한 혈족(血族)으로서의

유사성에 충만되어 있다. 그리고 가장 예기치 않은 방면에서의 유사성으로써 우리를 놀라게 하는 것을 좋아한다. 나는 일찍이 삼림 속에서 어떤 인디언 노추장(老酋長)의 머리를 본 일이 있는데, 그것은 곧 어떤 벌거벗은 산의 절정을 상기시켰고, 그 이마의 주름살은 바위 층을 암시하였다. 어떤 사람들의 거동은 파르테논의 조각대(彫刻帶)나 최고(最古)의 그리스 예술의 유물에 나타난 간소하고 숭엄한 조각과 같은 본질적 장려(壯麗)함을 지니고 있다.

또한 같은 가락의 문장이 여러 시대의 책에 나타나는 수가 있다. 기도[1]의 로스피글리오시 아우로라가 아침의 사상에 불과한 것은, 그 그림 속의 말이 다만 아침의 구름에 불과한 것과 같다. 만일 어떤 사람이 어떤 기분일 때 자기도 똑같이 하고 싶은 다양한 행동과 결코 하고 싶지 않은 행동을 애써 관찰한다면, 그는 유사의 연쇄가 얼마나 깊은가를 이해할 것이다.

주

1. 이탈리아의 화가(1575~1642). 로마의 로스피글리오시 궁전의 천장에 그린 〈아우로라와 시간〉의 그림은 그의 걸작이라 한다.

어떤 화가는 내게 말하기를 "어떤 사람도 자기가 어느 정도만큼 나무가 되지 않고는 나무를 그릴 수 없다. 그리고 다만 그 모양의 윤곽만을 연구해 가지고는 어린아이를 그릴 수 없다—다만 잠시 어린아이의 동작과 유희를 지켜보는 동안에, 화가는 어린아이의 본성에 파고 들어 비로소 어떠한 자세의 아이도 임의로 그릴 수 있다"고 하였다. 로오스[1]가 "양의 본성의 한복판까지 들어갔었다"고 말하는 것은 바로 그것이다.

내가 아는 한 측량에 종사하는 제도가(製圖家)는, 우선 그곳 암석의 지질학적 구성을 자기에게 설명해 주지 않으면 그 암석을 스케치할 수 없다고 말하는 것이었다. 사상의 어떤 상태에 극히 잡다한 일의 공통의 원인이 있다. 동일한 것은 그 정신이지 사실은 아니다.

예술가는 고생하여 여러 가지 기교적 숙련을 습득하는 것에만 의해서가 아니라, 한층 깊은 이해에 의해서 다른 사람의 심령을 어떤 주어진 활동에 깨우쳐 주는 힘을 얻을 수 있다.

주

1. 독일의 화가(1631~1685). 山水와 동물화에 능하다.

"범인(凡人)은 그가 하는 것으로써 바치고, 고결한 사람은 직접 그 존재로써 바친다"라는 말이 있다. 그것은 무슨 까닭일까. 왜냐하면 본성이 심원한 사람은 그 행동이나 말로써, 그 안색이나 거동으로써 우리들 속에 화실(畵室) 가득한 조각이나 회화가 호소하는 것과 같은 힘과 미를 일깨워 주기 때문이다.

인문사(人文史)·자연사(自然史) 및 예술사·문학사는 어느 것이나 개인의 역사로부터 설명이 되어야 한다. 그렇지 않으면 다만 말로써 남아 있어야 한다. 무엇이고 우리와 관계되지 않는 것은 없다. 무엇이고 우리에게 흥미를 주지 않는 것은 없다—왕국·학교·나무·말·철제(鐵蹄) 등 만물의 근본은 인간에게 있다. 산타 크로체[1]도 성(聖) 피터 사원[2]도 신성한 모형을 본뜬 절름발이 모사(模寫)에 불과하다. 스트라스부르의 대사원은 스타인바하의 아르윈[3]이란 사람의 마음의 물질적 반면(半面)이다. 참된 시가는 시인의 마음이다. 참된 배는 조선공(造船工)이다.

만일 우리가 사람을 갈라서 볼 수가 있다면, 인간 속에서 우리는 그의 사업의 최후의 광채, 최후의 덩굴가닥까지도 설명할 수 있는 이유를 찾아낼 수 있으리라. 마치 조개껍질의 모든 돌기와 모든 색조가 이미 이 어패(魚貝)의 분비기관 속에 존재하는 것과 마찬가지다. 가보(家譜)의 일체, 무사제도(武士制度)의 일체는 예법(禮法) 속에 있다. 예절이 훌륭한 사람은 그대의 이름을 부르는 데 있어 귀족 칭호가 덧붙일 수 있는 온갖 수식으로써 부를 것이다.

㊟

1. 이탈리아 플로렌스의 사원. 13세기로부터 15세기에 걸쳐 이루어졌다.
2. 로마에 있는 카톨릭교의 총본산으로 유명하며, 규모가 웅장한 것이 세계 제일이다.
3. 스타인바하에 태어난 독일 건축가(1240~1318). 스트라스부르 대사원의 西面을 건축한 인물.

일상의 사소한 경험은, 항상 우리에게 무엇인가 옛

예언을 입증하여 보여 준다. 그리하여 우리가 별로 주의하지 않고 듣고 보고 한 말이나 암시를 어떤 물건으로 변화시킨다. 나와 함께 숲속을 차를 타고 가던 한 부인이 나에게 이런 말을 했다. "숲이 자기에게는 언제나 기다리고 있는 듯이 생각된다. 마치 숲에 사는 요정들이 일을 멈추고, 통행인들이 앞으로 지나가는 것을 기다리는 것과 같은 생각이 든다"라고.

이것은 사람의 발자국 소리가 접근하면 갑자기 멎어 버린다는 저 요정들의 무도(舞蹈)로 시가(詩歌)가 찬미하여 온 사상이다. 한밤중에 달이 구름을 뚫고 솟아오르는 것을 본 사람은 대천사(大天使)처럼 빛과 세계의 창조의 현장에 있는 것이다.

어느 여름날, 들에서 나의 동반자가 한 큰 구름을 나에게 가리켜 준 것을 기억하고 있다. 그것은 지평선을 따라 4분의 11마일이나 펼쳐진 듯이 생각되었는데, 형체는 꼭 사원에 그려진 천사 그대로였다—가운데의 둥근 덩어리는 눈과 입을 붙이면 쉽사리 살아 있는 모습으로 보였고, 그 양쪽은 널리 펼쳐진 균형잡힌 날개로 떠받쳐져 있었다. 한 번 대기 속에 나타나는 것은 자주 나타날 수 있다. 틀림없이 그것은, 그 사원의 눈에 익은 장식의 원형이었을 것이다.

나는 언젠가 여름에 하늘에서 번개가 연달아 반짝이는 것을 본 일이 있다. 그것을 보고 나는, 그리스인이 조브 신(神)이 쥐고 있는 번갯불을 그린 것은 자연에서 배운 것임을 깨달았다. 나는 또 돌담 양가에 쌓인 눈더

미를 본 일이 있다. 보통 건축에서 탑 둘레에 붙이는 소용돌이 모양은 분명히 여기에서 착상한 것이다.

본원적(本源的) 환경으로써 우리 주위를 에워쌈으로써, 우리는 건축의 양식과 장식을 새로이 고안한다. 그것은 각 민족들이 어떻게 자기들의 원시적 집을 단순한 장식으로만 그쳤는가를 보면 알 수 있다. 도리아식[1]의 전당은 도리아인이 살았던 목조·오두막의 면모를 남기고 있다. 중국의 탑은 분명히 타타르인의 천막이다. 인도와 이집트의 전당도 또한 은연중에 그들 선조의 토총(土塚)과 혈거(穴居)를 드러내보인다. ≪이디오피아인의 연구≫ 속에서 헤렌[2]은 이렇게 말한다.

"천연의 암석에 집이나 무덤을 만드는 습관이, 누비아 이집트 건축[3]의 주된 특징을 결정하고, 그것이 취하는 거대한 형식을 갖게 된 것은 극히 자연스럽다. 자연의 힘으로 이미 만들어진 이러한 암굴(岩窟)에서, 눈은 거대한 모습이나 군상을 보는 데 익숙해졌다. 그리하여 예술이 자연을 돕는 단계에 이르자, 예술은 스스로 타락하지 않고서는 소규모로 작용할 수 없었다. 콜로서스[4]와 같은 거인이나 되어야 비로소 문지기로 앉아 있거나 안기둥에 기대 서 있는 것이 어울리는 저 거대한 홀에, 보통 크기의 입상(立像)이나 정결한 현관이나 측랑(側廊)이 붙여졌다면 어떤 꼴이 되었을까."

㈜

1. 옛 그리스의 한 지방인 도리스에서 시작한 한 건축 양식..
2. 독일의 역사가(1760~1831). 고대인의 생활에 관한 고고학적 연구

업적이 많다.

3. 누비아는 막연히 이집트의 남쪽, 아비시니아의 북쪽, 홍해 근처의 한 地區를 가리킨다. 옛날 이 지방은 이디오피아, 즉 흑인국이라 불렀다.
4. 로데스 항구에 있었던 아폴로의 巨像.

고딕식 사원의 기원은, 축제나 의식 때 통랑(通廊)으로 숲의 나무를 가지와 함께 아무렇게나 적용한 데 있는 것이 분명하다. 홈이 파진 원주(圓柱)에 두른 장식띠는 아직도 그 나무를 묶은 푸른 잔가지를 가리키는 것과 같다. 누구든지 송림(松林) 속에 뚫린 길을 걸을 때, 삼림의 건축적 양상에 감동되지 않을 수 없다. 특히 겨울에 잎이 다 떨어진 다른 모든 나무들이 색슨인의 낮은 아치 문을 연상시킬 때는 더욱 그러하다.

겨울 오후, 숲속에서 잎이 떨어진 나뭇가지가 교차되어 있는 속을 통하여 서쪽 하늘의 찬연한 색채를 볼 때, 우리는 고딕 건축의 대사원에 장식되어 있는 색유리창의 기원을 쉽게 알 수 있다. 또한 어떤 자연애호가이건, 옥스퍼드의 옛 건축더미나 영국의 대사원에 들어갈 때에 반드시, 삼림의 위엄이 건축가의 마음을 압도하고 있는 것 그의 끌, 그의 톱, 그의 대패가 아직도 숲의 고사리·꽃술·메뚜기·느릅나무·참나무·전나무 등을 모작(模作)하고 있음을 느끼지 않을 수 없다.

고딕식 대사원은 인간이 갖는 싫증 모르는 조화의 요구로서 자리잡은 돌에 핀 꽃이다. 화강암 산이, 식물의 미(美)가 갖는 경쾌와 정묘한 완성, 그리고 대기 중의 균형과 배경으로서 영원한 꽃이 되어 피어난다.

마찬가지로 모든 공적인 사실들이 개인화될 수 있고, 모든 사적인 사실들이 일반화될 수 있다. 이리하여 당장 역사는 유동하여 진실해지고, 전기(傳記)는 깊고 숭엄해진다. 페르시아인은 그 건축의 가느다란 주신(柱身)과 기둥머리로써 연꽃과 야자수의 줄기와 꽃을 모방했었다. 마찬가지로 페르시아의 궁정은, 그 성대한 시대에 있어서 미개 민족의 유목생활을 전연 포기한 일이 없고, 봄을 에크바타나[1]에서 보내고 거기에서 여름엔 수사[2]에, 겨울엔 바빌론으로 옮겨다녔던 것이다.

주

1. 고대 메디아의 수도. 찬란한 일곱 겹의 성에 에워싸인 장려한 도시.
2. 바그다드 남쪽 250마일에 있는 페르시아의 옛 도시.

아시아와 아프리카의 고대사(古代史)에는, 유목과 농경은 서로 대항적인 두 가지 사실이었다. 아시아와 아프리카의 지리는 유목생활을 필요로 했다. 그러나 유목민은 토지나 시장의 이점에 끌려서 도시를 세우게 된 모든 사람들에게 위협적이었다. 그 때문에 농경은, 유목생활로부터 국가가 위협을 받게 됨으로써 일종의 종교적 명령이 되었다.

그리고 영국과 미국과 같은 비교적 근대에 개명한 나라들에 있어서 이 두 가지 경향은 아직도 국가로서, 그리고 개인으로서의 이 오랜 투쟁을 계속하고 있다. 아프리카의 유목민은 등에의 내습(來襲)으로 말미암아 방랑이 부득이했다. 등에떼는 소떼를 미치게 하기 때문에 우계(雨季)에는 전종족이 이주하여, 가축을 한층 높은 사지(砂地)로 몰아버릴 수밖에 없었다.

아시아의 유목민은 목초를 찾아서 다달이 전전한다. 아메리카와 유럽에 있어서는 유목생활이 무역과 호기심 때문이었고, 확실히 아스타포라스[1)]의 등에로부터, 보스턴만(灣)의 영국열(英國熱)·이탈리아열로 진보한 것이다. 정기적으로 종교적 순례가 정해졌던 성도(聖都), 혹은 국민적 결합을 공고히 하는 것을 목적으로 하는 엄숙한 법률이나 습관은 고대 유랑민들에게 대한 견제책이었다. 그리고 장기 거주에서 생기는 누적적 가치가 바로 오늘날의 편력자(遍歷者)들에 대한 제지라 할 수 있다.

이 두 가지 경향의 대항은 개인에게 있어서도 마찬가지로 작용하고 있다. 그것은 모험을 즐기는 마음과 안일을 즐기는 마음을 번갈아 지배하고자 하기 때문이다. 야성적인 건강과 넘치는 원기를 가진 사람은 도처의 생활에 신속히 정착할 수 있는 능력을 가지고 있고, 짐마차 속에 기거하고, 칼머크인[2)]처럼 쉽게 모든 땅을 방랑한다. 바다에서, 숲속에서, 눈 속에서, 그는 자기 집 난로가에 있을 때처럼 따스하게 잠자고, 똑같이 훌륭한 식욕으로 식사하고 유쾌하게 교제한다.

혹은 어쩌면 그의 이러한 간편한 재능은 보기보다는 깊이 뿌리박고 있고, 그의 관찰력의 범위의 증대에 뿌리박고 있는지도 모른다. 이 능력 범위의 증대는, 신기한 사물이 눈에 들어오는 데서는 어디서나 그에게 흥미의 초점을 주는 것이다.

유목민족은 필사의 지경으로 궁핍하고 굶주려 있다. 그러나 오늘날의 지적(知的) 유목생활은 극단의 경우에, 너무 잡다한 사물에 힘을 분산하기 때문에 마음의 파산을 가져온다. 반대로 집을 지키는 재간은, 자기의 땅에 인생의 일체 요소를 찾아내어 만족하는 일종의 절제 혹은 자족하는 마음이다. 그리고 이것은 또한 외래의 주입물(注入物)로 방해되지 않는 한, 단조와 퇴보라는 그 자체의 위험을 안고 있다.

주

1. 이것은 黑河의 뜻으로, 이디오피아의 강 이름.
2. 몽고종의 첫 유목민족.

인간이 그 외계에서 보는 일체의 것은 그의 마음의 상태와 대응한다. 따라서 모든 물건은 그의 진전하는 사색이 그를 이끌어, 그 사실 혹은 사실의 연속이 속해 있는 진리로 접근시키므로 차례로 그에게 이해가 가능해진다.

원시적 세계—독일인이 말하는 소위 전세계—나는 탐구의 손을 뻗쳐서 지하 묘지 속에서, 도서관에서, 황폐한 저택의 깨어진 부조(浮彫)나 동상에서 그것을 모색할 수 있는 것과 같이, 당장 내 자신 속에서 그것을 찾아 들어갈 수 있다. 위로는 영웅시대 내지 호머시대로부터, 내려와서는 4,5세기 후의 아덴스인과 스파르타인의 가정생활에 이르기까지의 모든 시대에 걸치는 그리스의 역사·문학·예술·시가에 대하여 만인이 느끼는 흥미의 근원은 도대체 무엇인가. 누구나가 몸소 그리스의 한 시기를 경과하기 때문이라는 이유밖에 무엇이 있겠는가.

그리스적 상황이란 육체적 본성의 시대, 관능 완성의 시대이다. 정신적 본성이 육체와 엄밀하게 일치하여 나타난 시대이다. 거기에는 조각가에게 허큘리스, 피버스[1], 조브의 모델을 제공한 것과 같은 그러한 인간의 육체가 있었다. 근대 도시의 거리에서 많이 보이는, 막연히 이목구비가 뒤섞여 있는 그런 얼굴이 아니라, 조금도 흐트러진 일이 없이 또렷이 윤곽이 잡힌 균형적인 용모로 이루어지고, 눈동자만 하더라도, 이런 눈으론 곁눈질하거나 이쪽 저쪽 흘겨서 보는 것이 불가능하도록, 머리 전체를 돌려서 보아야만 되도록 틀이 잡혀 있었다.

이 시기의 몸가짐은 솔직하고 맹렬하다. 드러나 나타난 존경은 인간적 자질에 대한 것이다. 즉 용기·숙달·자제·공정·힘·민첩·고성(高聲), 넓은 가슴 등에 대한 것이다. 사치와 우아는 알려져 있지 않다. 인구가 희소한데다 부유하지도 않았기 때문에 모든 사람은 다 자신이 시종(侍從)으로도, 요리인으로도, 도살자로도, 군인으로도 된다.

그리고 자기 자신의 필요에 스스로 응하는 습관은 육체를 단련하여 놀랄 만한 예능을 다하게 한다. 호머의 아가멤논[2]이나 다이오메드[3]는 이런 예이다. 제노폰[4]이

≪만인퇴군기(萬人退軍記)≫ 중에서 그 자신과 그의 동국민(同國民)에 대하여 논술한 것도 이것과 양상이 다르지 않다. 그는,

"전군(全軍)이 아르메니아의 텔레보아스 강을 건넌 후 큰 눈이 내렸다. 군대는 눈 덮인 땅 위에 비참하게 누웠다. 그러나 제노폰은 알몸으로 일어나 도끼를 들고 장작을 패기 시작했다. 그러자 다른 사병들도 일어나 같이 일을 했다"고 말한다.

그의 군대 전체에 걸쳐 언론은 무한한 자유이다. 그들은 노획품 때문에 싸움을 한다. 그들은 새로운 명령이 내릴 때마다 장군들과 입씨름을 한다. 제노폰은 누구 못지않게 혀가 날카롭고, 대부분의 사람들보다 더욱 혀가 날카롭다. 그래서 응수(應酬)가 대단하다. 이것이 큰 아이들의 일단(一團)이고, 큰 아이들다운 단체 도덕과 관용의 군율(軍律)을 갖는 일단인 것을 누가 모르랴.

주

1. 해의 신, 즉 아폴로신.
2. 옛 그리스의 미케네의 왕. 트로이 전쟁 때 그리스군의 총사령관.
3. 옛 그리스의 아고스의 왕. 트로이 전쟁 때 용명을 떨쳤다.
4. 그리스 역사가·철인·장군(기원전 403~354). 그의 저서 ≪아나바시스≫가 곧 ≪만인퇴군기≫다.

고대 비극의 귀중한 매력, 아니 모든 고대문학이 갖는 매력은, 작중 인물들이 소박하게 말한다는 점이다—심사반성(深思反省)의 습관이 아직 마음의 지배적 습관

이 되기 이전, 위대한 양식을 가진 사람들이 그것을 모르고 말하듯이 하는 점에 있다. 우리가 고대 인물을 찬탄하는 것은 다만 옛것을 찬탄하는 것이 아니고, 그 자연스러운 것을 찬탄하는 것이다.

그리스인은 반성적이 아니다. 그러나 관능(官能)에 있어서, 건강에 있어서 완벽하고, 세계에서 가장 훌륭한 육체 조직을 가지고 있다. 어른은 애들처럼 소박하고 아름답게 행동했다. 그들은 꽃병을 만들고, 비극을 쓰고 조상(彫像)을 만들었다. 그것도 건전한 관능으로 만들 수 있는, 즉 좋은 취미의 작품을 만들었다. 이런 것은 계속하여 어느 시대에나 만들어졌고, 어디에서나 건전한 육체가 존재하는 데선 지금도 만들어지고 있다.

그러나 개괄적(槪括的)으로 말해서, 그들의 우수한 체격면에서 그리스인은 모든 다른 민족을 능가했었다. 그들은 어른의 활력과 어린이들의 매력 있는 천진함을 겸하고 있었다.

이런 태도가 마음을 끄는 것은, 그것이 본래 인간의 것이고, 누구나 한때는 어린아이였기 때문에 누구에게나 그것이 알려져 있다는 점에서이다. 그뿐 아니라 세상에는 이런 특징을 지닌 사람들이 있다. 어린이와 같은 천재와 타고난 활력을 가진 사람은 아직도 그리스인인 셈이고, 그는 헬라스[1)]의 시신(詩神)에 대한 우리의 사랑을 소생시킨다.

나는 저 필록테테즈[2)] 극(劇)에 나타난 자연애(自然愛)를 찬탄한다. 그 잠과 별과 바위와 산과 파도에 대하여 호소하는 글을 읽을 때, 나는 시간이 썰물처럼 지나가 버리는 것을 느낀다.

나는 인간의 영원을 느낀다. 인간 사상의 동일성을 느낀다. 그리스인은 아마 내가 갖는 것과 같은 동포반려(同胞伴侶)를 가졌던 것으로 생각된다. 해와 달, 물과 불은 마치 그것이 내 마음에 와 닿듯이 그리스인의 마음에 와 닿았다. 그리스인과 영국인, 고전파와 낭만파 사이의 대담한 구별 같은 것은 사실상 피상적이고 현학적인 것으로 생각된다.

플라톤의 어떤 사상이 나에게도 한 사상이 될 때에—핀다르의 심령을 불붙인 진리가 나의 심령을 불붙일 때 시간은 이미 없어진다. 우리 두 사람이 동일한 지각에서 합치는 것을 느끼고, 우리 두 심령이 동일한 색채로 물들어, 말하자면 둘이 일체화한 듯이 느낄 때 어찌 위도(緯度)의 차를 헤아릴 필요가 있겠는가. 어찌 내가 이집트 달력의 연수(年數)를 계산할 필요가 있겠는가.

주

1. 그리스의 또다른 이름.
2. 트로이 전쟁 때의 유명한 射手. 그리스의 비극작가 소포클레스는 그를 주인공으로 하여 비극을 썼다.

학자는 무사도(武士道) 시대를 해석하는 데 있어 자기의 무사도 시대로써 하고, 해양 모험과 세계일주 항해의 시대를 해석하는 데 있어, 그 자신의 경험에서 아주 이것과 유사한 소규모의 것으로써 한다. 세계의 종교사에 대해서도 그는 똑같은 열쇠를 갖고 있다. 태고의 심연에서 울려나오는 예언자의 목소리가 오직 그의 유년시대의 감정, 그의 청년시대의 기도를 반향하게 될 때 그는 비로소 전통의 모든 분류와 관례의 희롱을 뚫고 진리에 투철(透徹)하는 것이다.

아주 드물게 엉뚱한 정신이 때때로 우리 곁에 찾아와서, 자연의 새로운 사실을 우리에게 계시한다. 나는 신(神)의 인간들이 때때로 인간들 사이를 걸으면서 가장 범상한 청중의 마음과 영혼에게 그들의 사명을 감득시키는 일이 있는 것을 안다. 삼각가(三角架)[1] · 사제(司祭), 신의 영감에 고취되는 무녀(巫女)는 분명히 이것이다.

주

1. 옛 그리스 델피의 아폴로 신전의 무녀가 신탁을 내릴 때 앉는 세 다리의 청동 제단.

예수는 육체를 가진 인간들을 놀라게 하고 압도한다. 그들은 예수를 역사에 결부시킬 수 없고, 그들 자신과도 조화시킬 수 없다. 그들이 자기들의 직각(直覺)을 존중하여 청정한 생활을 하고자 바라게 될 때 비로소 그들의 경건심이 모든 사실, 모든 말을 설명한다.

모세, 조로아스터[1], 메누[2], 소크라테스에 대한 이들 고대의 숭배는 얼마나 쉽게 마음에 친숙해지는가. 나는 이러한 숭배에서 하등 고풍(古風)인 것을 발견할 수가 없다. 그것은 그들의 것인 동시에 내 것이기도 하다.

주

1. 옛 페르시아의 국교인 조로아스터교의 교조(기원전 1000년경).
2. 인도인을 위하여 유명한 마누법전을 제정한 신화적 인물. 프라마의 아들.

나는 몇 개의 바다와 몇 세대를 건너지 않고서도, 초대(初代)의 수행승(修行僧)과 은둔자들을 보고 있다. 몇 번이고 누군가가 나에게 나타나, 저 기둥 위의 고행자 시메온[1] 세바이드 사막[2]의 은둔자, 초기 카푸친 승(僧)[3]을 19세기에 살린 것처럼 노동을 무시하고 순수 명상의 관념을 집중케 하고, 우연히 신의 이름을 빌려 자비를 구할 것을 보여 주었다.

주

1. 시리아의 고행승으로, 기둥 위에서 30년간 단식 고행하다가 기원 459년 사망.
2. 상부 이집트의 시브스(테베) 지방에 있다. 여기에 은둔고행한 승려를 시바이스라고 한다.
3. 1528년 마테오 디 파시가 이탈리아에 설립한 프란시스칸파의 托鉢僧團, 긴 카푸치(두건이 붙은 승복)를 입은 데서 이 이름이 생겼다.

동서(東西)의 종교적 방법, 즉 마기[1], 브라민[2], 드루이드[3], 그리고 잉카[4]의 종교적 방법은 개인의 사생활로써 설명이 다 된다. 어린아이에 대한 냉혹한 형식가(形式家)의 속박적인 위력은 그의 원기(元氣)와 용기를 억압하고, 이해력을 마비시키고, 그러면서 다만 공포와 복종을 일으킬 뿐, 분노의 정을 야기시키지 않고 심지어 압제에 대하여 크게 공감시키기까지 한다—이것은 일상 흔히 보는 사실이다. 그 아이가 어른이 되어, 자기 어린 시절의 억압자 자신도 어떤 이름이나 말이나 형식 때문에 압제받은 어린이였고, 억압자 자신은 다만 이런 것의 위력을 연소자에게 전하는 기관에 불과했던 것을 깨달을 때 비로소 그는 납득이 가는 것이다.

이 사실은 벨루스[3]가 어떻게 해서 숭앙되었고, 피라밋이 어떻게 해서 세워졌는가를, 모든 그 건축공들의 이름과 벽돌 한 장 한 장의 값을 발견한 샴포리옹[6] 이상으로 그에게 가르친다. 그는 앗시리아와 촐루라[7]의 토단(土壇)을 자기 집 문간에서 발견한다. 자신이 바로 그 길을 놓았던 것이다.

주

1. 고대 페르시아의 도사·학자·승려.
2. 인도의 최고 계급인 사람들. 바라문교도.
3. 고대 켈트민족의 승려·의사·점술사·마술사 등을 겸했다.
4. 고대 페르시아의 추장·王公.
5. 고대 앗시리아의 전설상의 신.
6. 프랑스의 유명한 고고학자·동양학자·탐험가(1790~1832). 최초로 이집트의 상형문자를 읽는 법을 발견한 사람.
7. 고대 멕시코 인디언이 세운 마을. 토단은 부락의 유적.

다시 하나하나 생각 있는 사람들이 자기 시대의 미신에 대하여 하는 항의에는, 고대의 개혁자들의 일이 하나하나 되풀이되어 있다. 그리고 진리의 탐구라는 일에는 그들의 경우와 마찬가지로, 덕(德)에 대한 새로운 위험이 발견되는 것이다. 그는 또한 미신의 띠〔帶〕를 대치시키는 데 어떠한 도의적 용기가 필요한가를 배운다. 개혁의 발꿈치에는 심한 방종이 뒤따른다.

세계의 역사상, 루터가 자기 집안의 신앙심의 쇠퇴를 한탄해야 하는 일이 얼마나 많이 있었던가. 마틴 루터의 아내는 어느날 남편에게,

"선생, 저 법왕(法王)의 지배하에서는 우리들이 그렇게 자주, 그리고 그렇게 열심히 기도했는데, 지금은 될 수 있는 한 냉담하게, 될 수 있는 한 적게 기도하는 것은 어떤 뜻입니까?"라고 물었다.

시대에 앞선 사람은 문학 속에—모든 역사 속에서나 마찬가지로 모든 이야기 속에 얼마나 심오한 보재(寶財)가 들어 있는가를 알게 된다. 그는 시인이 기이하고 불가능한 경지를 묘사한 기인(奇人)은 아니었다는 것, 보편적인 정신의 사람이 붓으로써, 한 사람에게나 만인에게나 진실한 고백을 썼다는 것을 알게 된다. 그에게 놀라울 정도로 이해가 가는 시행(詩行) 속에 그 자신의 비밀의 전기가, 자기가 태어나기 전에 기록되어 있는 것을 본다. 하나하나, 그는 자기의 개인적 모험에 있어서 이솝, 호머, 하피스[1], 아리오스토[2], 초서, 스코트의 모든 이야기와 마주친다. 그리고 자신의 손과 머리로써 그것을 입증한다.

주

1. 관능적인 시를 쓴 페르시아의 서정시인(1320~1391).
2. 유명한 이탈리아 시인(1474~1532).

그리스의 아름다운 허구(虛構)의 이야기들은 상상의 적당한 창작품이지, 공상의 창조품은 아니기 때문에 보편적 진실이다. 얼마나 넓은 의의와 영원한 적절함이 저 프로메테우스의 이야기[1)]에 들어 있는 것인가. 그것이 첫째로, 유럽 역사의 제1장으로서 가치가 있는 외에 (이 신화는 기계 기술의 발명, 식민의 이주라는 진정한 사실에 얇은 베일을 씌운 것이기 때문에), 후세의 신앙에 의하여 다소라도 밀접한 종교사를 말하고 있다.

프로메테우스는 고대 신화의 예수이다. 그는 인간의 친구이다. 영원한 아버지의 불공정한 '정의'와 반드시 죽을 운명의 인간 종족 사이에 서서, 그들을 위하여 온갖 고뇌를 감수한다. 그러나 이 신화가 칼빈주의의 기독교와는 달리, 프로메테우스를 조브 대신(大神)의 도전자로서 나타낸 점에서 유신교(有神教)의 교의(教義)가 생경한 객관적 형식으로 가르쳐지는 경우, 당장 드러나는 일종의 심적 상태를 보여 준다. 그것은 이러한 비진리에 대한 인간의 자기 방어로 생각된다. 즉, 유일신(唯一神)이 있다고 확신된 사실에 대한 불만, 숭앙(崇仰)의 의미가 귀찮다는 감정을 나타낸다. 만일 가능하면, 그것은 조물주의 불을 훔쳐서 그에게서 떠나 독립해서 살고 싶었을 것이다.

≪갇힌 프로메테우스≫[2)]는 회의주의(懷疑主義)의 로맨스이다. 모든 시대에 있어 진실이다. 아폴로는 아드멘투스[3)]의 양떼를 치고 있었다고 시인들은 말한다. 신들이 인간 사이에 오면 그것이 그렇다고 알려지지 않는

다. 예수도 알려지지 않았다. 소크라테스도, 셰익스피어도 알려지지 않았다. 안테우스[4]는 허큘리스에게 멱살이 잡혀 숨이 막혔지만, 그의 어머니인 대지에 닿을 때마다 그의 힘은 새로워졌다.

인간은 파멸한 거인이다. 온통 약해졌지만, 그 심신이 모두 자연과 대화하는 습관으로 활기를 얻는다. 견실한 자연을 감동시켜 말하자면 그것에 날개를 치게 하는 음악의 힘, 시가의 힘은 오르페우스[5]의 수수께끼를 푼다. 형상의 무한한 변화를 통하여 철학적으로 만유동일성(萬有同一性)을 지각하는 것은 사람으로 하여금 프로메테우스를 알게 한다. 어제는 웃고 울고 간밤엔 시체처럼 잠들었는데, 오늘 아침엔 일어나 달리고 있는 나는 프로메테우스가 아니고 무엇이랴.

어느 쪽을 보나 프로메테우스[6]의 윤회(輪廻)밖에 달리 눈에 들어오는 것이 있겠는가. 나는 어떤 생물, 어떤 사실의 이름을 사용해서도 내 사상을 상징화할 수 있다. 모든 생물은 능동자 아니면 피동자인 인간이기 때문이다. 탄탈로스[7]란 언제나 영혼 앞에 찬연히 물결치는 사상의 마실 수 없는 것을 의미한다. 영혼의 윤회는 허구의 얘기가 아니다. 나는 실제 그러했으면 싶다.

그러나 남자나 여자나 다만 반인(半人)에 불과하다. 뒷마당, 들판, 숲의 모든 동물, 대지의 땅밑과 물의 모든 동물은 어떻게 해서든지 발을 붙여, 곧게 서서 하늘을 향하여 말하는 동물〔인간〕의 어떤 것에 그 특징, 그 형체의 자취를 남기고자 애쓴다. 아 동포여, 그대의 영혼의 퇴조(退潮)를 멈추어라—다년간 그대는 미끄러져 들어가고 있었던 형체가 있었느니라. 그 형체[8]의 습성으로 타락하여 퇴조해 들어가는 것을 멈추어라.

옛 스핑크스의 이야기도, 우리들에게 마찬가지로 친근하고 적당한 것이다. 스핑크스는 길가에 앉아서 지나가는 사람들에게 수수께끼를 던졌다고 한다. 만일 그 사람이 대답하지 못하면 스핑크스는 그를 산채로 삼켜버렸다. 만일 그가 그 수수께끼를 풀면 스핑크스는 살해당했다.

우리의 인상은 날개돋친 사실, 혹은 사건의 무한한 비상(飛翔)이 아니고 무엇이냐. 이러한 변화는 눈부신 다양한 양상으로 닥쳐와, 모두가 인간의 정신에 질문을 던지는 것이다. 이러한 사실이나 그때그때의 질문에 한층 우월한 지혜로 대답할 수 없는 인간은 그 부림을 감수하는 것이다. 사실은 그들을 방해하고, 그들을 제압하여 상습(常習)적 인간, 상식적 인간으로 만든다. 이런 사람은 글자 그대로 사실에 복종하기 때문에 인간이 참으로 인간인 이유가 되는 그 광명의 불꽃을 모조리 꺼버리고 마는 것이다.

그러나 만일 이 사람이 자기의 한층 우월한 본능이나 감정에 충실하여 한층 높은 종족에서 나온 사람으로서 사실의 지배를 거절한다면, 그리하여 심령(心靈)을 꽉 쥐고 떠나지 않고 확고히 근본 도리를 인정한다면, 그때엔 사실이 적당히 쓰러져 유순하게 제 자리로 돌아갈 것이다. 그것들은 저희 주인을 알고 있다. 그리하여 그

가장 미천한 것도 주인의 영광을 찬양한다.

주

1. 그리스 신화에 나오는 거인. 그는 제우스 대신의 명령을 거역하여 하늘에서 불을 훔쳐서 인간에게 주고, 인간에게 모든 유용한 기술을 가르쳤다. 그리하여 대신의 노여움을 사서 코카서스의 岩山에 묶여 매에게 간을 쪼이는 형벌을 받았다 한다.
2. 이 프로메테우스의 고뇌를 제재로 한 아이스킬러스의 비극.
3. 그리스 신화에 나오는 용사.
4. 바다의 신 포세이돈과 게 女神〔大地〕의 아들. 母神인 대지에 발을 붙이고 있는 한은 아무도 그를 쓰러뜨릴 수 없었던 거인.
5. 아폴로와 시의 여신 갈리오페〔뮤즈〕의 아들. 그 음악으로 모든 동물·식물·岩山 등 자연계를 감동시킬 수 있었다.
6. 그리스 신화에서 예언의 힘을 가졌던 海神이다. 무리하게 예언을 요구하면 당장 변신하고 말았다 한다. 즉 변신의 힘도 있었다.
7. 고대 그리스의 왕. 제우스신이 밝힌 비밀을 누설한 죄로 지옥에서 벌을 받는다. 눈앞의 물을 마시려고 하면 물이 당장 줄어들고, 머리 위의 과일을 먹고자 하여 손을 내밀면 위로 올라가버리는 따위의 벌을 받는다.
8. 인간이 오랫동안 동물적 습성에 빠져 있음을 말한다.

보라, 괴테의 〈헤레나〉[1]에는 모든 말〔言〕을 하나의 물건이 되게 하려는 똑같은 염원이 있다. 이런 인물들 카이론[2], 그리핀즈[3], 포캬즈[4], 헬렌[5], 레다[6] 등은 누구나 무엇인가이기 때문에 마음에 어떤 독특한 영향을 준다고 그는 말하고자 한다. 그래서 그 점에서 그들은 영원한 실체이고, 오늘날도 제1올림피아드[7]에 있어서와 똑같은 현실이다.

여러 가지로 그들의 일을 두루 생각하여, 그는 자유

롭게 자기의 생각을 쓰고, 그 자신의 상상에 따라서 그들에게 실체를 부여한다. 그리고 이 시는 꿈처럼 막연하고 환상적이지만 이것은 이 저자의 더욱 정상적인 극작품(劇作品)들보다 훨씬 흥미를 끈다. 까닭은 그것이 관용적, 상투적인 이미지에서 벗어나 독자의 마음에 기이한 인식을 주기 때문이다—이 구상(構想)의 분방한 자유로움으로 말미암아, 그리고 생기 있는 놀라움의 충동이 부단히 계기(繼起)가 되어서 독자의 창의와 공상이 일깨워지기 때문이다.

주

1. 괴테의 ≪파우스트≫ 제2부 제3막은 독일에서는 〈헤레나〉라고 불린다. 주로 트로이의 헬렌에 관한 것이 취급되어 있기 때문이다.
2. 그리스 신화에 나오는 半人半馬의 괴물 중의 하나. 특히 현명하고 공명정대한 인물로서 유명.
3. 전설상의 공상적 괴물.
4. 그리스 신화에서 포키스〔암흑〕와 케토〔암흑〕의 세 사람의 딸. ≪파우스트≫ 제2부에는 메피스토펠레스가 이 모습으로 나타난다.
5. 스파르타 왕 메넬라우스의 처로서 동서고금 제1의 미녀. 트로이의 왕자 파리스가 그녀를 납치해 간 데서 트로이 전쟁이 시작되었다.
6. 헬렌의 어머니로서, 제우스신이 백조의 모습으로 내려와 정을 통했다고 하는 미녀.
7. 옛 그리스 올림피아제는 4년마다 열렸고, 그때마다 대경기가 개최되었다. 이 대경기에서 다음 대경기까지의 4년을 1올림피아드라 한다.

보편적 본성, 시인의 소규모의 본성으로서는 너무 굳센 이 본성은 그의 목 위에 앉아 그의 손을 빌려 글을 쓴다. 그러므로 시인이 순전히 기분 내키는 대로 황당한 얘기를 토로하고 있는 듯이 보여질 때에도, 그 성과는 정확한 비유의 얘기를 하고 있는 것이다. 그래서 플라톤은,

"시인은 자기 자신도 이해할 수 없는 위대하고 현명한 것을 발언한다" 고 말했다.

중세의 허구적 얘기의 전부는, 그 시대의 마음이 극히 진지하게 성취하고자 노력한 것을, 일종의 가면을 쓰고서 혹은 희롱조로 표현한 것이라고 설명된다. 마법(魔法)과 그것의 일이라고 하는 일체의 것은 과학의 힘의 깊은 예시이다. 저 신속히 나르는 구두, 예리한 칼, 4대 요소를 복종시키고 금석(金石)의 내밀한 장점을 이용하고, 새의 음성을 이해하는 힘은 모두 마음의 노력이 암암리에 올바른 방향을 가리키고 있음을 보이는 것이다. 영웅의 초인적 용기, 영원히 젊은 청춘의 천부력(天賦力), 기타 그런 것들은 마찬가지로 '사물의 외면을 마음이 바라는 바에 복종시키고자' 하는 인간 정신의 노력이다.

≪페르스포레스트≫[1)]와 ≪아마디스 데 가울≫[2)]에서는 화환(花環)과 장미가 정숙한 여성의 머리 위에서 꽃피고, 부정한 여인의 이마에서는 시든다. ≪소년과 외투≫[3)]의 얘기에서는, 정숙한 독자까지도 그 온화한 제네랄스[4)]의 승리에 고결한 환희가 빛나는 것을 느끼고 스스로 놀랄 것이다. 그리고 과연 마귀의 기록에 나타난 온갖 정칙(定則)—마귀는 이름을 불리기를 싫어한다든지, 그것들의 재능은 변덕스러워서 믿을 수 없다든

지, 보물을 찾는 자는 말을 해서는 안 된다는 것 등등 —이것도 그것이 콘월이나 브레타뉴에서는 어떠하든간에 이 콩코드에서는 진실이라고 인정한다.

주

1. 중세 프랑스의 역사적 로맨스. 그 무대는 아더왕 이전의 브리튼이라고 한다.
2. 14세기 포르투갈인 바스코 데로베이라가 쓴 로맨스. 주인공 아마디스는 '사자의 기사'라는 별명을 갖는 무사도의 상징적 존재.
3. 옛 영국의 민요.
4. 민요 ≪소년과 외투≫에 나오는 정숙한 여성의 이름. 아더왕의 궁정에 이상한 망토를 가진 소년이 온다. 이 망토는 정숙한 여인에게만 어울리고, 부정한 여자에게는 안 맞는다. 왕후 이하 모두가 입어 보지만 모두 몸에 맞지 않는다. 제네랄스만이 몸에 맞았다고 한다.

극히 최근의 로맨스에서는 이것과 다를 것인가. 나는 ≪라머무어의 신부(新婦)≫[1]를 읽었다. 윌리엄 애슈튼 경(卿)은 저속한 유혹에 대한 가면(假面)이고, 레이븐즈우드의 성(城)은 오만한 빈곤에 대한 미명(美名)이고, 외국에서의 중대한 사명은 정직한 근로에 대한 존번연 류(類)의 가장에 불과하다. 부정한 것, 육욕적인 것을 무찔러 쓰러뜨림으로써 우리들은 누구나 좋은 것, 아름다운 것을 괴롭히는 들소를 쏠 수가 있다. 루시 애슈튼은 진실에 대한 별명이고, 그것은 이 세상에서는 언제나 아름다우나 언제나 재앙을 받기 쉽다.

주

1. 월터 스코트의 소설(1819). 레이븐즈우드의 옛 성주의 아들 에드가

는 그 적인 지금의 성주 애슈튼의 딸 루시와 사랑에 빠진다. 그러나 루시의 부모는 그녀를 강제로 다른 지주에게 시집보내고자 했기 때문에, 루시는 결혼 초야에 미쳐서 신랑에게 중상을 입히고 본인은 자살한다는 얘기. 본문에서 외국에서의 중대한 사명 운운의 말은, 에드가가 국외의 제임즈 당원과 통첩하여 프랑스에서 거사하고자 한 것을 말하고, 들소를 쏜다 운운은, 루시가 들에서 들소에게 괴로움을 당하는 것을 에드가가 소를 죽이고 구해 주는 것을 말한다.

그러나 인간의 인문적(人文的) 및 사상적 역사와 병행하여 여기에 또 하나의 역사가 매일 진행하고 있다—외부적 세계의 역사가 그것이다—그리고 이쪽에도 인간은 똑같이 엄밀히 관계하고 있다. 인간은 시간의 개요(概要)이다. 동시에 자연의 대응물이다. 그의 힘은 그 다수의 친화 관계에 있다. 그의 인생이 유기적(有機的) 및 무기적 존재의 전연쇄(全連鎖)와 얽혀 있는 사실에 있다.

옛 로마에 있어서는, 포롬[1]에서 시작되는 국도(國道)는 동서남북으로 뻗쳐 제국 내의 모든 지방의 중심에 이르러 페르시아·스페인·브리튼의 각 소도시(시장이 있는) 어디로나 수도의 군대가 진입할 수 있게 되어 있었다. 마찬가지로 인간의 마음에서도, 말하자면 자연의 모든 사물의 중심까지 큰길이 통해 있어 그것을 인간의 지배하에 놓게 한다.

인간은 모든 관계를 한 다발로 한 것, 모든 뿌리를 한 묶음으로 한 것이고, 그것이 꽃피고 결실한 것이 세계이다. 인간의 모든 능력은 자기 바깥의 자연에 관계하여, 그가 살고자 하는 세계를 예견하게 한다. 마치 물고기의 지느러미가 물이 있는 것을 예견하고, 날 때의 독수리의 날개가 공기를 예상하는 것과 같다.

인간은 한 세계를 갖지 않고서는 살 수 없다. 나폴레옹을 고도(孤島)의 감옥에 넣고서 그의 능력의 영향을 받을 인간을 하나도 없게 해봐라. 올라갈 알프스도, 승부의 목표가 될 상금도 없게 해봐라. 그는 허공을 치는 어리석은 사람이 될 것이다. 그러나 그를 옮겨서 대국(大國)들과 조밀한 인구, 복잡한 이해관계, 서로 대항하는 열강(列强) 속에 놓아 보라. 그대들은 이러한 옆모습과 윤곽으로 한계지어진 인간 나폴레옹이, 진정한 나폴레옹이 아님을 볼 것이다. 이것은 결국 톨보트[2]의 그림자에 불과하다.

그의 본체(本體)는 여기에는 없다.
그대가 보는 것은 인간이라고 하는 것의 가장 작은 부분, 가장 작은 몫이다.
그러나 만일 그 전신(全身)이 여기에 있게 되면
그것은 이 집에도 넣을 수 없을 정도의
넓고 높은 어떤 것이리라.3)

㈜

1. 고대 로마의 시민 공회장.
2. 셰익스피어의 사극 ≪헨리 6세≫에 나오는 영국의 장군. 본문의 인용구는 그의 말.
3. ≪헨리 6세≫ 제1부 제2막 제3장.

콜럼버스가 그의 항로를 정하기 위해서는 한 별〔星辰〕이 필요하다. 뉴턴과 라플라스[1)]는 수천만의 연대(年代)와 층층이 별이 깔린 천상(天上)의 분야가 필요하다. 인력(引力)을 갖는 태양계는 이미 뉴턴의 마음의 본성 속에 예언되어 있었다고 말할 수도 있다. 마찬가지로 데이비[2)]나 게이뤼삭[3)]의 두뇌는 어려서부터 분자(分子)의 친화력과 반발력을 연구하고 있었기 때문에, 유기체 조직의 법칙을 예측하고 있었다고도 할 수 있다. 인간 태아(胎兒)의 눈은 빛이 있는 것을 예언하고 있지 않은가. 헨델[4)]의 귀는 조화된 음(音)의 마술을 예언하고 있지 않은가.

와트, 풀튼[5)], 휘트모어[6)], 아크라이트[7)]의 구성력 풍부한 손가락은 용해(鎔解)할 수 있는 혹은 딱딱한, 혹은 정련(精煉)할 수 있는 금속의 조직, 돌·물·나무의 성질을 예언하고 있지 않은가. 어린 여자아이의 예쁜 특성은 문명사회의 세련과 장식을 예언하고 있지 않은가. 여기에서 또한 인간이 인간에 대한 행위를 상기하게 된다.

인간의 마음은 몇 세대 동안 생각을 거듭해도, 사랑의 열정이 하룻동안에 가르칠 수 있을 정도의 자각(自覺)을 얻을 수 없는 경우도 있다. 모욕을 당하고 분노에 떨어보지 않고, 청산유수의 웅변에 가슴 울렁거려보지 않고, 혹은 국민적 흥분이나 국민적 경악의 순간에 수천만의 사람과 함께 흥분해 보지 않고서 누가 자기 자신을 알겠는가. 아무도 자기의 경험의 시기가 도래할 것을 예정하거나, 새로운 사물이 어떠한 새로운 능력이 나 감정을 계시할 것인가를 예측할 수 없다. 이것은 내일 처음으로 만날 사람의 얼굴을 오늘 그릴 수 없는 것과 같다.

주

1. 유명한 프랑스의 천문학자·수학자(1749~1827).
2. 유명한 영국의 화학자(1778~1829), 안전램프의 발명자.
3. 프랑스의 화학자·물리학자(1778~1850), 輕氣球를 최초로 학술상에 응용한 사람.
4. 유명한 독일 작곡가(1685~1759), 영국에 오래 있었다. 聖曲 ≪메시아≫가 그의 걸작.
5. 미국의 기계 기사(1615~1765), 처음으로 증기력을 배에 응용했다.
6. 미국의 발명가(1759~1826), 양모를 짜는 기계를 발명했다.
7. 방적기계의 발명가(1732~1792).

나는 지금 여기에서 이 개괄적 기술(記述)의 배후에 들어가 그 대응성(對應性)의 이유를 탐구하고자 하지는 않는다. 다만 이 두 가지 사실, 즉 마음은 하나이다, 그리고 자연은 그 대응물이다. 이러한 사실에 비추어서 역사는 읽히고 씌어져야 한다는 것만으로 족하다.

이리하여 모든 방법으로써, 영(靈)은 개개의 연구자를 위하여 그 비보(秘寶)를 집중하고 재현한다. 각 연구자도 또한 경험의 전원환(全圓環)을 경과해야만 한다. 그는 자연의 광선을 한 초점에 집중시켜야 한다. 역사가 이제 더이상 무미건조한 책이 되어서는 안 된다. 역사는 모든 정당하고 현명한 사람의 모습으로 살아서 걸어나와야 한다.

그대들은 자기가 읽은 책의 목록을 말이나 제목으로 나에게 말해선 안 된다. 오히려 나로 하여금 그대들이 어떤 시대에 살았는가를 느끼게 해주어야 한다. 사람은 〈영예의 전당〉[1]이 되어야 한다. 그는 시인들이 이 영예의 여신을 묘사한 것과 같이, 놀라운 사건과 경험으로써 온통 그려진 의상을 입고 걸어야 한다—그 자신의 모습과 용모는 그 지력(知力)이 높아짐에 따라서 다채로운 옷이 될 것이다.

나는 그 속에서 전세계(全世界)를 보아야 한다. 그의 유년 시대를, 황금 시대를, 지식의 열매를, 아고노트의 원정(遠征)[2]을, 아브라함의 소명(召命)[3]을, 전당의 건립을, 암흑 시대를, 문예부흥을, 종교개혁을, 신대륙의 발견을, 새로운 과학과 인간계(人間界)의 새로운 분야의 개척을 발견해야 한다. 그는 판(Pan) 신(神)[4]의 사제(司祭)가 되어, 미천한 오두막에도 새벽별의 축복과 천지의 모든 기록된 혜택을 가져 들여와야 한다.

㈜

1. 영국 18세기의 알렉산더 포프의 시(1713). '영예'는 영예의 여신을 말한다.
2. 그리스 신화에 나오는 배 이름이 아고이며, 이 배는 많은 용사를 태우고 콜키스의 나라에 들어가 밤낮 毒龍이 지키는 황금 양모를 빼앗아 왔다 한다.
3. 신은 아브라함을 불러 그 백성을 이스라엘 땅에 이주케 했다. 〈창세기〉 12장 이하 참조. 본문의 전당은 이스라엘의 전당.
4. 그리스 신화의 가축과 牧羊者의 보호신. 흔히 牧神이라고 함.

이상의 요구에는 어느 정도 지나친 자부심이 있는 것인가. 만일 그렇다면 나는 지금까지 써온 것을 모두 포기한다. 왜냐하면 우리가 모르는 것을 아는 체해서 무슨 소용이 있겠는가. 그러나 표면상 다른 사실의 거짓을 드러내는 것처럼 보이지 않고는 한 가지 사실을 힘차게 진술할 수 없는 것은 우리 수사법(修辭法)의 결점이다.

나는 우리의 현재의 지식을 아주 값싸게 평가한다. 벽 속의 쥐소리를 들어라. 담장 위의 도마뱀, 발 아래의 버섯, 통나무의 이끼를 보아라. 이러한 생명의 세계의 어떤 것에 대하여 나는 공감적으로, 그리고 진심으로 무엇을 안단 말인가. 코카서스인[1)] 만큼이나 오래—아니 더 오랠지도 모르지만—이런 생물은 인간의 곁에서 그들의 비밀을 지켜온 것이다. 그들의 한쪽에서 저쪽으로 교신(交信)된 말이나 손짓의 기록은 없다. 책이 50내지 60개의 화학적 원소와 역사적 시대 사이에 어떤 관계가 있다고 보고 있는가. 아니, 역사는 아직 겨우 인간의 사상적 연대의 기록에 불과한 것이다. 그것은 우리가 '죽음'이니 '불멸'이니 하는 이름 밑에 감추고 있는 신비에 어느 정도의 빛을 던지고 있는가.

그러나 모든 역사는 우리의 친화 관계의 범위를 통찰하고, 사실을 표상(表象)으로 보는 지혜로써 씌어져야 한다. 우리의 소위 역사라는 것이 얼마나 천박한 야담(野談)에 불과한가를 보고 나는 부끄러움을 느낀다. 얼마나 자주 우리들은 로마라든지, 콘스탄티노플이라든지를 말해야 하나. 로마는 쥐나 도마뱀에 대하여 무엇을 알랴. 올림피아드니, 콘설 정치[2]가 우리 이웃의 생존 체계에 무슨 관계가 있는가. 아니 그것은 에스키모의 물개 사냥꾼에게, 통나무배를 탄 카나카 토인[3]에게, 어부에게, 부두 일꾼에게, 문지기에게 어떤 먹을 것과 경험과 구원을 주고 있는가.

주

1. 백색인종을 말한다.
2. 콘설은 프랑스 공화정치시대(1799~1804)의 집정관.
3. 하와이의 원주 토인.

만일 우리가 지금까지 너무 오랫동안 보아온 이 오랜 아집과 자존의 연대기 대신에 우리들의 중심적인, 그리고 넓은 관계를 갖는 본성을 한층 진실하게 표현하고자 한다면, 한층 넓고 한층 깊게—윤리적 혁신에서, 항상 생기를 주는 양심의 유입점(流入點)에서—우리의 연대기를 써야 한다. 이미 그날은 우리를 위하여 존재하고 있다. 모르는 동안에 우리 위에 비치고 있다.

그러나 과학과 문학의 길이 자연에 들어가는 길은 아니다. 분석자나 고고학자보다는 백치·인디언·어린아이, 교육받지 못한 농가의 소년이 한층 자연을 독해할 수 있는 광명(光明)에 가까이 서 있는 것이다.

3. 미국의 학자

1837년, 하버드 대학에서의
파이 베타 카파회 강연

회장 및 회원 여러분.

나는 우리의 신문학년도(新文學年度)의 초두에 당하여 여러분에게 축하의 뜻을 표한다. 우리의 연회(年會)는 양양한 회(會)이다. 그러나 아마 충분한 노력을 말하는 회는 아닐 것이다. 우리가 회합하는 것은 고대 그리스인들처럼 체력이나 기량(技倆)의 경기를 위한 것은 아니고, 역사·비극·시가의 낭송을 위해서이다.

그리고 트루바도르[1] 시인들처럼, 연애와 시의 집회를 개최하기 위해서도 아니다. 또한 영국과 유럽 제국의 수도에서 우리 동시대인(同時代人)들이 그랬듯이, 과학의 진보를 이야기하기 위해서도 아니다. 지금까지 우리의 축일(祝日)은, 이미 문학에 관심을 가질 수 없을 정도로 분주한 사람들 사이에서 아직도 문학애호심이 남아 있는 것을 이야기하는 반가운 증거에 불과했다. 이 점에서 그것은 깨뜨릴 수 없는 본능의 증거로서 귀중한 것이다.

생각컨대, 이 축일의 회합이 무엇인가 다른 것이 되지 않으면 안 되는, 그리고 사실상 그렇게 될 것이 틀림없는 시기가 이미 도래한 것이다. 이 대륙의 둔한 지력(知力)이 그 쇠같이 무거운 눈까풀 밑에서 눈을 뜨고 기계적 숙련의 운용보다 나은 무엇인가를 가지고, 지금까지 미루어 온 세계의 기대를 충족시킬 때가 이미 도래한 것이다.

우리들의 의존의 시대, 우리들이 남의 나라의 학문에 오래 도제생활(徒弟生活)을 하던 시대는 종말이 가까웠다. 우리 주위에서 삶에 돌진하고 있는 수백만의 사람들은, 시들은 외국이 거두어들인 찌꺼기를 늘 먹고 살 수는 없다. 반드시 노래불러져야 할, 그리고 자체를 노래할 여러 가지 사건·행동들이 일어나고 있다.

천문학자들의 말에 의하면, 오늘날 우리의 천심(天心)에 빛을 쏟고 있는 하프 성좌(星座)의 별은 장차 어느 날인가 1천 년 동안 지극성(地極星)이 된다는 것이다. 그와 마찬가지로 시가(詩歌)가 부활하여 새 시대의 지도적 위치에 이르리라는 것을 누가 의심하랴.

주

1. 트루바도르란 作詩者의 뜻이다. 11세기에서 13세기경까지 남프랑스, 북이탈리아에서 번창한 서정시인의 일파. 주제는 연애시를 불렀고, 처음엔 음유시인이었으나, 나중엔 귀족의 보호를 받아 궁정시인이 되었다.

이런 희망을 품고 나는 우리 회의 관례상, 그리고 우리 회의 본질상, 오늘의 연제(演題)로 〈미국의 학자〉라는 제목을 수락하는 것이다.

매년마다 우리는 여기에 모여서 미국 학자의 전기를 1장씩 읽기로 되어 있다. 오늘 우리는 새 시대, 새 사건이 미국의 학자의 성격과 그 희망에 대하여 어떤 빛을 던지는가를 깊이 고찰해 보기로 한다.

태초에 제신(諸神)은 인간(man)을 나누어 사람들(men)로 하고, 인간으로 하여금 그 자신에게 한층 도움이 되게 하였다. 마치 손이 한층 더 잘 그 목적에 적응하기 위하여 다섯 손가락으로 갈라진 것처럼[1] 이것은 시초를 알 수 없는 옛날부터 뜻밖의 지혜를 전하는 우화(寓話)의 하나이다.

주

1. 이 우화는 플라톤의 ≪향연≫에 있는 얘기이다.

이 옛 우화에는 부단히 새로운 숭고한 가르침이 들어 있다. 즉 세계에는 단 한 사람이 있고—그것이 다만 부분적으로, 즉 한 재능을 통해서만 모든 개개인으로 되어 나타나는 것, 전인(全人)을 찾자면 전사회를 갖지 않으면 안 된다는 것이다. 그 한 사람이란 농부가 아니다. 대학교수가 아니다. 기사(技士)가 아니다. 이들 전부이다.

그 한 사람은 승려이고, 학자이고, 정치가이고, 제조가이고 병사이다. 이런 분업 상태, 사회적 상태에서 이런 지능은 개개인에게 분배되어 있다. 그리고 그들 한 사람 한 사람이 그 공동작업 중 자기의 몫을 하고자 노력하는 한편, 다른 한 사람 한 사람이 자기의 몫을 하는 것이다. 이 우화 속에는 각 개인이 자신을 파악하기 위해서는 때로 자신의 노역(勞役)으로부터 돌아가 다른 모든 노역자를 품안지 않으면 안 된다는 의미가 들어 있다.

그러나 불행히 이 본원적(本源的) 통일, 이 힘의 원천은 너무 다수인에게 분배되어 있고, 너무나 세밀하게 세분되어 소멸되기 때문에 흘러서 방울로 되고, 다시 모여 합쳐질 수가 없다. 사회의 상태는, 마치 사지가 동체에서 절단되어 발이 있는 무수한 괴물로 화하여 뽐내고 걸어다니는 것과 같다. 훌륭한 손가락·목·위(胃)·팔꿈치는 있지만 사람은 없다.

사람은 이리하여 물건으로, 많은 물건으로 변신되어 있다. 재배자는 본래 식물을 얻기 위하여 밭으로 내보낸 사람인데, 오늘날 자기 직분의 참된 존엄성에서 힘을 얻는 사람은 별로 없다. 그는 자기의 곡식과 마차는 보지만 그 외에는 아무것도 보지 못하며, 그는 밭에서 일하는 사람(man)이 아니라 농부로 되어버린다. 상인은 그 직업에 이상적 가치를 부여하는 일은 거의 없고, 다만 그 매매술의 관습에 얽매여 영혼이 돈 앞에 굴복하고 만다. 승려는 의식(儀式)으로 되고, 변호사는 법령서(法令書)로, 직공은 기계로, 수부(水夫)는 배의 삭구(索具)로 되어버린다.

이런 직능의 분할에서 말하면 학자는 지력의 대표이다. 그 바른 상태에 있을 때 그는 '사상(思想)하는 사람

(man thinking)'이다. 타락하는 상태에서 사회의 희생이 될 때에 그는 단순한 사상가, 더욱 나쁘게는 남의 사상을 흉내내는 앵무새가 된다.

이 사상하는 사람이란 견지에는 학자의 직분의 도리가 포함된다. 자연은 그 모든 평온한 장면, 그 모든 훈계적인 장면을 다하여 그를 유도한다. 과거는 그를 가르치고, 미래는 그를 초대한다. 사실상 사람은 누구나 학도(學徒)가 아닌가. 그리고 만물은 그 학도를 위하여 존재하는 것이 아닌가. 그렇다면 결국 참된 학자야말로 유일한 진실의 주인이 아닌가.

그러나 옛 격언은 "모든 물건은 손잡이가 두 개 있다. 그 틀린 쪽을 주의할 일이다"라고 말하였다. 인생에 있어서는 학자는 인류와 더불어 오류에 빠져 그 특권을 잃고 마는 일이 자주 있다. 우리는 학교에서의 그를 보고 그가 받는 주요한 감화 영향에 관하여 그를 고찰해 보자.

1. 사람의 마음에 대한 감화에서 시간적으로 가장 빠르고, 중요성 가운데 가장 중요한 것은 자연의 감화이다. 매일 해가 뜬다. 해가 진 후에는 밤과 그 별들이 있다. 부단히 바람이 분다. 부단히 풀이 자란다. 날마다 남자와 여자는 언어를 주고받고, 바라보고 바라봄을 받는다. 학자는 모든 사람 중에서 이 광경에 가장 많은 관심을 갖는 사람이다. 그는 마음속에서 그런 것의 가치를 결정짓지 않으면 안 된다.

자연은 그에게 있어 어떤 것이냐. 이 신의 직물(織物)의 설명할 수 없는 연속에는 결코 처음이란 것이 없고 끝이란 것이 없다. 다만 그 자신으로 환원하는 원(圓)과 같은 힘일 뿐이다. 그 점에서 자연은 학자의 마음 그 자체와 유사하다. 그는 자기 마음의 처음도 끝도 결코 발견하지 못한다—그토록 완전하고 그토록 무한하다. 자연의 광채가 미치는 곳 멀리, 체계는 체계와 아래로, 중심도 없고 원주(圓周)도 없고, 마치 광선처럼 방사(放射)하며—혹은 떼를 지어, 혹은 개개로 자연은 사람의 마음에 자기 자신을 이야기하고자 서두른다.

분류가 시작된다. 유치한 마음에는 모든 사물은 개별적인 것이고, 그 자체만으로 존재한다. 그러나 점차 마음은 두 가지 사물을 연결하는 방법과, 그 두 가지 것을 통하여 한 가지 성질을 발견하는 방법을 배운다. 그 다음엔 셋을, 그 다음엔 천을 그리하여 그 자체의 통일적 본능에 억압되어 만물을 결속하고 변칙물(變則物)을 줄이고 지하로 뿌리를 뻗으며 나아간다. 그 뿌리야말로 상반되고 상격(相隔)한 사물을 연결하고 동일한 줄기에서 꽃을 피게 한다. 마음은 곧 역사가 동튼 이래 부단히 사실이 누적되고 분류되어 오고 있음을 배운다.

그러나 분류는 무엇이냐. 그것은 이런 사물들은 무질서한 것이 아니고, 무연(無緣)한 것이 아닐 뿐 아니라, 그것도 또한 사람의 마음의 법칙과 다름없는 하나의 법칙을 갖고 있음을 지각하는 것에 불과하다. 천문학자는 사람의 마음의 순수 추상물인 기하학이 유성(流星) 운동의 척도임을 발견한다. 화학자는 물질계를 통하여 비례(比例)와 이해할 수 있는 방식이 있음을 발견한다.

따라서 과학이란 극히 상격한 부분에서 유사 동일성을 발견하는 것에 지나지 않는다. 왕성한 연구열이 있는 사람은, 하나하나 제어하기 어려운 사실 앞에 앉아서 모든 이상한 조직, 모든 신기한 힘을 순순히 그 각자의 부류(部類), 각자의 법칙에 귀납(歸納)시키고, 통찰로써 조직의 최후의 섬유, 즉 자연의 변두리를 영원히 활기 있게 한다.

이리하여 그는, 이 백일(白日)의 대원형 천정 밑에서의 학교 생도는, 그 자신과 이 원형 천정(圓形天井)이 동일한 뿌리에서 나와 있다는 것, 잎도 하나, 꽃도 하나이고, 모든 맥관(脈管)의 관계와 공감(共感)의 관념이 움직이고 있다는 것을 암시받는다. 그렇다면 그 뿌리는 무엇인가. 그것은 그의 심령이 아닌가. 너무나 대담한 사상, 너무나 분방한 꿈이다.

그러나 이 영적(靈的) 광명이 더욱 지상적 제물성(地上的諸物性)의 법칙을 계시한 것이라면—즉, 그가 심령을 숭배할 것을 배우고, 오늘날 존재하는 자연철학이 영의 거대한 손의 최초의 모색의 결과에 지나지 않는 것을 보게 될 때, 그는 당연히 계속 확장하는 조물주에 관한 지식에 주목하게 되리라. 그는 자연이 바로 심령의 상대물이고, 부분부분이 상응되고 있음을 볼 것이다.

하나는 도장이고 하나는 그 도장의 자국이다.

자연의 미(美)는 그 자신의 마음의 미이다. 자연의

법칙은 그 자신의 마음의 법칙이다. 그러니 자연은 그에게 있어 자기 자신의 학예(學藝)를 재는 척도가 된다. 그가 자연에 대하여 아는 것이 많고 적음에 따라서 자기의 마음의 파악에도 과부족이 있다. 이리하여 결국 "그대 자신을 알라"고 하는 옛 격언도, "자연을 배워라"고 하는 근대의 격언도 결국은 동일한 격언이 되는 것이다.

2. 학자의 정신에 들어오는 제2의 중대한 영향은 과거의 마음이다—혹은 문학, 혹은 제도, 어떤 형식으로 그 마음이 기록되어 있든 상관없다. 책은 과거의 영향의 가장 좋은 전형(典型)이다. 아마 우리는 다만 책의 가치만을 고찰하는 것으로써, 진리를 파악하게 될 것이다—즉 보다 편리하게 이 '과거'의 영향의 양(量)을 알 수 있으리라.

책이 가르치는 바는 고상하다. 초기의 학자는 주위의 세계를 자기 속에 받아들였다. 그것에 대하여 명상하고, 그것에 그 자신의 마음의 새로운 배치를 주고, 그것을 다시 토해냈다. 그것은 생명이 되어 그 속에 들어가서, 진리가 되어 그에게서 나갔다. 그것은 생명 짧은 행위인 채로 그에게 와서, 불후(不朽)의 사상이 되어 그에게서 나갔다. 그것은 실무인 채로 그에게 와서, 시가(詩歌)가 되어 그에게서 나갔다.

그것은 죽은 사실이었다. 그러나 이제 그것은 살아 있는 사상이다. 그것은 설 수 있고 걸을 수 있다. 그것은 이제 인내하고 비상(飛翔)하고 영감(靈感)을 준다. 정확히 그것이 생겨나온 마음의 깊이에 비례하여 그만큼 높이 날고, 그만큼 오래 노래부른다.

혹은 이렇게 말할 수도 있다. 그것은 생명을 진리로 변화시키는 과정이 어디까지 갔느냐에 따른다고. 증류의 완전함에 따라서 그 결과의 순수와 불멸성이 생긴 것이다. 그러나 어떤 것이고 완전한 것은 없다. 마치 어떤 공기펌프도 완전한 진공을 만들 수 없는 것처럼, 어떤 예술가도 저서에서 범속하고 국부적(局部的)이고 가멸적(可滅的)인 것을 완전히 배제할 수는 없다. 동시대인(同時代人)에게와 마찬가지로, 아니 제2시대에게와 마찬가지로, 먼 후세의 자손들에게 모든 점에서 유효한 순수한 사상의 책을 저술할 수는 없다. 결국 각 시대는 자기 시대의 책을 써야 한다는 것을 안다. 아니 오히려 각 시대의 사람들은 다음 시대 사람들을 위하여 쓰지 않으면 안 된다. 옛 시대의 책은 현대에 적합하지 않으리라.

그러나 여기에서 중대한 해(害)가 일어난다. 창조의 행위, 사상의 행위에 부수하는 존엄이 그 기록에 옮겨진다. 노래하는 시인이 신인(神人)인 듯이 생각되었었다. 그 때문에 그 시가도 또한 신성한 것이 된다. 저작자(著作者)는 공정하고 현명한 사람이었다. 그 때문에 저서가 완전하다고 결정된다. 영웅을 사랑하는 마음이 타락하여 그 우상을 숭배하게 되는 것과 같다.

이리하여 당장 그 책은 해로운 것이 된다. 지도자가

폭군이 된다. 우둔하고 진실하지 못한 대중의 마음은 이성의 침입에 문을 여는 것이 더디지만, 일단 문을 열면, 일단 이 책을 받아들이면 굳게 그것에 의지하고, 만일 그것이 비난받으면 반항의 소리를 지른다.

그 책을 기초로 몇 학교가 세워진다. 그에 대하여 '사상(思想)하는 사람'에 의해서가 아니라, 소위 사상가들에 의해서 여러 서적이 씌어진다. 재능만 있는 사람들, 즉 출발점이 틀린 사람들, 자기 자신의 원리의 통찰에 의해서가 아니라, 세상에 통용되는 독단론(獨斷論)에서 출발한 사람들에 의해서 씌어진다.

연약한 청년들이 도서관에서 성장한다. 그러면서 키케로가, 로크가, 베이컨이 준 견해를 받아들이는 것을 자기의 의무라고 믿는다. 한편 키케로, 로크, 베이컨이 이런 책을 썼을 때 역시 도서관에 있던 청년에 불과했던 것은 잊고 있다.

이리하여 '사상하는 사람' 대신에 책벌레가 생겨난다. 이리하여 책을 책으로서 존중하는, 책에 박식한 계급이 생겨난다. 그들은 자연과 인간본성에 관한 것으로써가 아니라 세계와 영(靈)에 대한 일종의 제3계급을 이루는 것으로써 책을 존중한다. 이리하여 본문 보수가(本文補修家)·교정가(校正家) 등 각종의 서적광(書籍狂)이 생긴다.

책은 잘 사용하면 그 이상의 것이 없다. 그리고 잘못 쓰면 그보다 나쁜 것이 없다. 그 바른 사용이란 무엇인가. 모든 수단이 성취하고자 하는 그 유일한 목적은 무엇인가. 책은 다만 영감을 주기 위해서만 유용하다. 책에 매혹되어 깨끗이 제 궤도에서 벗어나, 자기가 체계를 만들지 않고 오히려 다른 유성(遊星)이 되어버릴 바에야 오히려 책 같은 것은 안 읽는 편이 낫다.

세상에서 가치 있는 유일한 것은 움직이는 영혼이다. 누구나 이것을 가질 권리가 있다. 이것은 거의 만인이 모두(고장 때문에 아직 태어나 있지는 않지만) 누구나 자기 속에 가지고 있다. 움직이는 심령은 절대의 진리를 보고, 진리를 토하고 창조한다. 이런 행위를 할 때에 그것은 천재가 된다. 천재는 여기저기의 총아의 특권은 아니다. 그것은 만인의 확고한 소유다. 그 본질에서 그것은 진보적이다.

책·대학(大學), 예술의 유파(流派), 어떤 종류의 제도는 모두 어떤 과거의 천재가 토로한 것을 지니고 있다. 이것은 좋다고 그들은 말한다—우리는 이것을 신봉하자고. 그들은 나를 꼼짝 못하게 한다. 그들은 뒤를 돌아보고 앞을 보지 않는다. 그러나 천재는 앞을 바라본다. 인간의 눈은 그의 이마에 붙어 있지 뒤에 있지 않다. 인간은 희망한다. 천재는 창조한다.

어떤 재능이 있든, 만일 인간이 창조하지 않는다면 신성(神性)의 순수한 유출은 그의 것이 아니다—남은 불기운이나 연기는 있을지 모르지만 화염(火焰)은 없다. 세상에는 창조적인 거동이 있다. 창조적 행위가 있다. 창조적 언어가 있다. 즉 관습이나 권위를 암시하지 않을 뿐만 아니라, 그 사람 자신의 마음의 선악(善惡)

의식에서 자발적으로 솟아나오는 거동·행위·언어를 말하는 것이다.

반대로 사람의 마음이 그 자체로 진리의 선견자(先見者)가 되지 못하고, 다른 사람의 마음에서 그 진리를 받아들여보라. 비록 빛이 폭포처럼 쏟아져 들어왔다 하더라도, 고독의 추구와 자기 회복의 시기가 없기 때문에 치명적 손상을 입는다. 천재는 과도한 영향으로 말미암아 항상 충분히 천재 그 자체의 적이다. 모든 국민의 문학은 나에게 증거를 제시한다. 지금 영국의 극시인(劇詩人)들은 2백년 간 셰익스피어화(化)해 오고 있다.

물론 바른 독서의 방법이 있다. 그것은 엄중히 종속적 위치에 있을 때 그러할 것이다. '사상하는 사람'은 자기 기구(機具)에 의하여 굴복되어서는 안 된다. 책은 학자의 한가한 시간을 위한 것이다. 그가 신(神)을 직접 읽을 때엔 그 시간이 너무 귀중하기 때문에, 다른 사람들이 읽은 것의 기록에 시간을 낭비할 수는 없다. 그러나 암흑의 시기가 올 때(그것은 사실 반드시 올 것이지만)—태양이 숨고, 별이 그 빛을 거둘 때—우리들은 그것들의 빛으로 밝혀진 등불에 의존하여, 다시 새벽이 되는 동쪽으로 발을 옮긴다. 우리가 듣는 것은 말하기 위함이다. 아라비아의 격언에 "무화과(無花果)는 무화과를 바라보며 열매를 맺는다"는 말이 있다.

우리가 최고의 서적에서 얻는 쾌감의 특색, 그것은 현저하다. 이런 책은 우리에게, 그것을 쓴 사람이나 읽는 사람이나 본성이 동일하다는 신념을 준다. 위대한 영국의 시인, 예를 들면 초서라든가, 마아벌[1]이라든가, 드라이든[2]의 시를 우리는 가장 근대적인 기쁨으로써 읽는다—달리 말하면, 대부분은 그들의 시구에서 '시간'을 모두 빼어버렸기 때문에 생기는 쾌감을 가지고 읽는다. 2,3백 년 전 어떤 과거의 세계에 살던 이 시인이 지금 내 마음에 아주 밀접하게 다가온 사실, 나 자신도 어느 정도 생각하고 말할 수 있었던 것을 말할 때에 우리의 경이의 기쁨에는 어느 정도 외경의 정이 혼합되어 있다.

이 점에서 만심여일(萬心如一)의 철학설에 주어지는 증거가 나타나는 것이지만, 만일 그것이 없다면 우리는 당연히 어떤 예정된 조화[3]를 상상하고, 장차 생겨날 심령에 대한 일종의 예견과, 그들의 장래의 필요에 대비할 저축의 어느 정도의 준비를 상상했음에 틀림없다. 마치 곤충류에게서도, 죽기 전에 그것들이 앞으로 보지도 못할 유충(幼蟲)을 위하여 먹이를 쌓아 두는 사실을 보는 것과 같다고 할 수 있다.

주

1. 밀턴과 동시대의 시인(1620~1678년).
2. 유명한 영국의 시인·극작가(1631~1700년).
3. 라이프니츠의 유명한 단자론(모나드)의 중심사상. '각 단자는 독립적으로 활동하지만 스스로 조화한다. 그것은 신의 예정된 조화에 응하여 일어나는 것'이라고 한다.

나는 체계를 세우는 것을 좋아하는 나머지, 또는 본

능을 과장하는 나머지 서둘러서 책의 가치를 깎고 싶지는 않다. 사람의 육체가 어떠한 식물에 의해서도, 비록 삶은 풀에 의해서도, 구두 가죽의 수프에 의해서도 양육될 수 있는 것과 마찬가지로, 인간의 마음은 어떤 지식으로도 양육될 수 있다. 그리고 인쇄된 책장으로밖에는 달리 거의 아무런 지식도 얻은 일이 없는 위인 영웅이 지금도 존재하고 있다. 나는 이런 식물을 견디기 위하여는 굳센 두뇌가 필요하다고 말하고 싶을 뿐이다. 책을 현명하게 읽기 위해서는 창의인(創意人)이 되어야 한다. 속담에도 이르듯이 "인도 제도(諸島)의 부(富)를 가져오고 싶은 사람은 인도 제도의 부를 운반해 낼 수 있는 사람이어야 한다."

저작(著作)에도 창조적 저작이 있듯이 독서에도 창조적 독서가 있다. 마음이 노력과 창의로 긴장해 있을 때엔 우리가 읽는 어떤 책의 페이지도 다양한 암시에 차서 영롱해진다. 모든 문장은 두 배의 의미를 갖고, 그 저자의 견식은 세계만큼이나 광대해진다. 그때에 우리는, 선견자(先見者)의 선견 각성의 시간이란 짧은 것이며, 그것이 둔중한 날과 달 동안에 그다지 길지 않은 것과 마찬가지로, 그것에 대한 기록도 아마 그의 저서의 최소 부분에 불과하다는 것을 보게 되는데, 그것은 항상 진실하다.

형안자(炯眼者)는, 그가 읽는 플라톤이나 셰익스피어에서 다만 그 최소 부분을 읽는다. 진정한 신의 말씀이 나타난 부분만을 읽는다. 기타 부분은, 비록 플라톤의 저작, 셰익스피어 저작의 몇 배가 된다 하더라도 거의 다 버려버린다.

물론 현명한 사람에게 아주 필수적인 독서의 한 범위가 있다. 역사와 정밀과학(精密科學)을 그는 애써 읽어서 배우지 않으면 안 된다. 마찬가지로 학교에서도 각각 필수적인 직분이 있다—기초적인 것을 가르치는 것이 바로 그것이다. 그러나 그것은 학교가, 연습할 것을 목적으로 하지 않고 창조를 목적으로 할 때, 그리고 멀리서 각양(各樣)의 천재의 모든 빛을 그 다정한 강당에 모아서, 열화(熱火) 같은 집중으로써 청년의 가슴에 불을 일으킬 때에나 우리에게 크게 도움이 될 뿐이다.

사상과 지식은 본성이어서 거기에 체재(體裁) 같은 것은 아무 소용이 없다. 교수복(教授服)이나 황금의 도시를 쌓을 만한 기금(基金)이나 힘으로는 기문경구(奇文警句)의 일장 일귀를 대적할 수 없다. 이것을 잊으면 우리 미국의 대학은, 매년 그 재산이 는다 하더라도 사회적 중요성에서 점차 퇴보할 것이다.

3. 세상에는 학자가 당연히 은둔가이고 허약한 사람이어야 한다는—마치 포켓 나이프가 도끼 앞에서 쓸모없듯이 어떤 수공업에도, 공적 노역(公的勞役)에도 부적당한 사람이어야 한다는 설(設)이 있다. 소위 '실용적인 사람들'은 사색가를 냉소하고, 마치 그들이 사색하기 때문에 아무 일도 할 수 없는 듯이 조롱한다.

나는 일찍이 이런 말을 들은 적이 있다. 즉, 승려가

—그들은 흔히 다른 어떤 계급보다 일반적으로 학자인데—부인으로서 인사받았다는 말을 들었다. 즉, 그들은 남자들의 조잡한 툭툭 튀어나오는 회화를 듣지 않고 다만 태부리는 희박한 언사만을 듣는다는 것이다. 승려는 왕왕 실제의 공권(公權)을 갖지 않은 사람들이었다. 그리고 그들의 독신생활을 변호하는 사람들도 있다.

이것이 학자 사회에서도 사실인 한 그것은 정당하고 현명하지 못하다. 활동은 학자에게 있어서는 종속적인 것이다. 그러나 근본적으로 불가결한 일이다. 그것이 없이는 그는 사람이 아니다. 그것이 없으면 사상(思想)은 결코 성숙하여 진리가 되지 못한다. 세계가 미(美)의 구름으로 눈앞에 걸려 있는 한, 우리는 세계의 미를 볼 수가 없다.

불활동(不活動)은 즉 비겁이다. 그러나 학자치고 용맹심이 없는 사람이 없다. 사상의 전제(前提), 사상이 무의식에서 의식으로 통하는 과정, 이것이 활동이다. 나는 다만 내가 살아온 한도의 것만을 알고 있다. 한편 우리는 누구의 말에 생명이 들어 있고, 누구의 말은 그렇지 않은가를 안다.

세계—이 영(靈)의 그림자, 즉 타아(他我=other me)—는 주위에 널리 놓여 있다. 세계의 매력은 나의 사상을 열고, 나로 하여금 자기 자신을 잘 알게 하는 열쇠이다. 나는 열심히 요란한 반향의 소란 속으로 달려든다. 나는 내 옆 사람의 손을 잡고 같이 괴로워하고, 같이 일하기 위하여 그 연쇄(連鎖) 속에 자리를 잡는다. 그러면 이 무언의 심연이 소리를 내어 말하리라고 본성이 내게 가르쳐주기 때문이다.

나는 그 질서를 뚫고 들어간다. 나는 그에 대한 공포를 떨쳐버린다. 나는 날로 확대되는 생활의 영역 속에서 그것을 처리한다. 내가 경험으로 인생의 어느 부분을 아는 것만으로써, 나는 불모의 황야를 정복하여 초원을 만드는 것이다. 즉 거기까지 자기의 존재, 자기의 영역을 확장하는 것이다. 나는 어떤 사람도 그 신경 때문에 그리고 가면 때문에, 자기가 관여하는 활동에 관여하지 않아도 좋다고 할 사람이 있으리라고는 생각지 않는다. 활동은 그의 논담(論談)에 있어 진주이고 홍옥(紅玉)이다.

고역·재난·분격·궁핍은 웅변과 지혜를 주는 교사이다. 참된 학자는 모든 활동의 기회가 지나가는 것을 힘의 손실처럼 아낀다. 그것은 지력(智力)으로써 그 찬연한 결과를 주조해 낼 수 있는 원료이다. 또한 경험이 사상으로 변화되는 과정, 이것은 기이한 것이어서 마치 뽕잎이 비단으로 변화되는 것과 유사하다. 이 제조는 어느 때에나 진행된다.

우리들의 유년 시대·청년 시대의 활동과 사건은, 이제 가장 냉정한 관찰의 재료이다. 그것은 마치 공중에 걸린 아름다운 그림과 같다. 우리의 최근의 활동은—우리가 당장 착수한 사업은 그렇지 않다. 이에 대해서 우리는 전연 사색할 수 없다. 우리의 감정은 아직도 그 속을 관류(貫流)하고 있다. 우리가 그것을 느끼고 그것을 아는 것은, 우리의 육체의 발·손·두뇌를 느끼는 정도는 아니다.

새로운 행위는 아직 생활의 일부로 되어 있고—잠시 동안 우리의 무의식 생활 속에 스며들어서 남아 있다. 언젠가 관조적 시간이 오면, 그것은 마치 익은 과일처럼 생활에서 떨어져 나가 마음의 사상이 된다. 곧 그것은 높이 올려져 변형된다. 썩을 수 있는 것이 썩지 않는 옷을 걸친다. 이리하여 그것은 그 기원(起源)이나 환경이 아무리 미천하다 할지라도, 그 후 아름다운 것이 된다. 또한 그 행위를 성숙시키는 것이 불가능한 점에 주의하라. 유충 상태에서는 그것은 날 수도 없고, 빛을 낼 수도 없고, 다만 활발치 못한 유충일 뿐이다.

그러나 돌연히 눈에 띄지 않게, 이 똑같은 물건이 아름다운 깃을 펼치고 지혜의 천사가 된다. 그러니 우리의 사적(私的) 역사의 어떤 사실, 어떤 사건도 조만간 그 고착적(固着的) 불활동의 형체를 상실하고, 우리의 육체에서 하늘 높이 솟아올라서 우리를 놀라게 하지 않는 것은 없다. 요람과 유년 시대, 학교와 운동장, 다른 아이와 개와 회초리에 대한 공포, 소녀와 딸기에 대한 사랑, 기타 한때 온 하늘을 충만케 한 몇몇 사실은 이미 사라져 버린다. 친구와 친척, 직업과 당파(黨派), 도시와 시골, 국가와 세계, 이런 것도 또한 높이 솟아올라가 노래부를 것이 틀림없다.

물론, 그 온힘을 적당한 행동에 쏟는 사람은 가장 풍부한 지혜의 보상을 받는다. 나는 이 활동의 세계에서 자신을 몰아내어, 말하자면 느티나무를 화분에 이식하여 굶주려 기진하고 싶지는 않다. 또한 저 사보이인[1]과 같이 어떤 한 가지 능력의 소득을 신뢰하여, 어떤 일맥의 사상을 말려버리고 싶진 않다. 사보이인은 목양자(牧羊者)·목양녀, 담배 피우는 네덜란드인들의 인형을 새겨서, 그것을 전 유럽에 내보냄으로써 생계를 유지하는데, 어느날 재료를 찾으러 산에 나가본즉, 마지막 소나무 하나도 남김없이 베어버린 것을 알게 되었다는 것이다.

오늘날 이미 그 심혈을 다 써버린 저작가가 무수히 많다. 그들은 칭찬할 만한 신중성으로, 혹은 그리스나 팔레스타인으로 항해하고, 혹은 수렵꾼을 따라서 대초원으로 들어가고, 혹은 알제리아 변경을 만유하면서 상업 자재를 보충하고 있는 것이다.

주

1. 여기서 말하고 있는 것은 스위스의 사보이에 사는 사람들을 말한다.

만일 다만 어휘만을 위한 것이라 하더라도, 학자는 활동을 욕심내야 한다. 생활은 우리의 사전(辭典)이다. 시골의 노동에, 도시에, 장사와 제조업의 통찰에, 다수 남녀와의 솔직한 교제에, 과학에, 예술에 바친 생활은 헛된 것이 아니다. 그것은 이런 모든 사실 속에서 우리의 지각을 예증 구현할 언어를 완전히 파악하게 되는 한 가지 목적에 도움이 되는 것이다.

나는 어떤 연설가의 말을 듣더라도, 그의 언사가 빈

약한가 유창한가에 의해서 그가 이미 어느 정도 생활해 왔는가를 당장 식별한다. 마치 우리가 오늘의 석재공사(石材工事)를 위하여 타일이나 층샛돌을 캐내는 채석장과 같이, 우리의 배후에는 생활이 놓여 있다. 이것이 바로 문법을 배우는 방법이다. 학교나 서적은 다만 들판과 공장이 만든 언어를 복사하는 데 불과하다.

그러나 활동의 최후의 가치는 서적의 가치처럼, 아니 서적의 가치 이상으로 그것이 하나의 자원인 데에 있다. 자연에서의 파동(波動)의 대원리, 숨결의 호흡, 욕구와 포만, 조수의 간만(干滿), 밤과 낮, 더위와 추위로써 나타날 뿐 아니라, 모든 원자(原子)와 모든 유동체 속에 한층 깊이 스며들어, 양극성(兩極性)이란 이름으로 우리에게 알려진 대원리—뉴턴의 소위 '용이한 전달과 반사와의 발작'은 그것이 정신의 법칙이기 때문에 자연의 법칙인 것이다.

마음은 혹은 사색하고 혹은 행동한다. 그리하여 하나하나의 발작은 다른 발작을 낳는다. 예술가가 그가 가진 재료를 다 써버렸을 때, 공상이 더이상의 묘사를 중지할 때, 사상이 더이상 이해되지 않고 서적이 한낱 권태일 때—그에게는 언제나 생활한다는 밑천이 있는 것이다. 인격은 지력보다 높다. 사상하는 것은 기능이다. 생활하는 것은 기능의 실행이다. 흐름은 그 원천으로 돌아간다.

위대한 심령은 사색하는 데에 굳센 것처럼, 생활하는 데에도 굳셀 것이다. 그에게 그 진리를 전하는 기관 내지는 매체가 부족한가, 그는 항상 이런 진리를 살리는 근본적인 힘에 의존할 수가 있다. 이것은 총체적 행위다. 사상(思想)은 부분적 행위다. 정의의 장엄을 그의 하는 일 속에 빛나게 하라. 감정의 미(美)로써 그의 낮은 지붕을 유쾌하게 만들라. 그와 함께 살고 그와 함께 활동하는 저 '명성과 거리가 먼' 사람들은 그 시대의 사업과 사건 속에서 어떤 공공연한, 계획적으로 예정된 과시(誇示)로써는 측량할 수 없을 정도로 많은 그의 본성의 힘을 느끼리라.

시간은 그에게, 학자는 사람이 생활하는 시간을 결코 낭비하고 있지는 않다고 가르칠 것이다. 여기에서 그는 외계의 감화를 받지 않고 자기 본능의 신성한 싹을 펼친다. 외관에서 상실하는 것은 힘에서 얻는 것이다. 모든 교육 계통에서 그 교화(敎化)를 다 받아버린 사람들로부터, 옛것을 깨뜨리고 새것을 세울 만한 유용한 거인이 나오지 않는다. 그런 인물은 아직 교화가 미치지 않는 미개의 자연에서 나온다. 예를 들면, 가공할 드루이드[1)]나 버서커[2)]들에게서 결국 앨프렛[3)]이나 셰익스피어가 나왔던 것이다.

주

1. 고대 고올·브리튼·아일랜드 등의 켈트 민족의 승려. 의사·점술사·마술사 등을 겸하고 있었다.
2. 북구 신화에 나오는 전사. 전쟁에 나가면 일종의 자기 최면술에 걸려 광적인 용기를 낸다.
3. 대왕, 서부 색슨족의 왕(848~901).

그러므로 나는 무엇보다도 오늘날 노동의 위엄과 필요가 모든 시민에게 알려지기 시작했다는 것을 듣고 기뻐한다. 호미나 삽에는, 무학자(無學者)의 손에 대해서와 마찬가지로 학자의 손에 대해서도 똑같이 공덕이 있다. 이리하여 노동은 도처에서 환영받고, 우리는 항상 일에 초대받는다. 다만 다음의 제한만은 준수되어야겠다. 즉, 사람은 그 활동의 범위를 한층 넓히기 위해서라 하더라도, 활동에 관한 대중의 판단과 방법에 대한 어떠한 의견도 희생시켜서는 안 된다는……

나는 이상에서, 자연과 서적과 활동에 의한 학자의 교육을 말하였다. 이하 학자의 본분에 대하여 얼마간 말하고자 한다.

이 본분은 사색하는 사람에게 어울리는 그런 것이다. 그것은 모두가 자기 신뢰 속에 포함될 수도 있을 것이다. 학자의 직분은, 인간들에게 현상 속에서 사실을 보여줌으로써 그들을 고무하고 분발시키고 지도하는 데 있다. 그는 지지부진하고, 명예도 없고, 보수도 없는 관찰하는 일에 정진한다. 프람스티드[1)]나 허셸[2)]처럼 유리 관측소 안에 틀어박혀 별의 목록을 적어 만인의 찬양을 받을 수도 있고, 물론 그 결과가 훌륭하고 유익하기 때문에 명예는 확실하다.

그러나 자기 홀로 관측소 내에서, 지금까지 아무도 별로서 생각한 일이 없는 인간의 마음의 몽롱한 성무(星霧) 같은 별의 목록을 기록한 그—때로는 몇 가지 사실을 위하여 며칠, 몇 달 동안 관측을 계속하는 그, 그리고 항상 전의 기록을 수정하는 그—는 과시와 즉각적인 명성을 단념해야 한다. 그의 준비기인 오랜 기간 동안에, 때로 그는 세인(世人)이 다 아는 기능의 무지(無知)나 졸렬을 드러내어, 그를 밀어젖히는 유능자들의 경멸을 초래하는 일도 있으리라.

오랫동안 그는 말을 더듬는 일도 틀림없이 있을 것이고, 가끔 죽은 이를 위하여 산 사람을 버리는 일도 있을 것이다. 아니, 더욱 불행한 일은 그는—참으로 자주—빈궁과 고독을 감수하지 않으면 안 된다. 옛길을 밟고, 사회의 유행과 교육·종교를 받아들이는 편이 안이하고 유쾌하겠지만, 그것을 버리고 그는 자신의 길을 개척하는 고난을 택한다. 따라서 이 자기 신뢰자, 자기 개척자의 길에 엉키는 형극(荊棘)과 발에 감기는 덩굴 같은 자기 힐책, 용기 상실, 때로는 불안, 시간의 낭비가 있을 것은 물론이다. 게다가 그가 사회에 대해서, 특히 교육받은 사회에 대해서 가지고 있을지도 모르는 사실상의 적의감도 생각해야 한다.

이러한 일체의 상실과 경멸에 대하여 어떤 차감(差減)이 있는가. 그는 인간 본성의 최고의 기능을 실행하고 있다는 데서 위안을 찾을 것이다. 그는 사적(私的) 생각을 초월하여 공적인 찬연한 사상을 호흡하고 생활하는 사람이다. 그는 세계의 눈이다. 그는 세계의 마음이다. 그는 용맹한 감정, 고상한 전기(傳記), 음조 고운 시가, 그리고 역사의 결론을 보조하고 전달함으로써 부단히 야만주의로 퇴보하는 세속적 번영에 저항할 것이다.

인간의 마음이 모든 위급한 시기에, 모든 존엄한 시기에 이 활동의 세계에 대한 하나의 주석(註釋)으로서 어떤 신탁(神託)을 토로했든, 그는 그런 신탁을 받아들여 전달해야만 한다. 그리고 이성이 그 침범할 수 없는 높은 자리로부터 오늘날의 현재의 인간과 사건에 대하여 어떤 새로운 판결을 내리든간에 이것을 그는 듣고 선포해야 한다.

㈜

1. 유명한 영국의 천문학자(1646~1719). 약 3천 별의 위치를 정하여 그 목록을 작성하였다.
2. 독일에서 나서 귀화한 영국인, 유명한 천문학자(1738~1822). 천왕성의 발견으로 유명하다.

학자의 직분은 이런 이상, 자기 자신에 철저한 신념을 갖고 결코 대중의 외침에 굴종하지 않아야 한다. 그만이, 다만 그만이 세계를 알고 있다. 세계는 어떤 순간에나 순전한 가상(假像)에 불과하다. 어떤 대의식(大儀式), 한 정부의 어떤 숭배물, 어떤 하루살이 같은 상업·전쟁, 또는 인간은, 반(半)은 인류에 의해서 찬양되고 나머지 반에 의해서 욕을 먹는다. 그렇지만 마치 만사가 이 한 번의 칭찬과 비난에 달려 있는 듯이 보인다.

아마 이런 문제 전체가, 학자로서 이 논쟁에 귀를 기울이는 동안에 손실한 극히 사소한 사상 정도의 가치도 없는 것인지도 모른다. 비록 이 대지의 노인과 귀인(貴人)이 이것을 최후 심판일의 대파괴라고 주장한다 하더라도, 종이총(銃)은 결국 종이총이라는 그의 신념을 버려서는 안 된다. 묵묵히 견실하게, 엄숙하고 허심탄회하게 그는 자기를 신뢰해야 한다. 관찰에 관찰을 더하고 버림받음을 참고 힐책을 참고, 그 자신의 시간이 올 것을 기다려야 한다. 오늘 자기가 참으로 무엇을 본 것만으로써 자기 만족을 얻을 수 있으면 충분히 행복하다.

성공은 한 걸음 한 걸음 바른 길을 밟고 온다. 왜냐하면 그를 재촉하여 자기가 생각하는 바를 동포에게 말하게 하는 본능은 확실하기 때문이다. 이리하여 그는 자기의 마음의 내밀(內密)한 곳에 들어가는 것이 곧 만인의 마음의 내밀한 곳으로 내려가는 것임을 깨닫는다. 그는 자신의 사상의 어떤 법칙을 옳게 이해한 사람이면, 그가 사용하는 언어를 말하는 모든 사람들, 그리고 그 자신의 언어가 번역될 수 있는 언어를 갖는 모든 사람들을 그만큼 이해한 것이라고 깨닫는다. 시인은 완전한 고독 속에서 그의 자발적인 사상을 상기하고 그것을 기록하는데, 그러면서 그는, 혼잡한 도시 사람도 그들에게 진실이라고 생각되는 것을 또한 기록하고 있는 것이다.

연설가는 처음엔 자기의 솔직한 고백의 적합 여부를 의심하고, 자기의 연설의 대상자들에 대하여 아는 바가 없는 데서 주저하지만 결국 그는 자기가 청중의 보충물이 되어 있는 것을 알게 된다—즉, 그는 청중을 위하여 청중의 본성을 만족시키고 있기 때문에 청중이 그의 말을 받아 삼킨다. 그가 자신의 가장 사적인, 가장 내밀한 예감에 깊이 침잠하면 할수록, 이상하게도 이것이 가장 용이하게 받아들여지고 가장 공적인, 가장 보편적인 진리로 되는 것을 알게 된다. 사람들은 이것을 기뻐한다. 각 인간의 선량한 부분은 그렇게 느낀다. 이것이 바로 내 음악이다, 이것이 바로 내 자신이다 라고.

자기 신뢰의 마음에는 온갖 덕이 내포되어 있다. 학자는 자유로워야 한다. 자유롭고 용감해야 한다. "자기 자신의 본성에서 나오지 않는 한 어떤 속박도 받지 않는다"라는 자유의 정의에 부합할 정도로 자유로워야 한다. 용감해라. 왜냐하면, 공포는 학자가 그의 직분상 당연히 버려야 하는 것이기 때문이다. 공포는 언제나 무지에서 솟아난다. 만일 위험한 시기에 처하여 그의 평정한 태도가, 애들이나 여자처럼 자기도 수호를 받는 계급이라는 가정에서 나온 것이라면 그것은 수치이다.

또한 만일 타조처럼 꽃피는 숲에 머리를 숨기고, 혹은 현미경을 들여다보고, 혹은 아이들이 기운을 돋구기 위하여 휘파람을 불 때와 같이 시가를 읊조리고 하여, 그의 사상을 정치나 복잡한 문제에서 전환하여 일시의 평화를 찾는다면 그때에도 마찬가지이다. 그렇다 해도 여전히 위험하다.

이렇게 되면 공포는 더욱 나쁘다. 남자답게 돌이켜서 그것과 대면하는 것이 좋다. 그것의 눈을 들여다보고 그 본성을 찾고, 그 근원을 조사할 일이다—사자의 새끼 낳는 것을 보아라—그것은 결코 아주 멀진 않다. 그리하여 그는 자기 자신이 그 본성과 범위를 완전히 이해할 것이다. 그는 양손으로 그것을 품안을 수도 있으리라. 그리하여 그것에 도전하여 승리를 얻을 수 있을 것이다.

세계는 그 허식적인 외관을 뚫어볼 수 있는 사람의 것이다. 여러분이 보는 어떤 귀 어둠도, 어떤 눈 어두운 습관도, 어떤 성장의 지나친 오류(誤謬)도 다만 허용되었으므로 거기 있는 것이다—여러분이 허용한 것이다. 그것을 허망(虛妄)이라고 보아라. 여러분은 이미 그것에 치명적인 일격을 가한 것이다.

그렇다. 우리는 비겁자이다—우리는 자신이 없다. 우리가 자연계에 태어난 것이 늦었다든지, 세계는 아주 오래 전에 완성되었다든지 하는 생각은 해롭다. 세계가 신의 손안에 있을 때엔 어떤 형태로도 될 수 있는 유동적인 것이었다. 지금도 신의 속성의 어느 정도를 거기에 가져갈 때엔 언제나 그렇게 된다. 무지(無知)와 죄악에 대해서는 그것은 쇳덩이다. 무지와 죄악은 스스로 가능한 한 그것에 적응한다. 그러나 인간이 제 속에 무엇인가 신성한 것을 가지고 있으면, 그에 비례해서 하늘은 그 인간 앞에서 유동하고 그의 도장을 받아 그의 모습을 취한다.

물질을 변하게 할 수 있는 사람이 위대하진 않다. 자기의 마음 상태를 바꾸는 사람이 위대하다. 모든 자연, 모든 인공(人工)에 자기의 현재의 사상의 색채를 부여하고, 또한 그들이 하는 이 일이 몇 세기의 사람들이 따고 싶어하던 사과이고, 그것이 드디어 익어서 모든 국민을 그 수확에 초대하고 있다는 것을 쾌활하고 명랑한 태도로써 사람들에게 납득시키는 사람이야말로 세계의 왕자(王者)다.

위대한 사람은 위대한 일을 한다. 맥도날드[1]가 앉는 곳은 반드시 책상의 상좌가 된다. 린네우스[2]는 식물학을 모든 과학 중 가장 흥미 있는 것으로 만들었고, 농부와 풀 베는 여인의 손에서 그것을 쟁취하였다. 데이비[3]의 화학, 퀴비에[4]의 화석(化石), 모두 그렇다. 매일 명랑한 마음과 위대한 목적을 갖고 일하는 사람이야말로 항상 그날의 주인이다. 사람들의 변하기 쉬운 평가는, 대서양의 높은 파도가 달에 좌우되듯이, 마음이 진리로 차 있는 사람들에게 향하여 몰려오는 것이다.

주

1. 세르반테스의 ≪동키호테≫ 중에 이런 얘기가 있다. 어떤 귀족이 어느날 한 농부를 손님으로 초대했다. 귀족은 식사 때가 되어 농부를 식탁의 상좌에 앉게 하고자 했지만, 농부는 한사코 듣지 않았다. 결국 귀족은 화를 내어 외쳤다. "바보 같은 친구, 나는 어디 앉든지, 내가 앉는 곳이 곧 상좌가 된다. 자네가 우러러 받드는 자리가 된다"라고, 에머슨은 이 얘기를 잘못 인용했는지도 모른다.
2. 스웨덴의 유명한 식물학자(1707~1776). 主著에 ≪식물분류≫(1737년刊)가 있다.
3. 영국의 유명한 화학자(1778~1829).
4. 프랑스의 철학자·과학자·정치가(1769~1732).

이 자기 신뢰에 대해서는 그 이유가 측정할 수 없을 정도로 심원하고—명백히 할 수 없을 정도로 애매하다. 나는 내 자신의 신념을 진술할 때에 청중의 감정을 뜻대로 좌우할 수 없을지도 모른다. 그러나 나는 인간은 하나라는 설(說)을 언급할 때에 이미 나의 희망의 근거를 보였던 것이다. 생각컨대 인간은 잘못을 하고 있다. 인간은 스스로 자신에게 잘못을 가하고 있다. 그는 자기의 특권에 자기를 되돌아가게 할 수 있는 광명을 거의 상실하고 있다. 인간은 아무 가치도 없는 존재가 되어 있다.

역사상의 인간, 오늘날 세계의 인간은 벌레 종류이고, 어란(魚卵)의 종류이고, '군중'이고 '떼'라고 불리고 있다. 백 년, 천 년에 하나 둘의 참 인간이 있다. 즉 각 개인의 정당한 상태에 가까운 사람이 한둘 있는 것이다. 기타 모든 사람은 그 영웅, 혹은 시인 속에서 그들 자신의 설익은 미숙한 존재가 성숙하여 있음을 본다. 그렇다. 그리하여 자신은 남만 못한 데에 만족하고 이 존재만은 제 키대로 한껏 크게 하고자 한다.

상자(上者)의 영광에 환희하는 가엾은 동족(同族), 가엾은 당인(黨人)에 의하여 자신의 본성의 요구가 어떠한 증거—지극히 장엄하면서 지극히 연민스런—를 보이고 있는 것인가. 빈천한 사람들, 하층의 사람들은 정치적·사회적으로 열등한 위치에 만족하고 있는 대신, 그들의 광대한 정신적 능력에 대하여 어느 정도의 보상을 찾는 것이다.

그들은 위인(偉人)의 통로에서 파리떼처럼 쫓겨나고서 만족하지만, 그럼으로써 그는 만인 공통의 본성에 바르게 공헌하는 것이다. 왜냐하면 만인의 열렬한 욕구는 그 본성이 확대되고 영광이 주어지는 것을 보는 것이기 때문이다. 그들은 위인의 빛에 몸을 담고, 그것을 자기들 자신의 요소인 양 느낀다. 그들은 인간의 위엄을 그 유린된 자아로부터 위인의 어깨에 던져올리고서 그 위대한 심장을 고동시키고, 그 거대한 근육을 싸우게 하여 승리를 얻고자, 몸을 죽여 한 방울의 피를 보태기를 마다하지 않는다. 위인은 우리를 위하여 살고 우리는 위인 속에서 산다.

인간은 이러한 것임에도 불구하고 극히 자연적으로 돈과 권력을 구한다. 그리고 권력을 요구하는 것은—소위 '관권(官權)에 따르는 국물'이라 해서—그것이 돈이나 똑같은 것이기 때문이다.

그것은 당연하지 않은가. 왜냐하면 그들은 최고에 이르고자 갈망하고 몽환 속에 걸으면서 이것이야말로 최고라고 몽상하기 때문이다. 그들을 잠깨우게 하라. 그면 그들은 당장 그 거짓 이익을 버리고 참된 것에 달 것이다. 그리하여 정부(政府) 같은 것을 서기(書 삭에 내맡길 것이다. 이런 혁명은 교양의 관념 들임으로써 비로소 이루어진다.

더하고 폭을 갖기 위하여 주로 기도 을 조성하는 일이다. 그 재료는 땅 한 사람의 사적인 생활은 역사상 어

받고서 사람이 된, 전도가 가장 촉망되는 청년들은 이 하계(下界)의 대지가 이러한 산바람이나 별빛 같은 것과 일치하지 않는 것을 깨닫는다. 그뿐 아니라 소위 실무(實務)를 지배하는 주의 주장에 의하여 고취되는 혐오의 정에 의하여 활동이 저지당하고 있다.

그리하여 혹은 천역(賤役) 노동자가 되고, 혹은 혐오에 시달려 죽고, 혹은 자살하는 사람도 있다. 그 치유책은 무엇인가. 그들은 아직 다음 사실을 보지 않았다. 지금 자기 생애의 앞날을 위하여 이런 장벽을 향하여 운집하고 있는 똑같이 유망한 수천의 청년들도 아직 보지 않았다. 즉, 만일 단 한 사람이 자기 본능 위에 반석처럼 몸을 세우고 단단히 거기에서 지키고 있으면, 이 거대한 세계가 도리어 자기 편으로 향하여 오리라는 것, 이것을 못 본 것이다.

인내하라—인내하라. 모든 선한 것, 위대한 것의 영(靈)을 반려로 하여, 그대들 자신의 무한 생명을 꿰뚫어봄으로써 위안을 삼고, 우주 원리의 연구와 전달, 본능을 우세하게 하는 것, 세계를 개혁하는 것을 일삼아라. 이 세계에서 그 한 단위가 되지 못하는 것은 큰 치욕이 아닌가—한 인격으로 셈 속에 들지도 못하고—각자가 그것을 낳기 위하여 창조된 그 특유한 결과를 이루어 내지도 못하고, 우리가 속하는 당파·종파의 총수(總數) 속에, 백 사람 속에, 천 사람 속에 합산되어, 그러면서 우리의 의견은 북(北)이니 남(南)이니 이미 지리학적으로 예정되어 있는 것은 크나큰 수치가 아닌가.

동포 여러분, 친구 여러분.

이래서는 안 된다. 바라건대 신이여, 우리의 의견을 이런 것이 되게 하지 마시라. 우리는 우리의 발로 걸을 것이다. 우리는 우리의 손으로 일할 것이다. 우리의 마음으로 말할 것이다. 문학의 연구가 이제 더이상 연민·의혹, 그리고 관능적 쾌락의 별명이 되어서는 안 된다. 인간에 대한 두려움, 인간에 대한 사랑이 일체를 에워싸는 방벽(防壁)이 되게 하고 환희의 화환이 되게 해야겠다.

이리하여 인류의 국가는 비로소 존재할 것이다. 왜냐하면 각자 인간은 자기 자신이 똑같이 만인에게 영감을 주는 신의 대령(大靈)에 의해서 영감을 받고 있음을 믿기 때문이다.

4. 대령론(大靈論)

그러나 그의 선한 생활에 참여하는 몇 개의 영혼을
그는 자기 몸처럼 사랑한다. 그리고 그것을 자기 눈처럼
귀하게 생각한다. 신은 그것을 결코 버리지 않으리라.
그것이 죽을 때, 신 자신도 죽으리라.
그것은 산다, 그것은 축복의 영원에 산다.

—헨리 모어—

공간은 동으로 서로 넓다.
그러나 둘이 나란히 갈 수는 없다.
둘이 함께 걸어갈 수는 없다.
저쪽에서 주인 행세하는 뻐꾸기가,
제 알이 아닌 것은 모조리,
산 것이나 죽은 것이나 둥우리에서 밀어낸다.
마력은 흙이나 돌에도 가해져서,
'밤'이나 '낮'이나 우리는 그 힘에서 벗어날 수 없다.
모든 자질(資質)과 정수(精髓)에도
시대시대, 시시각각 그 의지를 움직이는
위력이
견딜 수 없을 정도, 싸여서 뜨겁게 숨막힌다.

우리들의 생의 시시각각에는 각각 그 위력과, 거기에 따라 일어나는 효과의 차원에서 차이가 있다. 우리들의 신앙은 순간순간에 오지만, 악덕은 상습적으로 그치지

않는다. 그러나 이러한 짧은 순간순간에는 일종 심오한 것이 있어서, 우리로 하여금 기타의 모든 경험보다 우월하는 현실감을 그것에 따르게 하지 않을 수 없다.

이런 이유에서, 인간에 대하여 이상한 희망을 품는 사람들을 말 못하게 하기 위하여 언제나 제시되는 그 논의, 즉 경험에 호소한다는 것은, 영원히 무효이고 헛된 일이 된다. 우리들은 과거의 일은 반대자에게 내맡기면서도 희망을 계속한다. 반대자는 이 희망이라는 것을 설명해야만 한다. 우리들은 인간 생활이란 것이 미미한 것임을 인정한다.

그러나 어떻게 우리는 그것이 미미하다는 것을 알아냈는가. 우리들의 이 불만, 이 오랜 불만의 근원은 무엇인가. 일반적으로 결핍과 무지의 감정이 퍼져 있는 것은, 심령이 거대한 요구를 할 때 나타나는 미묘한 암시가 아니고 무엇이냐. 인간들은 어째서, 인간의 자연사(自然史)는 결코 씌어진 일이 없고, 인간은 다만 자신에 대하여 말해진 것을 언제나 남길 뿐, 그러면서도 그것은 진부하고, 철학책도 무가치해진다는 느낌을 갖는 것일까. 6천 년의 철학이 지금껏 심령의 내방(內房)과 비고(秘庫)를 샅샅이 살펴보지 않은 것이다. 그 실험에 있어서 최후의 해부에 이르면, 거기에는 풀 수 없는 여력(餘瀝)이 항상 남아 있는 것이다.

인간은 수원(水源)이 감추어져 있는 하나의 흐름이다. 우리의 존재는 근원을 모르는 곳에서부터 우리에게로 흘러 들어온다. 가장 정밀한 계산을 하는 사람조차 당장이라도 무엇인가 계산할 수 없는 것이 일어나서 방해를 가해 올 지에 대해 예견할 수가 없다. 나는 몇 가지 사건에 대하여, 내가 내 것이라고 부르는 의지보다도 한층 높은 원인이 존재하는 것을 순간순간 인정하지 않을 수 없다.

이것은 사건에 대해서와 같이 사상에 대해서도 마찬가지이다. 내가 알지 못하는 지방에서 흘러들어, 잠시 그 흐름을 내 마음속에 쏟아넣는 저 양양한 대하(大河)를 바라볼 때, 나는 자기가 수혜자(受惠者)이지, 그 본래의 유수(流水)의 원인이 아니라 다만 놀라서 바라보는 방관자임을 알게 된다. 나는 다만 갈망하고 쳐다보고, 수동의 자세에 몸을 놓을 뿐이고, 눈에 보이는 이 광경이 나 이외의 어떤 아득한 원동력에서 시작된 것임을 알게 된다.

과거와 현재의 과오에 대한 '지고(至高)한 비판자', 그리고 당연히 그래야 할 일에 대한 유일한 예언자는, 포근한 품안에 대지를 눕히는 대기처럼 우리를 안주시키는 저 위대한 자연이다. 인간 하나하나의 존재를 포용하여 기타의 만유(萬有)와 일체가 되게 하는 저 '통일', 저 대운(大雲)이고, 또한 그에 대한 모든 진지한 대화는 숭배이고, 그에 대한 모든 정당한 행위는 복종이 될 수 있는 저 공통의 심정이다.

우리들의 잔재주와 잔꾀를 일축하고, 어떤 사람이든지 자기의 진가 그대로 통하게 하고, 혀끝에서가 아니라 인격에서 우러나오는 말을 하지 않을 수 없게 하고,

항상 우리의 사상과 심중에 들어와서는 지(智)가 되고, 덕이 되고, 힘이 되고, 미가 되는 저 압도적 힘의 대현실이다. 우리들은 연속 속에, 구분 속에, 부분 속에, 분자 속에 살고 있다.

그러나 한편 인간 속에는 전우주의 심령이 들어 있다. 현명한 침묵, 즉 일체의 부분과 일체의 분자가 모두 평등하게 관련되어 있는 보통의 미, 즉 영원한 '하나'가 그것이다. 그리고 그 속에서 우리가 존재하고, 그 지복(至福)에 우리 모두가 참여할 수 있는 심원한 힘은 그것이 시시각각 자족하고 완전할 뿐 아니라, 보는 작용과 보여지는 사물, 보는 주체와 객체, 주관과 객관이 하나인 것이다.

우리들은 태양이니 달이니, 동물이니 나무니, 이렇게 세상을 개별적으로 본다. 그러나 이런 것들로 빛나는 부분이 되어 있는 전체는 심령이다. 다만 저 예지의 형안(炯眼)으로써 각 시대의 운세(運勢)를 읽을 수 있고, 우리들의 보다 나은 사상에 의존함으로써, 그리고 각자가 가지고 태어난 예언의 정신에 좇음으로써 비로소 우리는 그 예지가 말하는 것을 알 수 있다.

이러한 생명에서 말해지는 것은, 그것을 누가 말하든지, 그편에 서서 같은 사상에 몸을 두는 사람이 아니고서는 공허한 말로 들릴 것이 틀림없다. 나는 감히 그것을 위하여 말하고자 하지는 않는다. 내 말은 그 장엄한 뜻을 전하지 못하며, 불충분하고 열정이 미치지 못한다. 다만 예지 그것만이, 그 자체가 바라는 사람들에게 영감을 줄 수 있다.

보라! 그 사람들의 말은 서정시가 되고, 아름답고, 바람이 일듯이 세상에 널리 퍼지리라. 그러나 나는, 비록 신성한 언어를 사용할 수 없다면 불경(不敬)한 언어를 써서라도, 이 신께서 계시는 천국을 가리키고, 최고 절대의 대법(大法)의 초절적(超絶的)인 순진과 정력에 관하여 내가 수집한 몇 가지 암시를 전하고 싶다.

대담에 있어서, 명상에 있어서, 회한에 있어서, 감격의 순간에 있어서, 경악에 있어서, 우리로 하여금 가끔 가면무도회에 참가한 듯이 생각나게 하는 꿈의 교훈에 있어서—꿈이라고 하는 것은 다만 현실적 요소를 확대하고 과장하여, 그것을 우리의 뚜렷한 주의력에 강요하고자 하는 어릿광대 놀이의 가장에 불과하지만—만일 우리가 이러한 여러 경우에 있어서 어떤 일이 일어나는가를 숙고해 보면 우리들은, 확대하여 자연의 비밀에 대한 지식을 밝혀주는 여러 가지 암시를 포착하게 되리라.

결국 만상은, 인간 속에 있는 심령은 하나의 기관이 아니며, 모든 기관에 생기를 부여하고 그것을 활동하게 하는 것임을 보여 준다. 즉 그 심령은 기억이나 계산이나 비교력과 같은 하나의 기관(機關)이 아니고, 그것들을 수족처럼 구상하는 것이다. 하나의 능력이 아니라 하나의 광명이고, 지력(知力)이나 의지가 아니라, 이런 모든 것을 포용하는 우리 존재의 배경이다. 즉 점유되지 않고, 도저히 점유될 수도 없는 광대무변(廣大無邊)한 것이다. 내부로부터 그리고 배후로부터 하나의 빛은 우리를 통하여 만물 위에 비치고, 우리로 하여금, 우리는 아무것도 아니고 이 빛이야말로 전부임을 깨닫게 한다.

인간은 말하자면 일체의 지혜와 일체의 선을 내부에 깃들이고 있는 전당의 정면 같은 것이다. 우리가 흔히 보편적으로 인간이라고 부르는 것은, 즉 먹고 마시고, 재배하고 계산하고 하는 인간은 우리가 알고 있듯이, 결코 자신을 표현하는 것이 아니고 도리어 잘못 표현하고 있다. 그런 인간을 우리는 존경하지 않는다. 심령은 그것의 기관에 불과한 인간으로 하여금 그 행위를 통하여 심령을 나타나게 하고, 우리로 하여금 그 심령 앞에 무릎을 꿇지 않을 수 없게 한다.

심령이 인간의 지력을 통하여 숨쉬게 될 때 그것은 천재이고, 그의 의지를 통하여 숨쉴 때 덕이 되며, 그의 애정을 통하여 흐를 때 그것은 사랑이다. 그리고 지력이 다만 그 자체가 되고자 할 때 그 지력의 맹목적이 된다. 또한 개인이 다만 자기 개인이고자 할 때에 의지의 약화는 시작된다. 모든 개혁은 어떤 독특한 것에 있어서, 심령으로 하여금 우리를 통하여 마음껏 작용하게 한다. 달리 말하면, 우리로 하여금 복종하게 하는 것이다.

이 지순한 자연에 관하여 사람은 언젠가 그것을 감지하게 된다. 언어는 인간이 아무리 선명한 색채를 가지고서도 그것을 그려낼 수가 없다. 그것은 너무나 영묘(靈妙)하다. 그것은 정의를 내릴 수 없고 측정할 수 없다. 다만 그것이 우리에게 침투하고, 우리를 포용하고 있다는 것만은 안다. 우리는 모든 영적인 것이 인간 속에 깃들어 있다는 것을 안다. 한 현명한 옛 속담에 "신은 방울 소리 없이 우리에게 온다"는 말이 있다. 즉, 우리의 머리와 무한한 하늘 사이에는 아무런 칸막이도 천정도 없는 것과 마찬가지로, 심령 속에는 결과인 인간이 끝나고 원인인 신이 시작될 때 아무런 장애도, 아무런 벽도 없다. 벽은 제거된다.

우리는 일면으로 활짝 퍼져서 영체(靈體)의 심연에, 즉 신의 속성에 접한다. 우리는 정의를 보고 그것을 알게 되고, 사랑과 자유와 힘을 또한 알아볼 수 있다. 이런 천성은 일찍이 어떤 사람의 발 아래 놓인 일도 없다. 우리 위에 높이 솟아 있고, 우리가 이익에 유혹당하여 그것을 해치게 될 순간에는 그것이 가장 높이 솟아난다.

우리가 지금 얘기하는 이 자연의 지존(至尊)은 그것이 우리를 사방에서 에워싸는 가지가지 제한에서 벗어나 독립되어 있는 것으로써도 알 수 있다. 심령은 만상을 에워싼다. 내가 말한 바와 같이 그것은 모든 경험과 상치된다. 마찬가지로 그것은 시간과 공간을 용납치 않는다. 다섯 가지 감각의 힘은, 대부분이 사람의 그 마음을 압도하여, 시간과 공간의 장벽을 이겨내기 어려운 실제적인 것으로 보이게 한다. 그리하여 이 시간과 공간의 제한을 경시하는 것은 이 세상에서 하나의 광기로 보인다. 그렇지만 시간과 공간은 심령의 힘을 역산(逆算)하는 것에 불과하다. 정령(精靈)은 시간을 농락한다.

영원을 일순(一瞬) 속에 집어넣고
일순을 영원으로 펴낼 수도 있다.

우리가 자연적으로 출생한 때로부터 시작하는 연령과 별도의 청년과 노년이 있다는 생각이 가끔 든다. 어떤 사상은 항상 우리를 젊게 생각케 하고, 언제나 젊음을 유지시켜 준다. 이런 사상이야말로 보편 영원의 미를 사랑하는 마음이다. 어떤 사람이든, 이런 미의 관조에서 제 정신으로 돌아올 때에, 그것이 유한한 인간에 속하는 것이 아니라 오히려 영원한 세월에 속하는 것이라고 느끼게 된다.

지력의 사소한 활동으로써도, 우리는 어느 정도 시간의 제한에서 해방된다. 병약할 때나 권태로울 때 우리에게 한 구절의 시나 하나의 심오한 문장을 제시해 보아라. 당장 우리는 상쾌해진다. 또는 한 권의 플라톤과 셰익스피어를 꺼내거나, 그런 분의 이름을 생각만 해도 당장 우리는 불로장생의 느낌을 갖게 된다.

심원하고 신성한 사상이 몇백 년 몇천 년을 압축하여 그것이 만세에 현존하는 것을 보아라. 그리스도의 가르침이 그가 처음 입을 열었을 때보다도 지금에 와서 위력이 감소되었는가. 내 사상 속에서 인물과 사물이 갖는 힘은 시간과는 상관이 없다. 그러므로 항상 심령의 저울과, 감성과 오성의 저울은 각각 다르다. 심령이 계시하는 앞에서는 시간과 공간과 자연이 축소하여 없어지고 만다.

일상 담화에서, 우리가 모든 사물을 시간에 관련시켜서 말하는 것은, 우리가 무한히 산재(散在)한 별들을 관습적으로 하나의 대천구(大天球)에 연결시켜서 말하는 것과 같다. 그래서 우리는 최후의 심판 날이 가깝다느니, 또는 지복(至福)의 시대가 다가오고 있다느니, 어떤 정치적·도덕적·사회적 개혁의 날이 임박했다느니 등등 말하지만, 그것은 사물의 본성에 있어서 우리가 고찰하는 사실의 일부는 외면적이고 빠져나가기 쉽지만, 다른 일부는 항구적이고 심령과 잘 합치되어 있다는 의미이다. 우리들이 지금 고정되어 있다고 생각하는 것도, 곧 하나하나 익은 과일처럼 우리들의 경험에서 떨어져 나갈 것이다.

바람이 그것들을 어딘지 모르는 데로 휩쓸어 갈 것이다. 풍경이나 인물이나 보스턴·런던 등은 과거의 일체의 제도처럼, 혹은 한 가닥 안개나 연기처럼 사라지기 쉬운 것이고, 사회나 세상도 그러하다. 심령은 한결같이 전도를 내다보고, 자기 앞에 새로이 세계를 창조하고, 배후에 여러 세계를 남기며 나아간다. 심령에는 시간이 없고, 의식(儀式)이 없고, 인물도 없고, 전문(專門)도 없고, 인간도 없다. 심령은 다만 심령을 알 뿐이고, 가지가지 사건의 그물은 심령의 몸에 입혀진 흘러 나부끼는 겉옷이다.

심령이 진보하는 비율은 수학으로가 아니라, 그 자신의 법칙에 따라서 계산되어야 한다. 심령의 전진은 직선운동으로써 표시될 수 있는 것과 같은 점차적이고 단계적인 것이 아니다. 그것은 오히려 알이 유충이 되고, 유충이 나방이 되는 것과 같이, 변형으로써 표시되는 그런 신분의 상승 비약에 의해서다.

천재의 성장은 일종 전체적 성질의 것이다. 선정된 한 개인을 우선 존 위에, 다음엔 아담 위에, 다음엔 리처드 위에, 이렇게 차례로 각자를 상승시켜, 그 하나하나에게 자기의 열등함을 보여서 괴롭히는 것이 아니고, 성장의 고통이 있을 때마다 그 사람은 자기가 일하는 곳에서 확대하고, 맥박이 있을 때마다 인간의 각 계급, 각 집단을 넘어서 나아가는 것이다. 신적(神的)인 거룩한 충동이 있을 때마다 마음은 이 가시적(可視的) 유한의 엷은 껍질을 찢고서 영원의 세계로 나아가, 그곳의 대기를 마셨다 뱉었다 하는 것이다. 심령은 항상 이 세계에서 말해지고 있는 진리와 영교(靈交)하고, 제노[1]나 아리안[2]에 대해서는 집안 사람들에 대해서보다 더 친밀한 공감대를 갖게 되는 것이다.

이것이 도덕과 정신의 진보 발전의 법칙이다. 천진한 사람들은 독특한 가벼움으로써, 어떤 특정한 미덕으로가 아니라 모든 미덕의 영역으로 상승해 들어간다. 그들은 그것들 모든 것을 포용하는 정령 속에 살고 있는 것이다.

심령은 순결을 요구한다. 그러나 순결이 심령은 아니다. 심령은 정의를 요구한다. 그러나 정의가 심령은 아니다. 심령은 선행을 요구한다. 그러나 선행보다는 우월하다. 그렇기 때문에 우리가 도덕적 본성을 논하는 것을 그치고 그것이 명하는 한 가지 덕을 권장할 때엔, 겸허하게 세상에 적응할 때의 느낌이 든다.

잘 태어난 아이에겐, 모든 미덕이 천부적인 것이지 애써 습득되는 것은 아니다. 그 사람의 진정(眞情)에 대하여 말을 하라. 그러면 그 사람은 갑자기 미덕을 갖추게 된다.

㈜
1. 옛 그리스의 철학자, 스토아파의 시조. 기원전 264년 사망.
2. 그리스 철학자(90~170), 스토아파의 에픽티타스의 친구로 主著로는 ≪알렉산더 대왕≫.

이와 똑같은 정서 속에 지적 성장의 싹이 있고, 그것은 똑같은 법칙을 좇는다. 겸양·정의·애정·열망의 정을 가질 수 있는 사람은 이미 과학과 예술, 언론과 시가, 활동과 우아 같은 것을 눈 아래 내려다볼 수 있는 단상(壇上)에 서 있는 것이다. 이 도덕적 지복(至福) 속에 사는 사람은 누구나 인간들이 지극히 소중히 여기는 그 특별한 힘을 이미 향유하고 있기 때문이다.

사랑에 빠진 처녀에겐 그녀가 아무리 능력이 없다 하더라도 자기 애인이 가진 재능과 기술이 아무런 의미가 없는 것이 아니다. 그와 마찬가지로 절대 지고한 마음에 몸을 내맡긴 사람은, 자기가 그 절대자의 모든 일에 관련되어 있음을 알고서, 대로(大路)를 걸어 개개의 특이한 지식과 힘에 도달한다. 이 으뜸가는 근본적 정서에 오르면, 우리는 주변의 멀리 떨어진 위치에서 일약 그 중심에 도달한 것이며, 여기에서 신의 내실(內室)에서처럼 여러 가지 원인적 실체를 보고 완만한 결과에 불과했던 전 우주를 볼 수 있게 된다.

신의 가르침이 나타나는 한 가지 방식은 정령(精靈)이 형체로 구체화하는 것이다—내 자신의 몸과 같은 형체를 취하는 것이다. 나는 사회에 산다. 즉 내 마음속의 사상에 호응하는 사람들과, 혹은 나의 생활의 기준인 대본능(大本能)에 어떤 복종을 표시하는 사람들과 더불어 산다. 나는 그 사람들에게도 같은 정령이 나타나는 것을 본다. 나는 어떤 공통의 본성이 있음을 확인한다.

그리고 다른 사람들의 이 심령, 즉 이 분리된 자아는 다른 어떤 것보다도 나를 끌어당긴다. 그들은, 우리가 정열이라고 부르는 새로운 정서, 즉 애정·증오·공포·찬탄·연민 등의 정서를 나에게 불러일으킨다. 이리하여 대담(對談)·경쟁·권유·도시·전쟁 등이 일어난다. 개개의 인간들은 심령의 근본적 가르침에 대하여 보충적인 것이다. 젊었을 때엔, 우리는 인간들을 미친 듯이 원한다. 소년과 청년 시절에는 인간들 속에서 온 세계를 본다. 그러나 경험이 쌓임에 따라, 그들 전부에게 동일한 본성이 있음을 발견하게 된다.

개개의 인간 자신들이 우리에게 비개인적인 것임을 알린다. 두 사람 사이에서의 모든 대화에서도 제3자에 대한 것처럼 공통의 본성에 대하여 암암리에 언급이 이루어진다. 그 제3자, 즉 공통의 본성은 사회적인 것이 아니다. 그것은 비개인적인 것이고 바로 신이다. 그리하여 논의가 진지하고, 특히 고상한 문제에 관계되는 좌석에 있어서, 그 토론 참가자들은 사상(思想)이 각자의 심중에 똑같은 수준으로 높아지는 것, 당사자인 말하는 사람뿐 아니라 참석자 모두가 그 논의에 대하여 어떤 정신적 소유권을 갖고 있음을 의식하게 된다. 참가자들은 그 이전보다 한층 현명해진다.

이 사상의 일치, 그것이 그들의 머리 위에 사원(寺院)처럼 군림하고, 그 속에서 각자의 심정은 한층 고상한 힘과 의무감으로 고동치고, 보통때와 달리 장엄한 마음으로 생각하고 행동하게 된다. 각자는 차원 높이 침착성에 도달하는 것을 느낀다. 그것이 각자를 위하여 빛이 된다. 가장 위대한 사람에게나 가장 저급한 사람에게도 공통적인 일종의 인간적 지혜가 있는데, 그것을 우리의 교육은 침묵시키고 방해하고자 노력한다.

마음은 하나이다. 그러므로 진리를 위하여 진리를 사랑하는 최선의 마음을 가진 사람들은 진리의 소유권같은 것은 그다지 크게 생각지 않는다. 그들은 도처에서 그것을 감사하며 받아들이고, 그것에 대하여 어떤 사람의 이름을 붙이거나 자기 도장을 찍지 않는다. 왜냐하면 진리는 오래 전부터, 영원한 옛날부터 자기들의 것이기 때문이다.

식자(識者)나 사상을 연구하는 사람들은 결코 지혜를 독점하지 않는다. 그들은 한 방면으로 열중한 결과, 어느 정도 정당하게 사색할 자격을 잃는다. 우리는 과히 예민하지도 않고 깊지도 않은 사람들에게서 여러 가지 귀중한 의견을 듣는 일이 있는데, 그들은 우리가 필요로 했고, 오랫동안 헛되이 찾았던 것을 아무 힘도 들이지 않고 말하는 것이다.

심령의 활동은 어떤 대담에서 취급되는 것보다도, 마음에 느껴지면서 말로는 표현되지 않는 것에 더 많이 들어 있다. 심령은 모든 사회를 품안고, 모든 사회는 무의식중에 심령을 서로 사이에서 찾는다. 우리들은 우리가 행하는 이상으로 더 잘 안다. 우리들은 아직 자신을 파악치 못하고 있으면서 동시에 우리가 훨씬 대단한 것으로 알고 있다. 우리들은 같은 진리를, 얼마나 자주 이웃과의 사소한 대화 속에서까지 느끼는가. 우리들 각자들 속에 깃들이는 어떤 높은 것이 이 부극(副劇=by-play)을 내려다보고, 조브신[1]과 조브신이 우리 각자의 배후에서 서로 고개를 끄덕거리고 있음을 느끼는 것이다.

㊟

1. 고대 그리스의 주신. 여기서는 이것이 副劇과 대조되는 主劇이라는 것을 의미한다.

인간은 몸을 낮추어 사람과 만난다. 세상에 대한 일상적인 미천한 직무를 수행하는 경우 그 본래의 고상함을 버려버리기 때문에, 그들은 저 아라비아의 추장(酋長)들과 유사하다. 즉 그 추장들은 파샤(총독 혹은 사령관)의 가렴주구(苛斂誅求)를 피하기 위하여 일부러 미천한 집에 살면서 표면으로 빈곤을 가장하고, 그들의 부의 증거로 보일 것은 모두 내부의 경비가 잘된 밀실에 숨기는 것이다.

그것은 하나하나 모든 사람에게 나타나 있듯이 일생의 모든 시기에 나타나 있다. 그것은 유년에 있어서도 이미 성숙해 있다. 내가 내 아이들을 다룰 때 나의 라틴어, 나의 그리스어, 나의 학문·예술, 나의 돈 같은 것은 내게 아무 도움이 안 된다. 다만 유용한 것은 내가 얼마만큼의 심령을 갖느냐 하는 것뿐이다. 만일 내가 고집이 세면 내 아이도 나에게, 나나 마찬가지라는 듯이 고집을 부린다. 그리하여 나로 하여금 부득이, 내 완력이 우세한 것을 기화로 아이를 때릴 수밖에 없게 만든다. 그러나 내가 내 고집을 버리고 오직 심령을 위하여 움직이고, 그 심령을 우리들 두 사람 사이의 심판관으로 하면, 아이의 어린 눈에서도 나와 똑같은 심령이 빛난다. 즉 그 아이는 나와 더불어 경애심에 충만하게 된다.

심령은 진리의 지각자(知覺者)이고 시현자(示現者)이다. 우리는 진리를 보면 즉시 그것을 알아본다. 회의주의자나 비웃는 자들에겐 저희들 좋을 대로 지껄이게 하라. 어리석은 자들은, 자기들이 듣기 싫은 것을 들으면 이렇게 묻는다. "어떻게 당신은 그것이 진리이고, 당신 자신의 과오가 아니라는 것을 아는가?"라고. 우리들은 진리를 보았을 때 그것이 단순한 의견이 아니라, 그것이 사실인 것을 안다. 마치 우리가 눈이 떠 있을 때에 스스로 눈이 떠 있음을 아는 것과 같이.

엠마뉴엘 스웨덴보리가 말한 다음의 일절은 위대한

말이고, 이 사람의 지각력이 얼마나 위대한가를 단적으로 알 수 있다. 즉, "무엇이든지 자기가 원하는 것을 증명할 수 있는 그런 것은, 그 사람의 식별력(識別力)을 가리키는 것은 아니다. 진리인 것은 진리로, 허위인 것은 허위로 판별할 수 있는 것이 예지의 표상(表象)이고, 특징이다"라고. 내가 읽은 책에서 좋은 사상은 모든 진리가 그러하듯이 전심령의 이미지로 되어 내게 돌아온다. 내가 책에서 읽은 나쁜 사상에 대해서는 같은 심령이, 일종의 식별하고 재단하는 칼이 되어 그것을 잘라낸다.

우리는 우리가 아는 것보다 한층 더 현명하다. 만일 우리가 자기의 사상을 간섭하지 않고 전적으로 자기 생각대로 활동하면, 또는 신 앞에서는 사물이 어떠한가를 알아보면, 우리들은 개개의 것과 만물·만인을 이해하게 된다. 왜냐하면 만물과 만인의 창조주가 우리 뒤에 서서, 우리를 통하여 만물 위에 그 가공할 전지전능의 힘을 쏟아내기 때문이다.

그러나 창조주는 개개인의 경험의 그 하나하나의 경우에 자신이 깃들어 있음을 인식시키는 외에도, 또한 진리도 계시한다. 그러므로 여기에서 우리는 진리의 시현(示現), 바로 그것으로써 우리 자신을 강화하고, 그 도래(到來)에 대하여는 한층 존엄하고 한층 높은 가락으로 말하도록 노력해야 한다. 왜냐하면, 심령이 진리를 전달하는 것이야말로 자연의 최고의 사건이기 때문이다. 이때 심령은 무엇인가를 그 자체에서 내주는 것이 아니라, 심령 그 자체를 준다. 즉, 심령은 그 계발(啓發)의 대상이 되는 사람 속으로 옮겨 들어가서 그 사람과 동화된다. 달리 말하면, 그 대상자가 진리를 수용하는 정도에 비례해서, 심령은 그 사람을 자기에게로 끌어들인다.

우리는 심령의 표현, 즉 그 본성의 천명을 계시라는 말로써 나타낸다. 여기에는 언제나 숭고한 감정이 수반된다. 그것은, 이 영교(靈交)야말로 신의 뜻이 인간의 마음속에 유입하는 것이기 때문이다. 그것은 삶의 바다에 출렁이는 파도 앞에, 하나하나의 세류(細流)가 퇴조하는 것과 같다.

이 중심적 계명(誡銘)을 분명히 이해할 때마다, 인간은 외경과 환희에 가슴 뛴다. 새로운 진리를 감수할 때마다, 그리고 위대한 행동을 할 때마다, 자연의 한복판에서 우러나오는 전율이 만인의 가슴을 꿰뚫는다. 이 영교에 있어서는 사물을 보는 힘이 일을 행하는 의지와 분리되지 않는다. 통찰은 복종에서 생기고, 복종은 환희에 찬 인식에서 생긴다. 개개인이 자기 몸에 그것이 침입해 들어오는 것을 느끼는 순간순간이야말로 잊혀지지 않는다.

필연적인 우리의 천성으로 말미암아 그러한 신의(神意)의 현현(顯現)에 대한 개인의 인식에는 일종의 열광의 정이 따른다. 이 열광의 정의 특성과 지속은 개개인의 상태에 따라 다르고, 그것은 그 희귀한 현상인 황홀과 몽환(夢幻), 예언적 영감의 상태로부터 덕의 감정의 가장 희미한 광휘에까지 이른다—이 희미한 광휘의 상태에 있어서도, 열정은 우리들 가정의 난롯불과 같이 사람들의 모든 가족과, 그리고 관련되는 것을 덥히고, 사회의 성립을 가능하게 한다.

사람들 속에 들어 있는 종교감(宗教感)의 계발에는 언제나 일종의 광적 경향이 수반된다. 마치 그 사람들이 '과도한 광휘에 몸이 말라버린' 듯이. 소크라테스의 무아경, 플로티누스[1]의 '융합' 포피리[2]의 환각, 바울의 개종(改宗), 베멘의 서광[3], 조지 폭스[4] 및 퀘이커 교도의 경련(痙攣), 스웨덴보리의 조명(照明) 등은 모두 이런 종류의 것이다. 이 특이한 사람들의 경우에 이상한 법열(法悅)로 나타난 것은, 일상생활의 수많은 경우에 있어서도 그렇게 현저하게는 아니라도, 똑같이 나타났던 것이다.

도처에 있어서 종교의 역사는 일종의 열광적인 경향을 나타냈던 것이다. 모라비안파[5], 쿠에이티스트파[6] 등의 광열(狂悅), 신 예루살렘 교회의 용어에 나타나는 '말씀(the word)'이란 말의 내면적 의미의 천명, 칼빈파 교회의 성령강하(聖靈降下), 메소디스트파의 체험 등은 모두 개인의 심령과 우주의 심령이 교류할 때 일어나는 두려움과 환희의 떨림이 여러 가지로 형태를 바꾸어 나타난 것이다.

㈜

1. 신플라톤 학파의 철학자(204~270). 심령이 신비하게 신과 융합한다고 생각하고 육체를 경시했다.

2. 플로티누스의 제자(233~305).
3. 독일의 신비주의 철학자(1575~1627).
4. 영국의 종교가(1624~1691). 퀘이커 종교의 開祖.
5. 15세기에 일어난 기독교 신교의 일파.
6. 17세기에 스페인의 승려 모노리스, 프랑스의 기용 부인 등이 일으킨 한 교파.

이들 계시의 본질은 다 같다. 그것은 절대적 법칙에 대한 인식이다. 그것은 심령 자체의 의문의 해명이다. 그것은 오성이 묻는 질문에는 대답하지 않는다. 심령은 결코 말로써는 답하지 않는다. 탐구되는 사물 자체로써 답할 뿐이다.

계시는 심령의 개진(開陳)이다. 세상에서의 일반적인 생각으로는, 계시는 운세(運勢)를 고하는 것이다. 옛날의 심령의 신화에 있어서는 오성이 감각적인 문제에 대한 답을 구하고자 하여 인간이 얼마 동안 생존할 것이냐, 그들은 손으로 무엇을 할 것이냐, 이 친구는 누구일 것이냐 등의 문제로부터 인명·시일·장소까지도 신에게서 듣고자 했다. 우리들은 이러한 호기심을 억제해야 한다. 말로써의 대답은 포착하기 어렵다. 그것은 사실 그대들이 묻는 질문에 대한 해답이 되진 못한다.

그대가 노저어 가고 있는 나라들의 설명을 구하지 마라. 그런 설명은 그런 나라들을 그대들에게 설명해 주지 못한다. 그대가 내일 그 나라에 도착하여, 거기에 살므로써 그곳을 알게 된다. 사람들은 심령의 불멸, 천국에서의 임무, 죄인의 상태, 기타에 관하여 질문한다. 그들은 예수가 이런 질문에 대하여 명확한 답을 남겨놓고 간 줄로 몽상한다.

그러나 그 숭고한 정령〔예수〕은, 단 한순간이라도 그대들의 귀에 익은 사투리로 말해주는 일이 결코 없다. 심령의 속성인 진리·정의·사랑에는 영원불변의 관념이 근본적으로 결합되어 있다. 예수는 이러한 도덕적 감정 속에 살면서, 형이하(形而下)의 화복(禍福)에는 관심을 두지 않고, 다만 도덕적 관념의 표현에만 유의하고 있기 때문에 이러한 속성의 정수와 영속의 관념을 결코 분리시킨 일이 없고, 심령의 존속 기간에 관해서는 단 한 마디도 발설한 일이 없다.

도덕적 요소에서 영속의 관념을 분리시켜, 심령의 불멸을 교리(敎理)로써 가르치고, 그것을 증거로써 보지(保持)하는 일은 그의 제자들의 일이었다. 불멸의 교리가 분리되어 가르쳐지는 순간에, 인간은 이미 타락해버리는 것이다. 사랑이 흘러 넘치고, 겸양이 예찬되는 마당에선 영속 같은 문제는 있을 수 없다. 영감을 받은 사람은 누구나 이런 의문을 품지 않고, 또는 몸을 낮추어 그 증명을 구하지 않는다. 왜냐하면 심령은 자체에 대하여 진실하여서, 그것이 넘치도록 퍼부어진 사람은 그 무한한 현재에서 벗어나 유한할지도 모르는 미래로 방황할 필요가 없기 때문이다.

미래에 대하여 우리가 간절히 묻고 싶은 의문은, 자기의 죄를 고백하는 것과 같은 것이다. 신은 그런 질문에 대답한 일이 없다. 사물에 대한 의문에 대해서는 말로 해답이 되지 않는다. 명일(明日)의 사실 위에 장막이 쳐져 가려진 것은 결코 고의적인 '신의 명령'에 의한 것이 아니고, 인간의 천성 때문이다. 즉, 심령은 우리로 하여금 원인 결과의 부호 이외의 다른 부호를 읽게 하지 않을 것이다. 여러 가지 사건을 가리고 있는 이 장막에 의하여, 심령은 인간의 자식들에게 오늘에 살 것을 가르친다.

이러한 감각적 의문에 대한 해답을 얻는 유일한 방법은, 온갖 저속한 호기심을 모두 버리고, 자연의 비밀 속에 우리를 부유시키는 존재의 조류(潮流)를 받아들이며, 일하고 사는 데 있다. 이리하여 시시각각 진전해오는 심령은, 우리들이 의식하지 않는 동안에, 그 자체를 위하여 새로운 경지를 쌓아올리고 굳히곤 한다. 이리하여 의문과 해답은 하나가 되어버린다.

만물을 녹여서 광명의 대양(大洋)의 파도가 되게 할 때까지 불타는, 그 생생하고 정화력(淨化力) 있는 똑같은 영화(靈火)에 의하여, 우리는 서로를 인지하고 서로의 정신이 무엇인가를 안다. 누가 자기의 친구·사회중 몇몇 사람의 성격에 관하여, 자기가 아는 지식의 근거를 말할 수 있겠는가. 아무도 못한다. 그러나 그 친구들의 행위나 언사는 그 사람을 실망시키지 않는다.

그는 어떤 사람에 대해서는 그 사람의 나쁜 것은 모르더라도 그를 신임하지 않는다. 그러나 또 어떤 사람의 경우에 있어선, 그를 만난 일이 드물지만, 자기의 성격에 관심을 갖는 사람으로서 믿을 수 있는 확실한 표상이 그에게 드러나는 것이다. 우리는 서로 잘 알고 있다—우리들 어느 쪽이 지금까지 자기에 충실했나, 우리가 가르치거나 본 것이 다만 상상에 불과했는가, 아니면 우리의 정직한 노력이었는가를.

우리들은 모두 정령의 식별자들이다. 그 진단 판별력은 우리의 생활 속에 높이 있고, 무의식의 힘 속에 있다. 사회의 교제—그 직업·그 종교·그 우정·그 언쟁—는 우리의 성격을 심판하는 넓은 재판이다. 정식의 대법정에서건, 소위원회에서건, 또는 원고와 피고만의 대면에서건 사람들은 자신을 내놓고 판단을 받아야 한다. 그들은 본의 아니게 성격이 판독(判讀)되는데 결정적 구실을 하는 사소한 일들을 노출시킨다.

그러나 누가 판정하는가. 무엇을 판정하는가. 우리들의 오성은 아니다. 우리들은 학문이나 기교로써 그것을 읽는 것은 아니다. 아니 현자의 지혜는, 그것들을 판정하지 않는 데에 들어 있다. 그는 그것들로 하여금 스스로를 판정시키고, 그는 다만 그들 자신의 판결을 읽고 기록하는 것뿐이다.

이 필연적인 본성의 힘으로 개인의 의지는 극복되고, 우리의 노력이나 불비점(不備點)이 있는 것에 상관없이, 그대들의 진정은 그대들 속에서부터 말을 하고, 나의 진정은 내 속에서부터 말할 것이다. 우리들은 자진해서가 아니라, 다만 부지불식간에, 우리들의 정체를 가르치리라.

사상은 우리가 결코 열어 놓아둔 일이 없는 통로를

통하여 우리의 마음에 들어온다. 그리고 사상은 우리가 자진해서 연 일이 없는 통로를 통해서 우리의 마음에서 나간다. 성격은 우리들의 이성을 초월해서 가르친다. 참된 진보의 절대 확실한 지표는 그 사람이 말하는 어조 속에 나타난다. 그 사람의 연령도 교육도, 교우도 서적도, 행동도 기능(技能)도, 아니 이 모든 것이 합친다 하더라도, 그가 자기보다 높은 정령에 대하여 겸양, 외경심을 갖는 것을 방해할 수 없다.

만일 그가 신에게 기초를 두고 있지 않다면 그의 거동, 그의 언어의 품격, 그 어구(語句)의 표현법, 말하자면 그의 전체 의견의 구축(構築)은, 아무리 그가 용감하게 꾸며낸다 하더라도 스스로 그것을 표출하게 될 것이다. 만일 그가 자기 중심을 찾아낸다면, 신성(神性)은 그를 뚫고, 무지와 불친절한 기질, 불리한 경우 등의 온갖 가장(假裝)을 뚫고 비칠 것이다. 영(靈)을 구할 때의 어조와 영을 얻었을 때의 어조는 다르다.

종교적 교사와 문학적 교사 사이의 큰 차이, 즉 허버트[1] 같은 시인과 포프[2] 같은 시인—스피노자, 칸트, 콜리지 같은 철학자와 로크, 페일리[3], 매킨토쉬[4], 스튜어트[5] 같은 철학가—우수한 변론가로서 우리가 인정하는 세속의 사람들과, 여기저기 나타나 자기의 한량없는 사상 아래 반쯤 미쳐 예언하는 열광적인 신비가(神秘家)—이러한 두 가지 형태의 사람들 사이의 차이는, 한쪽 사람들이 사실의 참여자 혹은 소유자로서 마음의 내부로부터, 즉 경험에서 시작하여 말하는 데 반하여, 다른

쪽 사람들은 단순한 방관자로서, 즉 아마 제3자의 증명에 의하여 그 사실을 아는 사람으로서, '마음의 외부'로부터 말하는 데 있다. 마음의 외부로부터 나에게 설교하는 것은 아무 소용이 없다. 그런 짓은 나 자신도 지극히 쉽게 할 수가 있다.

예수는 언제나 마음의 내부로부터 말하지만, 다른 만인을 초월할 정도로 말한다. 거기에 기적이 있다. 나는 미리 그것이 마땅히 그러하리라는 것을 믿는다. 모든 사람은 항시 그러한 스승이 출현할 것을 기원한다. 그러나 만일 이 사람의 말과, 그 말하는 것이 일치되어 있는 장막의 내부로부터 말하지 않는다면, 그 사람은 모름지기 몸을 낮추어 그것을 고백해야 한다.

그와 똑같은 전지(全知)는 사람의 지력(知力) 속에 흘러들어, 소위 천재라고 하는 것을 만든다. 세속의 지혜는 대부분 지혜가 아니라, 가장 많은 광명을 받는 층의 사람들은 물론 문학적 명성을 초월하고 있고, 문인은 아니다. 학자와 저작자 무리들 사이에서도 우리는 하등 신성한 존재를 느끼지 않는다. 그들에게서 우리가 느끼는 것은 영감이 아니고 묘술(妙術)과 기교이다.

그들은 광명을 받고 있으면서 그것이 어디서 오는지 모르고, 그것을 자신의 것이라고 부른다. 그들의 재능은 어떤 능력이 과장된 것, 어떤 손발이 불균형하게 발달한 것에 불과하여, 그들의 힘은 하나의 병이다. 이런 경우에, 천부의 지력은 미덕의 감명을 주는 일이 없고 거의 악덕한 느낌을 준다. 그리하여 인간의 능력은 진리의 향상에 방해가 된다고 느껴진다. 그러나 천재는 종교적이다. 그것은 인간의 공통 심정을 다른 사람 이상으로 많이 흡수한 것이다. 그것은 이상한 것이 아니고, 오히려 다른 사람과 유사한 점이 많고, 다른 점이 적을 것이다.

모든 대시인에게는, 그들이 구사하는 어떤 재능보다 우월한 인간성에 대한 지혜가 들어 있다. 저자·재사(才士)·정당인·세련된 신사가 인간 그 자체를 대신하는 것은 아니다. 인간성은 호머 속에, 초서 속에, 스펜서 속에, 셰익스피어 속에, 밀턴 속에 빛난다. 그들은 진리에 만족한다. 그들은 적절하게 표현한다. 그들은, 열등하지만 인기 있는 작가들의 광적인 열정과 격렬한 색채에만 취미를 붙인 사람들에게는 너무나 냉랭하고 고담(枯淡)하게 생각될 것이다.

왜냐하면 그들은 자기들의 말하고자 하는 심령(心靈)에게 자유스런 진로를 허용한 시인들이기 때문이다. 그들의 심령은 그들의 눈을 통하여, 자기가 창조한 것을 다시 보고 그것을 축복하고 있는 것이다. 심령은 그것이 갖는 지식보다 우월하고, 그것이 하는 어떤 일보다 더 현명하다.

대시인은 우리로 하여금 우리들 자신의 풍요를 느끼게 하기 때문에 우리는 그의 작품을 전보다 중요시하지 않게 된다. 대시인이 우리의 마음에 전하는 최고의 가르침은, 우리로 하여금 그가 이루어 놓은 일체의 것을 경시하게 하는 것이다. 셰익스피어는 우리를 지적(知

的) 활동의 최고봉에 오르게 하여, 그 자신의 부(富)까지도 아주 초라하게 보이게 하는 부를 암시하는 지경에 이르렀다. 그리하여 우리는 그 자신이 창조한 찬연한 작품을, 지금까지는 일종의 독보적인 시가(詩歌)라고 찬양해 왔지만, 이제는 그것이 우리의 진정한 본성을 강하게 사로잡지 못하고, 다만 지나가는 나그네가 바위 위에 던진 그림자에 불과하다고 생각하게 된다.

햄릿이나 리어왕 속에 스스로 표현되어 있는 영감(靈感)은 그에 못지않은 것을 날마다 영원히 표현할 수 있었을 것이다. 그런데 우리는 왜 햄릿이나 리어왕만을 높이 여기고, 혀끝에서 말이 떨어져 나오듯이, 그런 인물이 나온 그 근원의 심령은 갖고 있지 않은 듯한 태도를 취하는가.

주

1. 영국의 종교시인(1593~1632).
2. 영국의 18세기의 대표적 시인(1688~1744).
3. 영국의 신학자이며 철학자(1743~1805).
4. 스코틀랜드의 철학자이고 정치가(1763~1832).
5. 스코틀랜드의 철학자(1753~1828).

이 원동력이 개인의 생명 속으로 내리는 것은 반드시 그전 생명을 파악하는 조건에서 뿐이다. 그것은 미천하고 단순 우매한 자에게도 온다. 그것은 자기 이외의 것과 자랑스러운 것을 벗어버리는 자에게는 누구에게나 온다. 그것은 통찰력이 되어 오고 그것은 청명 장엄이 되어 온다. 그것이 깃들어 있는 사람을 볼 때 우리는 위대한 것의 새로운 단계를 알게 된다. 그러한 영감을 얻게 되자, 그는 바뀌어진 목소리로 돌아온다. 그 사람은 사람들과 얘기할 때에 그들의 의견을 안중에 두지 않는다. 그는 그들을 심판한다. 그것은 우리가 솔직하고 진실하기를 요구한다.

허영심이 강한 여행자는 왕후·귀족·귀부인이 자기에게 이렇게 말했다, 이렇게 이렇게 행동했다고 인용함으로써 자기의 생활을 장식하려고 한다. 야심 있는 속물(俗物)은 여러분에게 그들의 스푼이나 브로치, 반지 등을 자랑하고, 그들의 명함과 찬사를 잘 간직해 둔다. 좀더 교양 있는 사람이면 자신의 경험을 이야기할 때에, 특히 흥미 있고 시적(詩的)인 일들을 골라낸다—로마를 갔던 얘기, 그들이 만난 천재, 그들이 알고 있는 명성 높은 사람, 더욱 나아가서는 아마 그들이 어제 즐겼던 화려한 풍경, 산악의 광채, 산에서의 생각 등을 언급한다—그리하여 그들의 생활에 애써 로맨틱한 색채를 더하려고 한다.

그러나 위대한 신을 예찬하고자 높이 오르는 심령은, 솔직하고 진실하며 하등 화려한 장미빛을 띠지 않으며, 좋은 친구를 갖지 않으며, 무사정신도 없고, 모험적 사건도 없으며, 남의 찬탄을 바라지도 않고, 다만 지금 이 순간에 진실한 일상 경험 속에 안주한다—이 현재의 순간과 평범하고 사소한 일들이 사상에 스며들고 광명의 바다를 흡수하는 것이기 때문이다.

숭고할 정도로 마음이 소박한 사람과 대화를 나누어 보라. 그러면 문학이 한낱 말장난으로 보일 것이다. 가장 간소한 말이야말로 글로 씌어질 만한 가치가 있다. 그러나 그것은 너무 안가(安價)한 것이고, 너무 당연한 것이어서, 심령의 무한한 부(富) 속에서 전 대지와 전 대기(大氣)가 우리의 것임을 생각할 때, 그것은 몇 개의 자갈을 주워 모으는 것이나, 소량의 공기를 병에 담는 것과 다름없다. 그러니 일체의 허식을 버리고 적나라한 진실, 솔직한 고백, 전지(全知)의 긍정으로써 인간 대 인간의 직접적인 접촉이 아니고선 아무것도 통용되지 않고, 아무것도 그대들을 심령의 원환(圓環)에 참여시킬 수는 없다.

이러한 심령의 소유자들은 신들과 같은 태도로 그대들을 대하고, 신들처럼 지상을 거닐고, 그대들의 기지(機知), 그대들의 관용, 그대들의 미덕까지도—아니 그대들의 임무의 행위까지도 아무런 찬탄 없이 받아들인다. 왜냐하면 그들은 그대들의 미덕을 그들의 본래의 혈족(血族), 자신들과 같은 왕족, 왕족 중의 왕족, 제신의 부조(父祖)로 인정하기 때문이다.

그러나 그들의 솔직한 동포적 친애의 태도는, 저 저작자(著作者)들이 서로 위안하고 서로 헐뜯는 상호간의 아첨에 대하여는 어떠한 질책을 가할 것인가. 그들은 결코 아첨하지 않는다. 나는 이들이 크롬웰[1)]에게, 크리스티나[2)]에게, 찰스 2세[3)]에게, 제임스 1세[4)]에게, 심지어는 터키 황제에게 면회하러 가더라도 이상하게 생각지 않는다. 왜냐하면 그들은 자신의 높은 위치에서 왕후의 동료이고, 세속의 대화에서 하는 비굴한 어조를 알고 있음에 틀림없기 때문이다.

그들은 왕후들에게는 언제나 하늘에서 보낸 존재임에 틀림없다. 왜냐하면 그들은 왕을 대면하여 왕이 왕을 대하듯이, 저신(低身)도 양보도 없이, 높은 본성에게 저항과 평범한 인간성과 평등의 우정과 새로운 사상 등의 청신미(淸新美)와 만족을 주기 때문이다. 그들은 왕후들을 한층 현명하고 만인보다 우월하게 만든다.

이러한 심령이 인간들로 하여금 성실이 아첨보다 더욱 우월하다고 느끼게 한다. 남자에게나 여자에게나 극히 솔직히 대하여, 그들로 하여금 최고의 진실성을 발휘하게 하고, 그대들을 우롱하고자 하는 온갖 희망을 버리도록 할지어다. 이것은 그대들이 바칠 수 있는 최고의 경의이다. 밀턴은 "그들의 최고의 찬사는 아첨이 아니다. 그들의 가장 솔직한 충언이야말로 곧 일종의 찬사이다"라고 말했다.

주

1. 1653년 혁명을 일으켜 청교도 정부를 세운 영국의 영웅(1599~1658).
2. 스웨덴 여왕 구스타브스 2세의 딸(1626~1689). 문학과 과학의 진흥에 힘썼다.
3. 영국의 청교도 혁명 때 패하여 프랑스 등지로 유배당했던 왕(1630~1685).
4. 이 왕의 감독하에 改譯聖書가 나온 것으로 유명하다(1566~1625).

심령의 모든 행위에 나타나는 인간과 신의 합일은 말로 표현할 수 없다. 성실한 마음으로 신을 예배하는 가장 소박한 사람은 신이 된다. 그러나 이 우월한 우주적 자아의 유입(流入)은 항상 날로 새롭고 전연 탐지하지 못한다. 그것은 두려움과 놀라움을 고취한다. 고독의 땅에 사람의 그림자를 있게 하고, 우리의 과오와 실의의 상처를 씻어 주는 신에 대한 생각이 일어남은 인간에게 얼마나 다정하고 위안이 되는 일이냐.

우리가 자기 전통의 신을 타파하고 수사(修辭)의 신을 철거할 때에, 진정 신이 그 심정에 불을 붙여 그 존재를 드러낼 것이다. 이것은 심정 자체의 배가(倍加)이다. 아니, 심정이 성장의 힘을 얻어 새롭게 무한을 향하여 사방팔방으로 무한히 확대를 한 것이다. 그것은 사람에게 확실한 신뢰감을 불어넣어 준다. 그는 최선이 곧 진리라는 것을 확신한 것이 아니라, 그것을 목격한 것이다.

따라서 그런 사상은 쉽사리 개개의 불안과 공포를 제거하고, 자기의 사사로운 의문 같은 것의 해결은 시간의 확실한 계시에 내맡기게 된다. 그는 자기의 안녕이 실임(實任)의 심정에 있어 귀중한 것임을 확신한다. 그의 마음에 대법(大法)이 존재하기 때문에 그는 널리 천하에 미치는 신뢰심이 넘쳐서 도도히 흘러, 심중에 품은 온갖 희망도, 덧없는 상황하에서의 가장 견실한 계획도 모두 쓸어버리게 된다. 그는 자기가 선(善)에서 벗어날 수 없음을 믿고 있다.

참으로 그대들을 위하여 있는 것들은 반드시 그대들에게 이끌린다. 그대들은 지금 친구를 찾아 뛰어 돌아다닌다. 발은 뛰어달리게 할 것이지만, 그대들의 마음은 그럴 필요가 없다. 만일 그대들이 친구를 찾지 못하면, 그를 찾지 못한 것이 최선이라고 납득할 생각은 없는가. 왜냐하면 그대 속에 있는 일종의 힘은 또한 그에게도 있다. 그러니까 만일 양자가 만나는 것이 최선이라면, 그 힘은 반드시 두 사람을 만나게 할 것이기 때문이다. 그대는 자기의 능력과 취미에 이끌리는 것, 세인(世人)의 사랑과 명예의 희망에 도움이 되는 일을 하고자 열심히 준비를 하고 있다. 그러나 그것을 수행하는 데엔, 달게 방해를 받을 각오가 되어 있지 않고서는 거기에 나아갈 권리가 없다는 생각을 해본 일이 없는가.

아, 이 둥근 세상 위에 내뱉는 모든 말 중에서 그대가 마땅히 들어야 하는 것은 필연 그대의 귓가에 울린다. 이것은 그대가 살고 있는 것이나 다름없이 확실하다고 믿어라. 모든 격언, 모든 서적, 그대에게 도움이 되고 위안이 되는 모든 속담은 어느 것이나 모두 공공연한 통로나, 우여곡절의 통로를 통하여 반드시 그대에게로 돌아오리라. 호기심에서가 아니고, 그대 마음속의 위대하고 친절한 심정에서 갈망하는 친구는 모두가 그대를 그 품안에 단단히 포옹할 것이다.

이 까닭은 그대의 심정이 곧 만인의 심정이기 때문이다. 자연에는 아무 데도 문짝도, 담도, 횡단선도 없다. 다만 한 줄기 혈맥(血脈)이 아무 장애 없이 만인을 뚫고 무한히 순화한다. 마치 지구의 물이 모두 동일한 바다이고, 참되게 이것을 보면 그 조수(潮水)가 동일한 것과 같다.

그러니 인간으로 하여금, 모든 자연과 모든 사상이 그의 심정에 계시하는 것을 배우게 하라. 즉 이것을, 최고 절대자가 그와 더불어 살고 있음을, 만일 의무의 감정이 마음속에 있으면, 자연의 원천이 거기 깃들어 있음을 배우게 하라. 그러나 만일 그가 위대한 신이 말하는 바를 알고자 한다면, 예수가 말한 바와 같이 그는 "그의 밀실에 들어가 문을 닫아야 한다."

신은 비겁자에겐 결코 모습을 나타내지 않는다. 그는 모든 다른 사람의 경신(敬神)의 말을 피하여 크게 자신에게 귀를 기울이지 않으면 안 된다. 남이 드리는 기도까지도, 자기 자신이 기도를 드릴 때까지는 그에게 해가 된다. 우리들의 종교는 속되게도 신자(信者)의 수의 다과(多寡)에 서 있다.

아무리 간접적이라도, 일단 수에 호소하게 되면, 이미 그곳에는 종교는 있지 않다고 선언하는 것이 된다. 신으로써 자기를 감싸는 상쾌한 사상으로 생각하는 사람은 결코 동반자를 헤아리지 않는다. 신 앞에 내가 앉을 때 누가 감히 들어오랴. 완전히 겸허한 상태에서 내가 휴식할 때, 내가 순수한 사랑으로 불탈 때 칼빈이나, 스웨덴보리가 내게 무엇을 말할 수 있겠느냐.

다수인에 호소하나, 한 사람에게 호소하나 아무런 차이가 없다. 권위에 기초를 둔 신앙은 신앙이 아니다. 권위에 의존하는 것은 종교의 퇴폐, 심령의 결여를 가리키는 것이다. 여러 세기에 걸쳐서 사람들이 예수에게 부여한 위치야말로 권위의 위치이다. 그 위치는 그것을 부여한 사람들의 특성을 말한다. 그것은 영원한 사실을 바꿀 수는 없다. 심령은 실로 솔직하다. 심령은 아첨자가 아니고 추종자도 아니다. 그것은 결코 자체를 떠나 다른 것에 호소하지 않는다.

그것은 자체를 믿는다. 인간의 무한한 가능성 앞에서는, 일체의 무의미한 경험이나 지난날의 전기(傳記) 같은 것은, 그것이 아무리 더럽혀지지 않은 청순한 것이라도 모두 위축하여 없어진다. 우리의 예감이 우리에게 보여 주는 이 천국 앞에서는 우리는 우리가 보고 읽은 어떠한 형식의 생활도 가볍게 칭찬할 수가 없다. 우리는 이 세상에 위인은 불과 얼마 없다고 확언할 뿐만 아니라 단호히 말해서, 위인이란 하나도 없고, 하나의 역사라는 것도 없고, 또한 우리를 완전히 만족시켜 주는 인격 내지는 생활방식의 한 기록이란 것도 없다고 단언한다.

역사가 숭배하는 성자와 반신적(反神的) 위인에 대해서도 우리는 어느 정도 참작을 가하지 않고서는 받아들일 수가 없다. 고독한 때에는 우리가 그들을 회상하여 새로운 힘을 얻을 수 있지만, 지각없고 평범한 친구들이 그러하듯이, 이러한 역사상의 인물이라도 그들을 우리의 관심권에 강제적으로 내밀어 올 경우엔, 그것은 우리를 피곤하게 하고 상처줄 뿐이다.

우리의 심령은 그 고독하고 독창적이고 지순한 자체를 역시 고독하고 독창적이고 지순한 대령(大靈)에게 내준다. 그리하여 대령은 기꺼이 그 조건대로 거기에 안주하고, 그것을 지도하고, 그것을 통하여 말을 한다. 그러면 심령은 환희에 차 젊고 활발해진다. 그것은 반드시 현명하진 않지만 만물을 통찰한다. 그것은 반드시 종교적이라고는 할 수 없지만 천진무구(天眞無垢)하다. 그것은 광명을 자기 소유라고 하고, 풀이 자라는 것도, 돌이 떨어지는 것도 모두 그 본성보다 열등하며 그 본성에 의존하는 법칙에 좌우되는 것이라고 느낀다.

심령은 말한다—보라, 나는 위대한 마음, 보편의 마음으로 태어났다. 불완전한 나는 내 자신의 완전을 숭앙한다. 나는 이렇게 저렇게 해서 위대한 심령을 몸에 받아들인다. 그 때문에 나는 태양도 성신(星辰)도 눈 아래로 내려다보고, 그것들을 변전 소장(變轉消長)하는 아름다운 우연 내지는 결과라고 생각한다. 많이, 더욱 많이 영원한 자연의 파도가 우리 속에 들어온다. 이리하여 나의 고찰과 행동은 공명하고 인도적으로 된다. 그리하여 나는 내 사상 속에 살고, 불멸의 원동력으로써 활동하게 된다.

이와 같이 심령을 존경하고, 고인(古人)이 말한 것과 같이 "그 미는 무한하다"를 배울 때, 사람은 이전 세계가 심령이 작용하는 영원한 기적임을 깨닫고, 개개의 기적 같은 것은 놀랄 만한 것이 아님을 알 것이다. 그리고 세속의 역사란 있을 수 없고, 역사는 모두 신성하다는 것, 우주는 한 원자(原子) 속에도, 시간의 한 순간 속에도 표시될 수 있음을 배우게 될 것이다.

그는 조각조각 누더기로써 오점 많은 생활을 짜지 않을 것이고, 반드시 신성한 통일체로 살 것이다. 그는 그의 생활 속의 미친, 경박한 것을 배제하고 모든 입장에 만족하고, 그가 하는 어떠한 봉사에도 만족할 것이다. 그는 신과 더불어 있다는 신뢰가 있기 때문에—따라서 이미 마음속에는 미래의 전부를 가지고 있기 때문에—아무 걱정 없이 내일을 맞이할 것이다.

5. 자시론(自恃論)

Ne te quaesiveris extra.
(너를 너 밖에서 구하지 말라)

인간은 그 자신이 운명의 별이다.
정직하고 완전한 인간이 될 수 있는 정신은
모든 빛과 모든 힘과 모든 운명을 지배한다.
그에게 일어나는 일로서 무엇하나 빨라서 안 될
일, 늦어서 안 될 일 없다.
우리의 행위가 곧 우리의 천사, 신이건 악이건,
그것은 언제나 우리를 따르는 인과의 그림자이다.

보몬트, 플리체 합작
〈정직한 자의 서사〉

그 어린 것을 바위 위에 내던져라.
늑대의 젖꼭지로써 그것을 키우고,
독수리와 여우와 더불어 겨울을 나게 하고,
힘과 속력이 팔이 되고 발이 되게 하라.

일전에 나는 어떤 저명한 화가가 쓴 독창적이고 진부하지 않은 몇 절의 시를 읽었다. 그런 시가 무슨 시든간에 심령(心靈)은 이런 시에서 가르침의 목소리를 듣는 법이다. 그 시에서 스며나오는 감정은 거기에 포함된 어떠한 사상보다도 더욱 존귀하다. 자기 자신의 사상을 믿는 것, 자기 한 개인의 심중에서 자기에게 진리인 것은 만인에게 진리가 된다고 믿는 것—이것이 곧 천재이다.

네 심중에 들어 있는 확신을 말하라, 그것은 보편적 의의가 될 것이다. 가장 내재적(內在的)인 것은 때가 되면 가장 외현적(外現的)인 것이 되니, 그리하여 우리의 최초의 사상은 최후 심판의 나팔 소리에 의하여 우리에게 되돌아온다. 심중의 목소리가 비록 자기에겐 신기한 것이 아니긴 하지만, 우리가 모세, 플라톤, 밀턴에게 부여하는 최고의 가치는, 그들이 책이나 전해 내려오는 사상 같은 것을 무시하고, 남이 생각한 것이 아니라 자기가 생각한 것을 말한 점이다.

우리는 시인이나 성자가 보여주는 천상(天上)의 광휘(光輝)보다는, 내부로 우리의 마음속에 번쩍이는 섬광을 찾아내어 거기에다 눈을 쏘아야 한다. 그러나 사람은 그 사상을 그것이 자기의 것이라는 이유에서, 그것을 본체만체 처리해 버리고 만다. 어떠한 천재의 작품에서도 우리는 우리 자신이 내버렸던 사상을 발견하고, 자기의 사상이 이제는 어떤 가까이 할 수 없는 위엄을 띠고 우리에게 되돌아옴을 본다.

위대한 예술 작품들이 우리에게 주는 가장 감동적인 교훈은 바로 이것이다. 그것들은 우리에게 가르친다—사람들의 목소리가 온통 반대편에 서 있을 때일수록, 확고부동하게 우리의 자발적인 심상(心像)을 고수하라고. 그렇지 않을 경우에는, 내일 다른 사람이 바로 우리가 항상 생각하고 느낀 그것을 제법 아는 체하고 말할 것이고, 우리는 부득이 부끄러운 마음으로 자기 자신의 생각을 타인에게서 받아들이지 않을 수 없을 것이다.

누구나가 공부를 해나가는 동안에는 한 번은 반드시 이러한 확신에 이르는 때가 있다. 즉 질투란 무지(無知)이고, 모방이란 자살이며, 사람은 좋건 나쁘건 자신을 자신의 운명으로 감수하지 않으면 안 되는 것이다. 비록 이 넓은 우주가 유익한 것으로 가득 차 있으며, 경작하라고 자기에게 주어진 한 구역 땅에 자기가 노력을 가하지 않고서는 우리의 살이 되는 곡식 한 알도 손에 들어오지 않는다는 것 등을. 자기에게 머무르고 있는 힘은 자연계에서 미지수이고, 자기가 할 수 있는 일이 무엇인가는 자기 이외는 모르는 것이고, 그것도 해보지 않고서는 모르는 법이다.

하나의 얼굴, 하나의 성격, 하나의 사실이 자기에게 깊은 인상을 주는데, 다른 것이 이것을 주지 않는 것은 무리가 아니다. 기억에 새겨지는 이런 조각은 예정의 조화에서 이루어진다고 하지 않을 수 없다. 눈이 한 광선이 비치는 곳에 쏠렸다는 것은 특히 그 광선을 입증하기 위함이다. 우리는 겨우 반밖에는 자기를 나타내지 못한다. 그리고 작자가 나타내는 신성관념(神聖觀念)을 부끄러워한다. 그것이 충실히 발표됐더라면 그 사람에게 적응한 좋은 결과를 가져오는 것이라고 안심하고 신뢰할 수도 있을 것이다.

그러나 신은 그의 일이 비겁자에 의하여 표명되는 것

을 허용치 않는다. 사람은 자기 일에 심혼(心魂)을 기울이고 최선을 다할 때 괴로움을 잊고 쾌활해진다. 그러나 그가 말하는 것, 행하는 것이 그렇지 않을 때에는 마음의 평안을 얻지 못할 것이다. 그것은 우리의 괴로움을 덜어주는 해탈이 아닐 것이다. 그런 짓을 시도할 때에는 그의 천재가 그를 버릴 것이요, 어떠한 뮤즈의 여신도 그를 돕지 않고, 창의도 희망도 없을 것이다.

너 자신을 믿어라. 그러면 만인의 가슴은 그 철선(鐵線)에 호응하여 울릴 것이다. 신의 섭리로서 맡겨진 너의 그 위치, 너의 동시대인(同時代人)으로 구성된 그 사회, 여러 사건의 연결을 받아들여라. 위대한 인간들은 언제나 그렇게 해왔고, 그들은 어린아이처럼 그 시대 정신에 자신을 내맡기고는, 절대적으로 신뢰할 만한 것이 내 심중에 있고, 내 손을 통하여 작용하고, 나의 전존재에 군림한다는 자각을 보여 주었던 것이다.

그리고 우리도 인간인 이상, 가장 고매(高邁)한 마음으로 그 동일한 초자연적 천명(天命)을 수락해야 한다. 그것은 한 구석에 타인의 비호(庇護)를 받는 미성년자나 병약자로서가 아니라, 혁명 앞에 도망치는 비겁자로서가 아니라, 전능한 신의 노력을 좇아 혼돈과 암흑을 향하여 전진하는 지도자로서, 속죄자로서, 시은자(施恩者)로서 말이다.

이 제목에 대하여 자연은 어린이·갓난아기, 심지어는 동물의 얼굴과 거동으로써 우리에게 얼마나 훌륭한 계시를 주는 것인가. 자신과 분리되고 자신에 반역하는 마음, 우리들의 타산이 우리들의 목적에 반(反)한 역량·자력(資力)을 따지는 데서 발생하는 감정의 불신 따위는 그들 어린이·갓난아기·동물들에게는 없다.

그들의 마음은 건전하기 때문에 그들의 눈은 여태껏 정복당한 일이 없다. 따라서 우리가 그들의 얼굴을 들여다볼 때 내심 당황한다. 어린이는 아무에게도 영합(迎合)하지 않는다. 만인이 그들에게 영합한다. 그러므로 한 어린이는, 보통 그에게 지껄이고 아양떠는 성인들 4,5명을 어린이로 만들어 버린다. 그와 같이 신은 소년·청년·장년도 마찬가지로 그들 자신의 기민성(機敏性)과 매력으로 무장시키고, 선망할 수 있는 아름다운 것으로 만들어 그들이 자기를 고수하는 한, 그 주장을 거부할 수 없게 만들어 놓았다.

청년이 나나 그대들에게 말을 못한다 해서 그들이 무력하다고 생각해서는 안 된다. 귀를 기울여 보라! 옆방에서 그들의 목소리가 아주 뚜렷이 힘차게 들린다. 그들은 저희 동년배들에 대해서도 어떻게 말하는 것인가를 아는 것 같다. 그렇다면 혹은 수줍은 태도로, 혹은 용감하게 장차 우리 연장자들을 아주 쓸모 없이 만드는 법을 알게 될 것이다.

식사 시간에 달려들 줄이나 알았지, 어떤 일에서나 남을 따라서 행동을 일치시키기를 싫어하는 모습, 마치 귀족이나 다름없는 아이들의 무관심이야말로 인간성의 건전한 태도일 것이다. 소년이 객실에 나와 앉으면 극장에서의 관객과 같다. 아무런 구속 없이 무책임하게 자기가 앉은 구석에서부터 곁을 지나는 사람이나 사실(事實)들을 보고 그는 소년으로서의 그 민첩하게 요령 있는 방법으로 좋다, 나쁘다, 재미있다, 바보같다, 멋있다, 귀찮다 등등 그들을 심판하고 그들의 가치를 단정한다.

소년은 결과나 이해에 구애받지 않는다. 그는 독립된 순진한 선고(宣告)를 내린다. 그대들이 그의 기분을 사야 한다. 그가 그대들의 기분을 사지 않는다. 그러나 성인이란 말하자면 자기 의식에 의하여 투옥당해 있는 셈이다. 그가 한번 화려한 언행을 하면 그와 동시에 그는 범죄인으로서 수백 사람들의 동정과 증오의 대상이 되어 그는 그들의 감정을 고려하지 않을 수 없게 된다. 이 점에 있어선 망각의 강(江)이 있을 수 없다. 아, 그가 다시 그의 중립적 입장에 되돌아갈 수 있다면.

그리하여 모든 언질(言質)을 피할 수 있고, 일단 말하고 나서도 다시 전과 같이 흔들리지 않고 편벽(偏僻)되지 않고, 금전에 끌리지 않고, 위압에 굴하지 않는 천진한 태도로 말할 수 있는 사람은 반드시 무서운 사람임에 틀림없다. 그는 지나가는 모든 사건에 대하여 의견을 말할 것이고, 그 의견들은 그것이 사적(私的)인 것이 아니고 필요에서 나온 것으로 인지되었을 때, 화살처럼 사람들의 귀를 뚫어 그들을 두려움에 몰아넣을 것이다.

이런 목소리들은 우리의 고적한 경지에서 들리는 목소리로서, 우리가 세간(世間)에 들어감에 따라 점점 희미해지고 들리지 않게 된다. 사회는 도처에서 그 성원

(成員)의 하나하나가 가진 남성적 정신에 반기를 들고자 음모한다. 사회는 일종의 주식회사이다. 말하자면 각 주주에 대하여 보다 확실히 빵을 보증하는 대신 그 빵을 먹는 사람의 자유와 교양을 양도(讓渡)할 것을 전원이 합의한 일종의 주식회사이다. 거기에서 가장 요구되는 덕(德)은 영합이다. 자주나 자신은 싫어한다. 사실과 독창자를 좋아하는 것이 아니라, 실없는 이름과 관습을 좋아한다.

누구든지 인간이 되고자 한다면 비영합주의자(非迎合主義者)가 되어야 한다. 불후의 영예를 획득하고자 하는 자는 선이라는 이름의 방해를 받아서는 안 된다. 그것이 과연 선인가를 스스로 검토하여야 한다. 궁극에 이르러 세상에는 그대 자신의 마음의 정직 이상으로 신성한 것은 없다. 우선 그대 자신에 대하여 자기의 무죄(無罪)함을 선언하라. 그러면 세계의 동의를 얻으리라.

나는 내가 아주 젊었을 때, 한 존경할 만한 충고자에게 불가불 하지 않을 수 없었던 한 마디 대답을 지금도 기억하고 있다. 그 사람은 늘 그 교회의 알뜰히도 낡아빠진 교리(敎理)로써 나를 귀찮게 구는 것이었다. 내가 "만일 내가 전적으로 내부의 명령에 의해 산다면 전통의 신성(神聖) 같은 것이 무슨 소용이 있겠는가" 하니, 이 친구가 말했다. "그런 충동은 천상(天上)의 것이 아니고 지옥의 것인지 모르지"라고, 나는 대답하였다. "나에겐 그렇게 생각되지 않아. 그러나 만일 내가 악마의 아들이라면 나는 그때에는 악마에 의하여 살겠다"고.

내게 있어선 나의 천성의 율법(律法) 이외엔 어떠한 율법도 신성하지 않다. 선이라든지 악이란 것은 극히 용이하게 갑 혹은 을로 전환할 수 있는 헛된 이름에 지나지 않는다. 오직 하나 옳은 것은 내 본성에 적합한 것이고, 오직 하나 그릇된 것은 이에 반하는 것이다. 사람은 모든 반항 앞에서, 말하자면 자기 이외의 모든 것이 빈 이름에 지나지 않는 하루살이인 것처럼 행동하여야 한다.

나도 우리들이 얼마나 쉽사리 빼앗거나, 명의(名義)나 큰 단체나 죽은 제도 등에 항복하는가를 생각하면 부끄러움을 금할 길 없다. 점잖고 품위 있는 말을 하는 모든 사람들은 지나칠 정도로 나를 감동시키고 동요시킨다. 나는 곧고 씩씩하게 나아가 모든 면에서 적나라한 진리를 토하지 않으면 안 된다. 만일 악의와 허영이 박애(博愛)의 옷을 걸치고 나타난다면 그것이 통하겠는가.

만일, 이제 어떤 비분한 고집덩어리가 노예 폐지라는 자선 운동의 임무를 띠고서 바바도스섬〔島〕[1] 으로부터 최근의 소식을 가지고 내게 온다면 나는 반드시 그에게 이렇게 말하겠다. "가서 너의 자식이나 사랑하고 너의 집 장작 패는 사람이나 사랑하라. 선량하고 겸손하라. 그런 미덕을 가져라. 그리고 천 마일이나 먼 곳에 있는 흑인에 대한 이런 믿기 어려운 온정으로써 너의 냉혹하고 무자비한 야심을 가장하지 마라. 먼 데 대한 너의 사랑은 곧 가까이에서의 증오나 다름없다." 이러한 인사는 교양 없고 무례한 것일지도 모르지만, 그러나 진리는 사랑의 가식보다는 아름답다. 우리들의 선에는 거기에 다소의 모가 있어야 한다. 그렇지 않다면 그것은 아무것도 아니다. 사랑의 교훈이 다만 울고불고하는 것을 일삼는다면, 사랑의 교훈의 반대 작용으로서 증오의 교훈을 설교할 필요가 있다.

나는 나의 천재의 목소리가 들려올 때에는 부모도 처도 형제도 다 멀리해 버린다. 나는 문설주에 'whim(기분대로)'이라고 써놓고 싶다. 그것은 결국 '기분대로'보다는 다소 나은 것을 의미하겠지만 그것을 설명하는 데 시간을 소비할 필요는 없다. 내가 어째서 반려를 구하고 어째서 그것을 배척하는가의 이유를 제시할 것을 내게 기대하지는 마라. 그리고 또한 어떤 선량한 사람이 말한 바와 같이, 내게 모든 빈민을 좋은 환경에 놓을 의무가 있다는 등의 말을 해서는 안 된다. 그들이 내가 맡아야 할 빈민이란 말인가.

나는 감히 말한다. 너희들 어리석은 박애주의자여, 나는 나에게 소속되지 않은 그 사람들, 그리고 내가 소속되어 있지 않은 그 사람들에게 주는 돈에 있어서는 1달러, 1다임, 1센트가 아깝다. 세상에는 모든 정신적 친근성으로 말미암아 내가 매매당하고 있는 1단계의 사람들이 있다. 이런 사람들을 위해서라면 필요한 경우 나는 감옥에라도 들어가겠다. 그러나 너희들의 그 잡다한 흔해빠진 자선회, 어리석은 자들의 대학교육, 오늘날 수없이 건립되고 있는 쓸데없는 목적을 위한 공회당(公會堂)의 건축, 치한(痴漢)에 대한 의연금, 기타 수

백 수천의 구제금 등에 대해서는, 비록 나도 때로는 수치스럽게도 항복하고 돈 1달러를 내는 수가 있지만 이런 1달러는 사악(邪惡)한 1달러이고, 점차는 그것을 거절할 만한 남성적 성질을 갖게 되리라고 생각한다.

덕은 세속적 판단으로는 정상적이라기보다는 예외에 속한다. 그 사람과 그 사람의 덕이 있다. 사람들은 매일 군사훈련에 안 나간 대가로 벌금을 지불하는 것과 같은 뜻에서 그에 상당한 만큼의 약간의 용기 내지 자선, 즉 소위 선행이라는 것을 한다. 사람들이 하는 사업이란 그들이 이세상에 살고 있다는 사과(謝過)로서, 또는 죄를 경감하는 수단으로서 하는 것이다. 마치 병자나 광인(狂人)이 비싼 숙박료를 내는 것과 같다. 그들의 덕은 즉 벌금이다.

나는 속죄하고 싶지는 않지만 살기는 원한다. 내 생활은 그 자체를 위한 것이지, 구경거리가 되기 위한 것은 아니다. 나는 나의 생활이 성실하고 편벽되지 않는 한, 그것이 화려하면서 불안정하기보다는 차라리 저조한 편이 좋겠다. 나는 그것이 건전하고 유쾌하기를 바란다. 음식 조절과 의사의 신세를 필요로 해서는 안 되겠다. 나는 그대가 인간이라는 근본적 증거를 요구한다. 그것이 본인 그 사람을 떠나서 그의 행위에 호소하는 것을 나는 거부한다. 나는 나 자신으로서는 훌륭하다고 생각되는 행위를 하거나 말거나 아무 차이가 없다는 것을 알고 있다. 나는 그에 대하여 본래의 권리를 가지고 있는 어떤 특전(特典)을 돈으로 산다는 데에 동의할 수 없다.

나의 천품(天品)이 아무리 하찮고 보잘것없는 것이라 할지라도 나는 현재 이렇게 존재하고 있다. 그러므로 나 자신에 확증을 주기 위하여, 또는 나의 동포들에게 확증을 주기 위하여 제2의 보조 증명은 필요치 않다. 내가 해야 할 일은 전부 내게 관계되는 것이지 남들이 생각하는 것은 아니다. 이 원칙은 현실생활에 있어서나 지적(知的)생활에 있어서나 똑같이 어려운 일이기는 하지만 위대와 비소(卑小)를 구분하는 전체적인 차이점으로는 도움이 될 것이다.

세상에는 너희들의 의무가 무엇인가를 당사자인 너희들이 아는 것보다도 더 잘 알고 있다고 생각하는 사람들이 있는 것을 보게 될 것이므로, 그만큼 이 원칙은 더욱 곤란해진다. 이 세상에서는 세상 사람들의 의견을 좇아 사는 것이 편리하고, 고독의 경지에서는 우리들 자신의 의견대로 사는 것이 편리하다. 그러나 군중의 한복판에서도 충분히 온화한 태도로 고독을 지키는 사람이야말로 위대한 사람이다.

너희들에게 이미 가치 없게 된 관습에 영합하기를 반대하는 것은, 그것이 너희들의 힘을 헤쳐버리기 때문이다. 그것은 너희들의 시간을 손실시키고 너희들의 인격의 인상을 희미하게 만든다. 만일 너희들이 생명 없는 교회를 지지하고 생명 없는 성서공회(聖書公會)에 기부하고 대정당이 하는 대로 정부 옹호의, 또는 정부 반대의 투표를 하고, 혹은 저속한 가정부들처럼 식탁을 준비한다고 하자—이러한 스크린을 통해서는 나는 너희들의 인격을 정확히 인식하기 어렵다.

그리고 물론 너희들 고유의 생명으로부터는 많은 힘을 빼앗기고 만다. 그러나 너희들의 일을 해보라. 나는 즉시 너희들의 인격을 알게 될 것이다. 너희는 자기 자신의 힘이 더해질 것이다. 이 영합이라는 유희가 얼마나 소경놀음 같은 장난인가를 사람들은 생각해야 한다. 만일 너의 종파(宗派)를 안다면 나는 네가 주장할 논지(論旨)를 예상할 수 있다.

한 설교사가 자기 설교의 제목으로 자기 교회의 제도의 한 편의점을 피력하는 것을 듣는다고 하자. 그는 새로운 자의적(自意的)인 말을 한 마디도 못하리라는 것은 듣기 전에 미리 알 수 있는 것이 아닌가. 겉으로는 그 제도의 기초를 검토하는 척하고 있지만, 그에게는 그런 것을 실천할 생각이 없다는 것을 알 수 있지 않은가. 그는 인간으로서가 아니고 교구(敎區) 목사로서 그에게 허용된 일면, 그 일면만을 볼 것을 스스로 맹세하고 있음을 알 수 있는 것이 아닌가. 그는 결국 고용 변호사에 불과하고 그 법정의 위세는 말할 수 없이 공허한 허식이다.

그렇다. 대부분의 사람들은 이러저러한 손수건으로 눈을 가리고 있고, 이러한 여론 단체 중 어느 것에 부수되어 있다. 이런 영합주의는 그들을 몇 가지 점에서만 행위자로 만드는 것이 아니다. 한두 가지 거짓말을 하는 사람으로 만드는 것이 아니다. 모든 점에서 거짓

된 사람으로 만드는 것이다. 그들이 말하는 둘은 진실된 둘이 아니고, 그들의 넷은 진실한 넷이 아니다. 그러므로 그들이 토하는 한 마디 한 마디는 우리에게 실망을 준다. 그렇지만 우리는 그것을 어디서부터 시정해야 할지를 모르는 것이다.

그러는 동안에 자연은 우리가 속해 있는 당파의 감옥의 제복을 재빨리 우리에게 입힌다. 우리는 동일형(同一型)의 얼굴이나 모습을 갖기 시작하고 점차 지극히 온순한 나귀 상통 같은 표정을 지니게 된다. 여기에 특히 구역질나는 한 경험이 있다. 이것은 또한 일반적 역사에도 반드시 나타나겠지만 내가 말하는 것은 저 '아첨의 칭찬을 하는 바보 상통'에 대한 것이고, 편안한 기분으로 어울릴 수 없는 회합에서 흥미도 없는 대화에 응답할 때 우리들이 짓는 억지웃음에 대한 것이다. 근육은 자연스럽게 움직이지 않고 비열하게 억지로 일부러 움직이기 때문에, 안면 주위가 굳어져서 아주 불유쾌한 감각을 나타낸다.

비영합주의를 취하는 데 대해서는 세상은 그 불만이라는 회초리로 너희들을 내리친다. 그렇다면 사람은 한 사람의 시무룩한 얼굴이 나타내는 의미를 판단하는 법을 알아야 한다. 거리에서, 또는 친구 집 응접실에서 방관자들은 그를 흘겨본다. 만일 이 혐오감이 그 자신이 가지고 있는 것과 같은 경멸과 반항심에서 원인된 것이라면 그는 우울한 표정을 짓고 집에 돌아가는 것도 당연하다 할 수 있다. 그러나 대중들의 시무룩한 얼굴에는 그들의 웃는 얼굴과 마찬가지로 아무런 깊은 원인이 없고 다만 바람부는 대로 신문지에서 가리키는 대로 그런 표정을 지었다 풀었다 하는 것이다.

그러면서도 대중의 불평은 국회나 대학의 그것보다 훨씬 무서운 것이다. 세상을 알고 있는 단호한 사람이라면 교양계급의 분노쯤 견디는 것은 아주 용이하다. 그들의 분노는 예절을 차리고 조심스럽다. 그것은 그들 자신 매우 마음이 유약하여 겁을 집어먹기 때문이다. 그러나 그들의 여성적인 분노에 대중의 분개가 가해질 때에는, 무식층과 빈민이 들고 일어날 때에는, 사회의 밑바닥에 가로놓인 무지몽매한 야수 같은 힘이 불평에 싸여 포효하기 시작할 때에는, 말하자면 신(神)과 같은 태도로 하등 개의할 바 없는 사소한 것으로 이것을 취급하기 위해서는 관용과 종교적 수양이 필요하다.

우리들 자신을 위협하는 또 하나의 무서운 것은 우리들의 전후일치(前後一致)라는 그것이다. 즉, 다른 사람들의 눈이 우리들이 걸어가는 궤도를 측정할 때 그 대상으로서는 우리들의 과거의 행위 이외에 아무런 재료가 없기 때문에, 그리고 우리들이 그들에게 실망을 주지 않으려고 하기 때문에, 자기의 과거의 행위나 말에 대하여 일종의 존경심을 갖는다.

그러나 왜 너희들은 언제나 어깨 너머로 머리를 뒤로 돌리고 있어야 하느냐. 전에 이곳저곳 공공장소에서 너희들이 말한 것과 모순되지 않기 위해 너희들의 기억이라는 이 시체를 끌고 다닐 필요가 무엇인가. 만일 너희들의 언행이 모순되었다고 하자. 그것이 어떻단 말이냐. 순수한 기억의 행위에 있어서라도 덮어놓고 너희들의 기억에만 의지하지 말 것, 아니 과거를 수백 수천의 눈이 있는 현재로 끌어내어 판단을 가하고, 언제나 새로운 날을 살아가는 것이야말로 지혜의 상도(常道)인 것으로 생각된다.

너희들의 형이상학에서 너희들은 신에 대하여 인간성을 내줄 것을 거부해 왔다. 그러나 영혼의 경악할 운동이 일어날 때에는 마음과 생명을 거기에 바쳐라. 비록 그것이 형체와 색채로써 그 속에 신을 감싸고 있더라도. 요셉이 음부(淫婦)의 손에 그 코트를 내던지고[2] 도망을 갔듯이 너희들의 시론(恃論)을 내던지고 도망치는 것이 좋으리라. 어리석은 전후일치는 협소한 마음에서 나오는 도깨비 같은 것이고, 소심한 정치가·철학자·신학자들이 숭앙하는 것이다. 전후일치 같은 것은 위대한 심령의 소지자에게는 아무 상관도 없는 것이다. 그것을 걱정한다는 것은 벽 위에 어른거리는 제 그림자를 걱정하는 것이나 다름없을 것이다.

너희들이 지금 생각하고 있는 것을 확고한 말로 직언(直言)하라. 그리고 내일에는 내일 생각한 것을 다시 확고한 말로 직언하라. 그것이 비록 오늘 말한 것과 모든 점에서 모순된다 하더라도 개의할 바 아니다—아, 그러면 너희들은 틀림없이 오해받을 것이다—그러면 오해받는 것이 그렇게 나쁜 것인가. 피타고라스는 오해를 받았었다. 소크라테스, 예수, 루터, 코페르니쿠스, 갈릴

레이, 뉴턴 등 자고로 인간의 육신을 가졌던 순수 현명한 정신은 모두 오해를 받은 것이다. 위대하다는 것은 곧 오해를 받는다는 것이다.

생각컨대 어떤 사람도 자기의 본성을 침해할 수는 없다. 그의 의지의 모든 돌출은 그의 존재의 법칙의 범위 내에 국한되는 것이고 그것은 마치 안데스나 히말라야의 돌출이 이 지표상(地表上)의 곡선으로 볼 때에는 아무것도 아닌 것과 같다. 또한 너희들이 어떻게 그를 평가하거나 시험하거나 그것은 문제가 아니다. 사람의 성격이란 말하자면, 애크로스틱체(體)[3)]나 알렉산드리아체의 시구와 비슷하다.—이것을 앞으로 읽으나 뒤로 읽으나 그것은 언제나 동일 사물을 나타내는 철자이다.

신이 나에게 허락하는 이 유쾌한 참회의 삼림생활에서 균형잡힌 것이 되는 것을 알게 될 것이다. 내 저서에서는 반드시 소나무 냄새가 풍길 것이고 날벌레의 윙윙거리는 소리가 들릴 것이다. 내 창문 위에다 집을 짓는 제비는 반드시 주둥이로 물고 오는 그 실낱이나 지푸라기로 내 집도 또한 지을 것이다. 우리들은 사실상 우리들 것으로써 통한다. 성격은 우리들의 의지 이상으로 가르치는 바가 있다. 사람들은 그들의 덕행(德行)과 악행이 다만 공공연히 나타난 행위에 의해서만 전달되는 것으로 생각하고 덕행과 악행이 순간순간 숨쉬고 있다는 것을 모른다.

주

1. 英領 서인도 제도 중의 하나인데, 1834년 이 섬에서 노예 폐지를 하여 좋은 결과를 얻었다. 그것이 미국의 노예폐지론자에게 큰 자극을 주었다.
2. 구약 〈창세기〉 제39장 12절 참조.
3. 詩體의 일종으로서 각행의 첫글자나 끝글자를 모으면 어떤 사물의 이름 또는 한 문장이 되는 일종의 유희시.

아무리 가지각색의 행위라 하더라도 그 한 가지 한 가지가 그때그때 정직하고 자연적인 한, 거기에 일치되는 것이 있을 것이다. 동일한 의지에서 나타난 것인 이상, 그 행위가 아무리 서로 유사하게 보이지 않는다 하더라도 조화를 이루고야 말 것이다. 이러한 상위(相違)는 조금 떨어져서 조금 사상적으로 고차적(高次的)인 입장에서 달관하면 전연 눈에 띄지 않는다.

동일한 경향이 그 모든 것을 결합시킨다. 아무리 우수한 선박의 항로라도 백방으로 진로를 바꾸면 톱니 같은 선을 형성한다. 상당한 거리에서 이 선을 바라보라. 그러면 그것은 자연적으로 직선을 이루어 대체로 변함없는 경향을 나타낼 것이다. 너희들의 순진한 행위는 스스로 해명이 될 것이고 그와 동시에 여타(餘他)의 순진한 행위도 그로 인하여 자연 해명이 될 것이다. 너희들은 영합해서는 아무것도 해명이 안 된다. 단독으로 행동하라. 그러면 지금까지 단독으로 행한 행동은 이제 너를 정당화할 것이다. 위대한 행동은 미래에 대하여 호소한다.

만일 내가 오늘 단호한 태도로 옳은 일을 하고, 감히 사람들의 눈 같은 것은 문제삼지도 않을 수 있다면, 나는 지금 나를 변명할 만한 일을 오늘 이전에 해왔음에 틀림없다. 여하튼 지금 옳은 일을 하라. 언제나 겨죽에 나타나는 것을 돌보지 않는다면 너희들은 언제나 옳은 일을 할 수 있으리라. 성격의 힘은 누진적(累進的)으로 증가한다. 덕을 행한 과거의 날들은 그 힘을 오늘에 미치는 것이다.

그처럼 사람들의 상상을 충족시키는 저 의회나 전쟁터 영웅들의 위엄은 무엇에 기인하는 것일까. 과거에 있었던 위대한 날들과 위대한 승리의 연속에 대한 의의(意義) 그것이다. 그러한 날들은 한데 뭉쳐져서 새로 등장하는 이 배우에게 빛을 퍼붓는다. 그는 말하자면 눈에 보이는 천사들의 일단에 호위되어 있는 것이다. 채담[1)]의 목소리에 뇌성(雷聲)을 부여하고, 워싱턴의 풍채에 위엄을 주고, 애덤즈[2)]의 눈에 미국을 투영시켰던 것은 곧 이것이다.

명예가 우리들에게 귀중한 것은 그것이 조생모사(朝生暮死)의 것이 아니기 때문이다. 그것은 언제나 태고로부터 내려오는 덕이다. 우리들이 오늘날 이것을 숭배하는 것은 그것이 오늘 생겨난 것이 아니기 때문이다. 우리들이 그것을 사랑하고 그것을 존경하는 것은 그것이 우리의 사랑이나 경의를 꾀하는 함정이 아니라 전연 자립적이고 자존적(自存的)인 것이고, 따라서 비록 그것이 젊은이에게 나타났을 경우라도 오래된 청순한 계보를 가지고 있는 것이기 때문이다.

나는 영합(迎合)이라든지 전후일관(前後一貫) 같은 말을 오늘날에 와서는 더이상 듣지 않았으면 싶다. 이러한 말은 앞으로는 관보(官報)에나 내서 웃음거리로 만드는 것이 좋으리라. 식사 신호의 바라 소리 대신에 스파르타풍의 군적(軍笛) 소리가 듣고 싶다[3]. 우리들은 이제 더이상 머리를 숙이거나 변명하지 말자. 지금 한 위대한 사람이 우리 집으로 식사하러 온다고 하자. 나는 그의 기분을 맞추고자 하지는 않는다. 도리어 그가 내 비위를 맞추기에 힘쓰도록 해야 할 것이다. 나는 여기에서 인간의 본능을 표시하고 싶다. 물론 친절하게는 할 생각이지만 무엇보다도 진실되게 할 생각이다.

현대의 원활한 평범과 초라한 만족심에 대해서는 과감히 대항하자. 그리고 인습과 거래와 관청의 면전에 모든 역사의 귀착점인 다음 사실들을 던져주자. 즉 어디든 인간이 움직이는 곳에는 반드시 위대한 책임 있는 사상가이며 행정가가 있다. 즉 참된 인간은 다른 어떤 시대나 장소에도 속하지 않고 완전히 만물의 중심이다. 그가 있는 곳에 자연이 있다. 그는 너희들을 재고 사람들을 재고 모든 사건들을 재는 척도다.

일반적으로 사회의 모든 사람은 우리에게 다른 어떤 것, 또는 다른 어떤 사람을 생각나게 한다. 인격·실재(實在)는 다른 어떤 것도 생각하게 하지 않는다. 그것은 전창조계(全創造界) 위에 선다. 인간은 모든 주위의 사정을 하찮게 만들어 버리는 지경에까지 나아가지 않으면 안 된다. 모든 참된 사람은 하나의 원인이고, 하나의 나라이고, 하나의 시대이며, 자기가 기도하는 바를 성취하기 위해서 여는 무한한 공간과 많은 수효와 시간을 요한다. 그리하여 후세 자손은 일렬로 선 종자(從者)들처럼 그 발자취를 따라 오는 것이라고 생각된다.

케사르라는 한 사람이 생각난다. 그러면 그 후 몇 대에 걸쳐 로마제국이란 것이 존재한다. 그리스도가 탄생한다. 그러면 수백만의 심령이 그에 따라서 자라고, 그의 천재에 집착하여 결국에 가서는 그로 하여금 덕 자체이고, 인간의 최고 존재로서 혼동하게 된다. 한 제도는 한 개인의 그림자의 연장이다. 예를 들면 승단제도(僧團制度=monachism)는 은자(隱者) 안토니[4]의 그것이요, 종교개혁은 루터의 그것이고, 퀘이커교는 폭스[5]의 그것, 노예 폐지는 클락슨[6]의 그것이다. 스키피오[7]를 밀턴은 로마의 절정이라고 불렀다. 그와 마찬가지로 모든 역사는 아주 쉽사리 해체되어 몇 사람의 건강하고 열성 있는 개인의 전기가 되어 버린다.

주

1. 영국의 정치가이고 유명한 웅변가(1708~1778).
2. 미국 독립운동가의 한 사람(1722~1803).
3. 스파르타인은 그 용감성으로 역사상 유명하다. 여기에서 군적 소리라 함은 용기 있는 사상과 행위를 불러일으키는 신호를 말한다.
4. 이집트의 僧院 제도의 창시자(251~356).
5. 영국의 대종교가(1624~1791).
6. 영국의 박애주의자, 열렬한 노예폐지론자(1760~1846).
7. 고대 로마의 장군. 밀턴의 《실락원》 제9권 610행 참조(기원전 23

5~184).

그러므로 사람은 자기의 가치를 인식하고 만물을 발 아래에 눌러둠이 마땅하다. 그는 나를 위하여 존재하는 이 세계에서 몰래 들여다보거나, 발자국을 죽이거나, 또는 고아원 아이처럼 사생아나 밀매상인 같은 꼴을 하고 그늘에 숨어 돌아다녀서는 안 된다. 그런데 거리의 사람들은 탑을 세우고 대리석의 신상(神像)을 조각하는 힘에 상당한 가치를 자신 속에서 찾지 못하기 때문에 이런 것을 볼 때 열등감을 갖는다.

그에게 있어 하나의 왕궁, 하나의 조각 또는 값진 책들은 말하자면 화려한 차마(車馬)의 행렬과 같이, 익숙치 않고 가까이 할 수 없는 상태로 보이며, "대체 선생님은 누구신가"라고나 하는 듯이 보인다. 그렇지만 그런 것들은 모두 그의 것이고, 그의 눈에 띄고자 간원하는 것들이고, 그의 능력에 호소하여 제발 이리로 나와서 그의 소유가 되주십사고 탄원하는 것들이다.

그림은 나의 판단을 기다린다. 그것이 내게 명령하는 것이 아니라, 내가 그 그림이 칭찬해 달라고 주장하는 요구를 가부간 결정할 것이다. 거리에서 죽은 사람처럼 술이 취해 있는 것을 들어서 공작의 집으로 운반하여, 씻겨서 옷을 입혀 공작의 침대에 눕혔다가 깨었을 때에는 공작과 같이 받들고 모시는 의례(儀禮)로써 대접했기 때문에 비로소 그는 그전에는 자기가 정신이 나갔었다고 확신했다는 취한의 얘기가 널리 알려진 이유는,

결국 인간의 상태를 극히 교묘하게 상징하고 있는 사실 때문이라는 것을 알았다. 사람은 이세상에 있어서 말하자면 일종의 취한이다. 그것이 때로 눈을 뜨고 이성을 활동시켜 자기 자신이 진짜 제왕(帝王)이라는 것을 알게 되는 것이다.

우리들의 독서는 구걸 비슷한 것이고 추종적이다. 역사에 있어서 우리들의 상상은 우리를 기만한다. 왕국(王國)·귀족·권세·영토 등의 어휘는 조그만 집에서 일상적인 일에 종사하는 사인(私人), 존이나 에드워드 등보다는 훨씬 호화롭다. 그러나 생활하는 모습은 양자가 동일하고 양자의 총계는 동일하다.

무엇 때문에 알프레드[1)]나 스캔더벡[2)]이나 구스타부스[3)]에 대하여 이처럼 아주 달리 생각하는가. 가령 그들에게 덕이 있었다고 하자. 그들은 과연 덕을 다 발휘하였는가. 그들의 공공적인 뚜렷한 발자취에 수반되던 것과 같은 큰 현상물(懸賞物)이 오늘날 너희들의 행위에도 걸려 있는 것이다. 보통 사람들이 독자적 견지에서 행동할 때에는 영광은 자연 제왕의 행위로부터 이 신사들의 행위로 옮기게 된다.

주

1. 처음으로 데인 사람을 구축하고 잉글랜드를 통일한 서 색슨 왕(849~901).
2. 알바니아의 애국 영웅(1403~1468).
3. 스웨덴의 영웅(1594~1632).

세계는 그 안에 사는 뭇 국민의 눈을 매혹한 왕자로부터 가르침을 받아왔다. 세계는 이 엄청난 상징에 의하여 마땅히 인간에게서부터 인간에게 바쳐야 할 상호의 존경심을 배워왔다. 사람들은 환희에 넘치는 충성심으로써 도처에서 왕과 귀족과 대영주(大領主)로 하여금 이들이 임의로 설정한 법칙에 의하여 자기들 사이를 걷는 것을 허용했고, 사람과 사물에 대하여 이들 임의의 척도를 만들어 자기들의 것을 번복하도록 허용했고, 은혜에 보답하는 데 금전으로써 하지 않고 명예로써 하도록 허용했고, 개인이 곧 법률을 대표하는 것을 허용해 왔는데 이것은 결국 자기들 자신의 권리와 미(美)에 대한 그들의 의식, 즉 각자가 가진 권리를 희미하게 암시하는 상형문자인 것이다.

모든 독자적 행위가 미치는 자기적(磁氣的) 마력은 우리들이 자신(自信)에 대한 이유를 캐고 들 때 설명이 된다. 대체 이 자신을 받는 자는 누구인가. 보편적 신뢰가 놓이는 기초라고 할 수 있는 본래의 자아(自我)란 무엇인가. 과학마저 당황하는 저 별—시차(視差)도 없고 측정할 만한 요소도 없고, 그러면서도 아주 사소한 독립의 징조가 나타나기만 하면 보잘것없는 불순한 행위마저 한 줄기 미의 광채를 투사하는 저 별의 본성과 힘은 무엇인가. 이 탐구는 우리를 이끌어 자발성(自發性) 또는 본능이라고 부를 수 있는 저 근원, 즉 그것은 동시에 천재·덕·생명의 본질인 그곳으로 이르게 한다.

우리들은 이 본원적 지혜를 직감이라고 이름짓는다.

반대로 그 이후 가르침은 모두 타수(他授)이다. 이 심오한 힘, 분석도 그 배후까지는 미칠 수 없는 이 최후의 사실 속에 만유일체(萬有一切)는 그 공통의 근원을 갖는다. 어떻게 일어나는지는 모르지만 평정(平靜)한 시간마다 스스로 영혼 내에 솟아오르는 존재의 의식은 만물로부터, 공간으로부터, 빛으로부터 시간으로부터 구별되는 별개의 것이 아니다. 분명히 이런 것들의 생명과 존재가 나온 같은 근원에서 나온 것이다.

우리들은 처음에는 만물의 근원인 생명을 나누어 갖는다. 그런데 그 후 자연에서의 현상으로서 그것을 보기 때문에 그것들과 그 근원을 같이 했었다는 것을 잊게 된다. 여기에 행위와 사상의 근원이 있다. 여기에 인간에게 지혜를 주는 영감의 근원이 있다. 그것은 불경(不敬)·무신(無神)의 정신이 아니고서는 거부할 수 없는 것이다. 우리들은 무한히 광대한 영지(靈智)의 무릎에 놓여 있다. 이 대령지(大靈智)는 우리로 하여금 그것이 갖는 진리의 용기(容器)가 되게 하고, 그 활동의 기관이 되게 하는 것이다.

우리가 정의를 인식할 때, 진리를 인식할 때, 우리들은 자신이 무엇을 하는 것이 아니고, 다만 이 대지(大智)의 광명을 통과시킬 뿐이다. 어디서 이것이 왔느냐고 묻는다 해도 일체의 철학은 답변할 바를 모른다. 그것은 존재하는가 존재치 않는가, 그것만이 우리가 확언할 수 있는 전부이다. 사람은 누구나 그의 마음의 유의지적(有意志的) 행위와 그의 무의지적 지각 사이의 차이를 분간할 수 있다. 그리고 완전한 신앙은 당연히 그의 무의지적 지각에 있다는 것을 안다. 그는 이것을 표현할 때에 혹 잘못할지도 모른다.

그러나 그는 이러한 지각이 이러하다는 것을, 즉 낮과 밤과 같이 도저히 왈가왈부할 수 없다는 것을 알고 있다. 나의 유의지적 행위나 학식 같은 것은 다만 부유(浮遊)·표랑적(漂浪的)인 것에 불과하다.—전연 근거 없는 공상, 완전히 희박한 본유적(本有的) 감정, 이런 것이 나의 호기심과 존경을 지배한다. 생각 없는 사람들은 지식이 진술하는 바를 마치 의견인 것처럼 쉽게 부인해버린다. 아니 오히려 더욱 용이하게 그렇게 해버린다. 그것은 그들이 지식과 의견의 차이를 모르기 때문이다. 그들은 내가 이것저것을 골라보는 것이라고 망상한다.

그러나 지각은 기분대로의 것이 아니라, 필연적인 것이다. 만일 내가 어떤 특징을 본다면 후에 내 자손들이 그것을 볼 것이고, 시간이 경과함에 따라 모든 사람들이 그것을 볼 것이다.—물론 우연히도 아무도 나보다 전에 그것을 본 일이 없을지도 모르지만, 그것은 그에 대한 나의 지각이 마치 태양과 같이 사실이기 때문이다.

영혼의 신성한 대령(大靈)에 대한 관계는 어디까지나 순수한 것이기 때문에 그 중간에 개재자를 두어 조력케 하려는 것은 신을 모독하는 것이 아닐 수 없다. 신이 말할 때에는 반드시 한 가지 것을 전하는 것이 아니라 모든 것을 전하고, 그 목소리로써 세계를 충만시키고, 현재의 사상의 중심에서부터 빛과 자연과 시간과 심령을 헤쳐 퍼뜨린다. 그리하여 기원(紀元)을 일신하고 만물을 새로이 창조할 것이다.

마음이 소박하고 신성한 지혜를 받아들일 때에는 언제나 일체의 낡은 것들은 가버린다. —방법·교사·경전(經典)·사원, 그 모든 것이 쓰러진다. 그것은 현재에 살고, 과거와 미래를 현재의 시간에 흡수시킨다. 만물은 모두가 그것과의 관계에 의하여 신성해진다. 이것이나 저것이나 마찬가지이다. 만물일체는 그 원인에 의하여 융해되어 그 중심에 이른다. 그리하여 보편적 기적(奇蹟) 내에서 작은 개개의 기적은 소멸해버린다. 그렇기 때문에 만일 어떤 사람이 신을 아노라고, 그리고 말하겠노라고 하면서 너희들을 이끌어 다른 세계의 다른 나라에서의 어떤 퇴폐한 국민의 용어로 돌려보내고자 한다 해도 그를 믿지 마라.

참나무 열매는 그것이 충실하고 완숙하여 생겨난 참나무 그것보다 낫단 말인가. 아버지는 그 성숙한 존재를 부어넣은 아들보다 낫단 말인가. 그렇다면 이런 과거 종배(宗拜)는 어디서 연유한 것인가, 많은 세기의 세월은 영혼의 건전과 권위를 침해하는 음모자이다. 시간과 공간은 육안(肉眼)이 만들어내는 생리적 색채에 불과하다. 심령은 빛이다. 그것이 있는 곳에 낮이 있고, 그것이 있는 곳에 밤이 있다. 그리고 역사가 만일 내 존재와 생성에 대한 유쾌한 교훈담 내지는 우화 이상의 그 무엇이라면, 그것은 건방진 물건이고 해로운 물건이다.

인간은 비겁하고 변명을 즐긴다. 그는 이제 순정(純正)하지 않다. 그는 "나는 이렇게 생각한다", "나는 이러하다"고 감히 말하지 못하고, 어느 성현(聖賢)을 인용한다. 그는 풀잎이나 활짝 핀 장미 앞에 서면 면목이 없다. 내 창 밑의 장미는 자기보다 이전의 장미에 대해서도, 자기보다 나은 장미에 대해서도 전연 언급치 않는다. 그것은 다만 자기 상태 그대로 있다. 그것은 신과 더불어 오늘에 생존하고 있다. 그것에는 시간이란 것이 없다. 거기에는 다만 장미가 있을 뿐이다.

그렇지만 존재하는 어느 순간에도 그것은 완전하다. 잎눈이 트기 전에 그 온 생명이 활동한다. 꽃이 만개할 때에 그 활동이 더해지는 것이 아니고, 잎이 없는 뿌리가 되어서도 그 활동은 줄어들지 않는다. 어느 순간에나 한결같이 그 본성은 만족하고, 그것은 자연을 만족시킨다. 그런데 인간은 미래에 미루어 놓고 추억 속에 산다. 현재에 살지 않는다. 눈을 뒤로 돌리고 과거를 슬퍼하거나, 자기를 에워싼 풍요(豊饒)를 돌보지 않고 발꿈치를 치켜세우고는 미래를 내다본다. 그도 장미처럼 시간을 초월하여 현재의 자연과 더불어 살지 않는 이상 행복하게 굳세게 살 수 없으리라.

이것은 아주 명백한 사실임에 틀림없다. 그러나 보라. 신의 목소리가 다윗이라든지 예레미아라든지, 바울이라든지, 또는 그밖의 다른 인물들의 문구(文句)를 통해서 들려오지 않는 한, 아무리 힘찬 지력(知力)의 소유자라도 신 자신의 말을 듣고자 감히 생각지 않는 것이 아닌가. 우리는 몇 가지의 경전(經典), 몇 사람의 인물에 대해서 언제나 그처럼 큰 가치를 부여할 것은 아니다.

우리들은 마치 기계적으로 할머니나 가정교사의 문구를 외서 되풀이하는 어린아이, 다시 그것이 나이를 먹어감에 따라 우연히 만나는 재능 있는 사람, 인격 있는 사람들의 문구를 되풀이하는—그들이 말한 것을 정확히 생각해 내려고 애쓰는 아이들과 같은 것이다. 훗날에 이런 말을 토로한 사람들의 견지에 도달하면 비로소 그들의 말을 이해하고는 즐거이 그 말들을 버린다. 그것은 이제는 언제든지 기회가 오면 자기들도 그런 말을 훌륭히 사용할 수 있기 때문이다.

만일 우리가 참되게 살기만 한다면 우리들은 참되게 볼 수가 있다. 강자가 강해지는 것은 약자가 약해지는 것과 같이 용이하다. 우리들이 새로운 지각을 가질 때에는 달갑게 우리의 기억에서부터 그 축적된 보화를 낡은 폐물처럼 쓸어내버릴 것이다. 사람이 신과 더불어 살 때에는, 그의 목소리는 졸졸 흐르는 시냇물 소리처럼, 보리이삭 스치는 소리처럼 아름다울 것이다.

그런데 결국 아직까지도 이 제목에 대한 최고의 진리를 설파하지 않았다. 어쩌면 설파할 수 없는 것일지도 모른다. 왜냐하면 우리가 말하는 일체의 것은 직각(直覺)으로부터 멀리 떨어진 기억에 지나지 않기 때문이다. 내가 지금 가장 가까이 그것을 말할 수 있는 사상은 이러하다. 선(善)이 너희들 가까이에 있을 때, 너희들의 자신 속에 생명을 지니고 있을 때 그것은 결코 어떤 이미 알려진, 또는 관습화된 길에 의해서가 아니다. 너희들은 어떤 다른 사람의 발자취를 찾아볼 수도 없을 것이고, 사람의 얼굴이 보이는 것도 아닐 것이고, 어떤 이름이 들리는 것도 아닐 것이다.—그 길, 그 사상, 그 선은 전연 미지의 새로운 것일 것이다. 그것은 선례(先例)나 경험을 용납치 않을 것이다.

너희들은 사람으로부터 길을 얻는 것이지 사람에게 주는 것은 아니다. 일찍이 존재한 모든 사람들은 이 길의 망각된 스승들이다. 공포나 희망 모두가 이 길 밑에 있다. 희망에도 다소 저하된 곳이 있다. 대오(大悟)의 순간에는 감사라든지 또는 정확히 기쁨이라고 부를 수 있는 것 같은 것은 아무것도 없다. 욕정을 초월한 영(靈)은 만상의 변함없음과 영원한 인과법(因果法)을 보고, 진리와 공도(公道)의 자존(自存)을 지각하고, 만물의 질서정연함을 알고는 스스로 안심한다. 광대한 자연의 공간, 즉 대서양이라든지 남해 같은 것, 또는 시간의 긴 간극, 즉 연월(年月)이라든지 세기 같은 것은 아무 의미도 없는 것이다. 내가 지금 생각하고 느끼는 이것이야말로 그것이 나의 현재, 그리고 생(生)이니 사(死)라고 할 수 있는 것의 밑바닥에 놓여져 있었던 것과 마찬가지로, 생활과 환경의 과거의 모든 상태 밑에 가로 놓여 있었던 것이다.

생 그것만이 유용한 것이지, 지금까지 살아왔다는 것

은 아무것도 아니다. 힘은 휴식의 순간에 멎고 만다. 힘은 하나의 과거로부터 새로운 상태로 옮기는 순간에 담겨져 있고, 만류(灣流)가 쏠리는 데에, 목적으로 돌진하는 데에 들어 있다. 이 한 가지 사실을 세상은 싫어한다. 즉 영은 전화(轉化)한다고 했다. 왜냐하면 그것이 영구히 과거의 가치를 손상시키고, 모든 부를 빈궁으로 만들고, 온갖 명성을 치욕으로 변케 하고 성도(聖徒)와 악한을 혼동하고, 예수와 유다를 똑같이 물리치기 때문이다.

그렇다면 왜 우리들은 자시론(自恃論)을 거론하는 것인가. 영(靈)이 현존하는 이상, 거기엔 다른 것을 믿는 힘이 아니라 스스로 활동하는 힘이 있을 것이다. 신뢰에 대하여 운운함은 오죽잖은 피상적인 이야기이다. 차라리 신뢰하는 것을 이야기하라. 왜냐하면 그것은 작용하고 또한 존재하기 때문이다. 나보다도 많은 복종심을 가진 자가 나를 지배한다. 나는 그 사람의 주위를, 말하자면 정신의 인력(引力)에 의하여 회전하지 않으면 안 된다. 우리는 고매한 덕(德)에 대하여 말할 때, 위의 이야기를 과장된 미사(美辭)라고 생각한다.

우리들은 여태껏 덕이 지고하다는 것, 또한 원리에 쉽게 호응하고 침투하기 쉬운 사람, 또는 일단의 사람들이 자연의 법칙에 의하여 이와 반대의 모든 도시·국민·제왕·부호·시인들을 제압하고 제어해야 한다는 것을 깨닫지 못하는 것이다. 만물이 모두 영원히 축복받는 일에 융합한다는 것, 이것이 어떤 제목에서와 마찬가지로, 이 제목에서도 우리가 쉽사리 도달하는 궁극의 사실이다.

자재(自在)는 지고(至高)한 원인의 속성이고, 그것이 모든 하위의 형체 속으로 들어가는 정도에 따라서 선의 측도(測度)가 마련된다. 일체의 실재하는 사물들은 그것이 내포하는 만큼의 덕에 의하여 그와 같이 된다. 상업·농경·수렵·포경(捕鯨)·전쟁·웅변·개인적 세력 등은 어느 정도 그러하고, 이상의 속성의 존재와 그 불순한 활동을 표시하는 표본으로서 나의 일고(一顧)를 촉구하는 것이다.

나는 자연에서도 같은 법칙이 보수(保守)와 성장에 대해서 작용하는 것을 본다. 힘은 자연에 있어서 정당을 측정하는 근본적 척도이다. 자연은 스스로 돕지 못하는 자를 그 왕국에 머물러 있도록 허용치 않는다. 한 유성(遊星)의 발생과 성장, 그 평형과 궤도, 강풍에 굴절한 나무의 자연적인 회복, 모든 동식물의 생활 기능, 이런 것은 자족적이고 따라서 자시적(自恃的)인 영을 실증하는 것들이다.

이같이 만물은 집중한다. 우리는 쓸데없이 찾아 헤맬 것이 아니라 원인과 더불어 집에 앉아 있으면 된다. 다만 이 신성한 사실을 선언함으로써 인간과 서책(書冊)과 제도의 폭군적 침입을 아연실색케 하자. 이 침입자에게 신을 벗으라고 말해주자.[1] 왜냐하면 신이 이 안에 있으니 말이다. 우리의 천진한 마음으로 하여금 그들을 판단케 하고 우리 자신의 법칙에 순종하는 마음으로 하여금 우리들 본유(本有)의 풍요함에 비하면 자연과 운명이란 것이 얼마나 빈약한가를 실증케 한다.

주

1. 〈출애급기〉 제3장 제5절 참조.

그러나 우리는 오합지중(烏合之衆)이다. 인간은 인간을 두려워하지 않는다. 그리고 그 천재는 안에 머물면서 그 자신이 내부의 대해(大海)와 서로 통하도록 충고받아야 할 것인데, 그러지 않고 외부에 나가 남의 물동이에서 한 잔의 물을 구걸하는 것을 일삼는다. 우리는 혼자 가야만 한다.

나는 어떤 설교보다도 예배 전의 조용한 교회가 좋다. 사람들은 각각 하나의 성역(聖域)이나 성경(聖境)으로 에워싸여 있으니, 얼마나 청량하고 순결하게 보이는가. 그러니 우리는 항상 앉아 있자. 우리의 친구나 아내나 아버지나 아들이 우리의 노변에 앉아 있다 해서, 또는 우리와 혈연을 같이 했다 해서 우리가 그들의 과실(過失)을 맡아야 할 이유는 어디 있는가. 모든 사람에게 내 피가 들어 있고 나에게 모든 사람의 피가 들어 있다. 그렇다 해서 나는 그들의 신경질이나 우행(愚行)을 본뜨려고 하지는 않는다. 오히려 그것을 수치로 생각하는 지경에까지 이르렀다.

그러나 너희들의 고립은 무의식적이어서는 안 되고 정신적이어야 한다. 즉 심지(心志)를 높이는 것이어야 한다. 때로는 온 세상이 공모하여 뚜렷이 드러나는 사소한 일로써 너희들을 귀찮게 구는 것처럼 보일 것이다. 친구·고객·아이들·질병·공포·결핍·자선 등 모든 것이 일시에 너희들의 밀실(密室)의 문을 두드리면서 "나와서 우리측에 들라"고 말한다. 그러나 너희들의 상태를 그대로 지키도록 하라. 나가서 그들의 혼란에 끼어서는 안 된다. 사람들이 소유한 나를 괴롭히는 힘은 사실상 내가 박약한 호기심에서 그들에게 준 것이다. 아무도 내 행위를 통하지 않고는 내게 접근할 수가 없다. "우리가 사랑하는 것, 그것을 얻는 데 우리는 욕정으로 말미암아 그 사랑을 상실한다."

만일 우리가 즉시 순종과 신앙의 성소(聖所)에 오를 수가 없거든, 적어도 우리의 유혹에 저항하기라도 하자. 우리들은 마땅히 전투태세를 취하고서 우리 색슨족의 가슴에 도르[1]와 워덴[2]을, 용기와 부동심(不動心)을 일깨워 주자. 이것은 이러한 평안 무사의 시대에는 다만 진리를 운위함으로써 이루어질 것이다. 이 허위의 친절과 허위의 애정을 저지하라. 더이상 우리가 말을 주고받는 이 기만하는 사람들, 그리고 기만당하는 사람들의 생각을 좇아서 살지 마라. 그들에게 이렇게 말해주는 것이 좋으리라.

"아 아버지여, 아 어머니여, 아 아내여, 아 형제여, 아 친구여, 나는 지금까지 외관(外觀)을 좇아서 당신들과 살아왔다. 그러나 이제부터는 나는 진리의 소유물이다. 제발 앞으로 나는 저 영원의 법이 아닌 다른 율법에는 복종하지 않는다는 것을 알아 주시라. 나는 대체적인 것 이외는 아무런 맹세도 하지 않을 작정이다. 나는 양친을 봉양하고 가족의 생계를 유지하고 한 사람의 아내의 정결한 남편이 되고자 노력할 것이다. 그러나 나는 이런 관계를 새로운 전례 없는 방도에 따라서 이행해야 할 것이다. 나는 당신들의 관습에서 이탈해야 한다. 나는 내 자신이 되어야겠다. 나는 더이상 당신들을 위해서 나 자신을 길들이는 일을 할 수 없고 당신들을 그렇게 할 수도 없다. 만일 당신들이 본연의 나를 사랑할 수 있다면, 우리는 그만큼 더 행복해질 것이다. 만일 당신들이 그럴 수 없다 하더라도, 나는 여전히 당신들이 마땅히 그렇게 되도록 애쓸 것이다. 나는 내가 좋아하는 것이나 싫어하는 것을 결코 감추지 않을 것이다. 나는 내부의 깊은 것은 성스러운 것이라고 확신하리라. 만일 당신들이 고상하다면 나는 당신들을 사랑하리라. 그렇지 않다면 나는 위선적 심려를 베풀어 당신들과 나 자신을 해치는 일은 하지 않으리라. 만일 당신들이 진실하다면, 그리고 그것이 나와 동일한 진리에서 그렇지 않다면 나는 당신들의 동료가 되리라. 나는 나 자신의 동료를 구하겠다. 나는 이기적으로 이것을 하는 것이 아니라 겸손하고 진실하게 하는 것이다. 우리들이 아무리 오랫동안 허위 속에 살아왔다 하더라도 진리에 사는 것이 당신들의 이로움이요, 만인의 이로움인 것이다. 이것이 오늘날 가혹하게 들린단 말인가. 당신들은 머지않아 내가 나의 본성에 의한 것과 마찬가지로, 당신들의 본성에 의하여 지시받는 그것을 사랑하게 되리라. 만일 우리가 이 진리를 따라간다면 그것은 결국 우리를 안전하게 이끌어낼 것이다."

그러나 그렇다면 너는 친구들에게 고통을 주게 될지도 모른다. 그럴 듯도 하다. 그러나 나는 그들의 감정을 건드리지 않기 위해서 내 자유와 힘을 팔 수는 없다. 그뿐 아니라, 누구에게나 사람에겐 그들의 이성의 순간이란 게 있다. 그때 사람들은 절대 진리의 경지를 들여다보고, 그때 비로소 그들은 나를 시인하고, 자기들도 같은 일을 하게 될 것이다.

주

1. 스칸디나비아 신화 중의 雷神 워덴의 아들. 混沌國 정벌로써 유명.
2. 스칸디나비아 신화의 주신이며 雷電·전쟁·농업의 신. 모든 지혜와 힘의 원천이었던 신.

세상 사람들은 너희들이 세속적 표준을 버리면 그것이 곧 일체의 표준을 버리는 것으로 생각하고, 단순히 도덕 무용론(無用論)에 지나지 않는다고 생각한다. 사실 대담한 쾌락주의자들은 철학의 이름을 빌려 그들의 죄악을 도장(塗裝)하려고 할 것이다. 그러나 의식(意識)의 법칙은 지속한다. 세상에는 두 가지 방식의 참회제도(懺悔制度)가 있는데, 우리들은 그 중 어떤 것에 의하여 속죄되어야만 하겠다. 너희들은 직접적 방법으로 죄를 씻음으로써 일련의 의무를 다하거나 그렇지 않으면 '반영적(反映的)' 방법으로 그렇게 하거나 할 수 있을 것이다. 너희들은 아버지·어머니·사촌·이웃·고장·고양이·개 등에 대한 너희들의 관계를 만족시켰는가. 이런 것 중 어떤 것으로부터 너희들의 죄를 책망받게 되었던가 생각하라. 그러나 나는 또한 이런 반영적 표준을 무시하고 나 자신에 대하여 나의 해죄(解罪)를 선언할 수도 있다.

나에게는 자신의 엄연한 주장과 완전한 궤도가 있다. 이것이 소위 의무라고 불리는 허다한 임무에 대한 의무의 이름을 거절한다. 그러나 만일 내가 그에 대한 부채를 갚을 수만 있다면 나는 세속적인 규범을 면제받을 수 있을 것이다. 만일 누군가 이 법칙이 완만하다고 생각한다면, 그 사람은 그것이 주는 계율(戒律)을 하룻동안 지켜봄이 좋으리라.

누구나 갖는 인간성의 동기를 버리고 스스로 주인이 되고자 시도하는 자는 실로 자기 내부에 신과 같은 어떤 것이 있어야 한다. 그로 하여금 고매한 마음, 충실한 의지, 투철한 통찰력을 갖게 하라. 그럼으로써 그는 성실하게 자신에 대하여 교의(教義)가 되고, 사회도 되고, 법률이 될 것이다. 또한 하나의 단순한 목적이 그에게는 타인에 대한 필연의 철칙(鐵則)처럼 강력한 것이 될 것이다.

만일 누구든 소위 특별히 '사회'라고 하는 것의 현황을 생각해 본다면, 그는 이 윤리의 필요를 인정하리라. 마치 인간의 근골(筋骨)과 심장이 없는 것 같고 우리는 겁 많고 빈충이 울음보가 되어 있다. 우리들은 진리를 두려워하고 서로를 두려워한다. 우리들의 시대는 위대하고 완전한 사람이 나오지 않는다. 우리들은 인생과 이 사회 상태를 혁신할 남성과 여성을 원한다. 그러나 우리들의 눈에는 대다수의 사람들이 지불 불능자(支拂不能者)이고, 자신들의 욕구도 충족시키지 못하고, 그 실제적 능력에 어울리지 않는 야심을 가지고 밤낮으로 남에게 의지하여 구걸하는 듯이 보인다. 우리의 가정은 걸식하는 상태이고 우리의 예술, 우리의 직업, 우리의 결혼, 우리의 종교 등은 모두가 우리가 선택한 것이 아니라 사회가 우리 대신으로 선택한 것들이다. 우리는 사랑방의 병정이다. 우리는 참된 힘이 생기는 거친 운명의 전쟁을 기피한다.

우리의 젊은이들은 혹시 최초의 사업에 실패하면 아주 용기를 잃고 만다. 상인이 혹시 실패하면 사람들은 그를 파멸했다고 한다. 만일 최고의 천재가 우리들과 한 대학에서 공부를 하고, 졸업 후 1년 이내에 보스턴이나 뉴욕의 시내나 교외에 취직되어 있지 않으면, 그의 친구들에게나 그 자신에게나 그는 낙담하여 그 후의 생애를 불평 속에 보내는 것이 당연하다고 생각될 것이다.

뉴햄프셔나 버몬트에서 나와서 계속 수년간을 이 직업 저 직업을 전전하는 동안에, 혹은 짐을 끌고 밭을 갈고 행상도 하고 학교를 경영하고 설교도 하고, 신문을 편집하고 국회에 들어가고, 대지주가 되기도 하고 기타 이것저것 했지만, 언제나 고양이처럼 넘어졌다가도 반드시 일어나곤 하는 굳건한 한 젊은이는 앞서 말한 도회의 허수아비 같은 인간들 백 사람의 가치가 있다. 그는 자기 시대와 더불어 어깨를 나란히 하고 걷는다. 그리고 "직업을 배우지 않는다"는 것을 조금도 부끄러워하지 않는다. 왜냐하면 그는 자기 생활을 내일로 미루지 않고 이미 지금 생활하고 있기 때문이다. 그에게는 한 번의 기회는 없지만 백 번의 기회가 있다.

스토아 철학자를 오게 하여 인간의 지원(智源)을 열게 하고, 사람들에게 이렇게 일러 주도록 하자. 즉 인간은 의지하는 버드나무가 아니고 자신을 독립시킬 수 있고 독립시켜야 한다. 그리고 자기 신뢰를 실천함으로써 새로운 힘이 생겨날 것이다. 그리고 사람은 신의 말씀을 체현화(體現化)한 것이며[1], 제(諸) 국민을 치료하기 위하여 태어난 것이다[2]. 그리고 사람은 마땅히 우리의 연민(憐憫)을 부끄러워해야 한다. 그리고 사람이 스스로 활동하여 법률이나 서책이나 우상숭배나 관습 따위를 창 밖으로 내던지게 되면 우리는 그를 가엾게 여기지 않고 감사와 존경을 드리게 된다고—이렇게 가르쳐 주는 사람이야말로 인간의 생명을 영광으로 이끌고 인간의 이름을 모든 역사에서 귀중한 것으로 만들 것이다.

주

1. 〈요한복음〉 제1장 14절.
2. 〈묵시록〉 제23장 2절 참조.

보다 큰 자기 신뢰가 작용할 때 모든 직무에서, 모든 인간 관계에서, 종교·교육·사업·생활양식·교제·재산·사색적 견해에서 반드시 혁명을 일으키리라는 것은 납득하기 쉽다.

첫째, 사람들은 어떠한 기도에 몰두하는가. 그들이 신성한 직무라고 부르는 것은 실은 그다지 용감하고 남자다운 것이 아니다. 기도는 밖으로 눈을 돌리고 어떤 외래의 덕을 통하여 외래의 가호(加護)가 내릴 것을 갈구하는 것이고, 자연과 초자연, 중재(仲裁)와 기적의 무한한 미궁 안에서 스스로 소실되어 버리는 것이다. 특별한 편의를, 즉 어떤 것이든지 전체 선이라고 할 수 없는 것을 간원(懇願)하는 기도는 사악(邪惡)하다. 기도란 최고의 견지에서 인생의 사실을 관조하는 것을 말한다. 그것은 눈을 뜨고 환희하는 심령(心靈)의 독백이다. 그것은 자신의 과업을 선이라고 선언하는 신의 영(靈)이다. 그러나 사사로운 목적을 성취하는 수단으로서의 기도는 비루하고 도취적(盜取的) 행위이다. 이런 기도는 이원론(二元論)을 가정하는 것이지 자연과 의식의 일치는 아니다.

인간이 신과 일치되는 순간 즉시 그는 구걸하지 않게 된다. 그때에 그는 일체 행위에서 기도를 찾을 것이다. 들에서 무릎을 꿇고 풀을 뽑는 농부의 기도, 노를 저으며 무릎을 꿇는 사공의 기도, 이런 것은 비록 하찮은 목적을 위한 것이지만 전자연을 통하여 들리는 참된 기도다. 플리체[1]의 ≪본듀카(Bonduca)≫ 속에서 카라타크는, 신 아우다테의 마음을 심문토록 권고받았을 때 이렇게 대답한다.

신의 숨은 뜻은 우리들의 노력 속에 있다.
우리들의 용기야말로 우리의 최고의 신이다.

주

1. 셰익스피어와 동시대의 극작가. 앞에서의 인용은 그의 비극 ≪본듀카(Bonduca)≫의 제3막 제1장의 끝부분.

또 하나의 일종의 허위의 기도는 우리의 회한(悔恨)이다. 불평 불만은 자기 신뢰심의 결핍이고 그것은 의지의 병약함이다. 회한함으로써 수난자(受難者)를 도울 수만 있다면 마음껏 재난을 회한하라. 그럴 수 없거든 차라리 너희들의 과업에 열중하라. 그렇게 하면 이미 그 죄악은 보상되기 시작한다. 우리들의 동정도 또한 마찬가지로 비루하다. 우리들은 어리석게 눈물 흘리는 그자들을 찾아가 앉아서 따라 운다. 우리는 그들에게 자연 그대로의 전광적(電光的) 충격으로써 진리와 힘을 주고, 다시 한 번 그들로 하여금 자신의 이성에 귀를 기울이도록 해야 할 것인데 그렇지 않다.

행운의 비결은 우리의 손안에 있다. 신들에게나 인간들에게 영원히 환영받는 것은 스스로 돕는 사람이다. 그를 위하여 사대문(四大門)은 활짝 열려 있다. 모든 구설(口說)이 그에게 인사를 던지고, 모든 명예의 영관(榮冠)이 씌워지고, 모든 눈이 탐나는 듯이 그를 따른다. 그는 우리의 사랑을 원치 않았기 때문에, 우리의 사랑이 그를 찾아가 그를 포옹해도 그는 제 자신의 길을 고수하고, 우리들의 불찬성 같은 것은 문제시하지도 않았기 때문에 우리가 애써 변명하면서 그를 애무하고 그를 축복한다. 인간이 그를 미워했기 때문에 신이 그를 사랑한다. 조로아스터[1]는 "견인불굴(堅忍不屈)의 인간에게 축복의 신은 재빨리 온다"고 말하였다.

인간의 기도가 의지의 질병인 것과 마찬가지로, 그들의 신조(信條)는 또한 지성의 질병이다. 그들은 저 이스라엘인들과 더불어 이렇게 말한다. "하나님이 우리에게 말씀하시지 말게 하소서. 어쩌면 우리는 죽을지도 모르오니 당신이 우리에게 말씀하소서. 그 누구든지 우리와 더불어 말씀하시라. 그러면 우리는 들으리이다."[2] 도처에서 나는 나의 형제 속의 신을 보지 못하도록 방해를 당하고 있다. 그것은 그가 자신의 전각(殿閣)의 문을 닫고, 그 형제의 신 내지 그 형제의 형제의 신의 이야기만을 입에 올리고 있기 때문이다.

모든 새로운 마음은 새로운 분류(分類)를 차지한다. 만일 그것이 비상한 활동과 힘을 가진 마음으로 판명된다면 즉 로크[3], 라브와지에[4], 허튼[5], 벤담[6], 푸리에[7]와 같은 마음이라면, 그것이 다른 사람들에게 그 자신의 분류를 뒤집어씌운다. 그리하여 보라! 하나의 새로운 체계가 나타난다. 그 사상의 깊이 여하에 의하여, 따라서 그 사상이 영향을 주는 사물, 즉 그 사상의 추종의 손이 닿는 범위 내에 끌어들일 수 있는 사물의 수에 의하여, 그런 사람의 자기 만족이 형성된다. 그런데 이것은 주로 신조나 교회에 나타나 있다. 그것도 또한 인간의 지고의 존재에 대하여 갖는 의무와 관계라는 근본적 사상에 작용하는 어떤 강대한 마음이 만들어내는 분류에 지나지 않는다. 칼빈파·퀘이커교·스웨덴보리교(Swedenborgism) 등이 그러한 것이다. 그 종파(宗派)의 입문자들이 모든 사물을 새로운 명사 밑에 종속시킴으로써 얻은 기쁨은 마치 식물학을 갓 배운 소녀가 그 지식에 의하여 대지와 계절을 새로이 보는 기쁨과 같다. 얼마 동안 그 입문자들은 자기들의 종주(宗主)의 마음을 연구함으로써 자기들의 지력이 중대한 것으로 생각할지도 모른다. 그러나 모든 불균형적인 마음의 소유자에게 있어선 이러한 분류는 우상화되고, 사용해서 신속히 없애버릴 수 있는 수단으로가 아니라 목적으로 간주된다.

이리하여 이 새로운 체계의 성벽은 그들의 눈에서 먼 지평선 저쪽에서 우주의 성벽과 혼합되고 천공(天空)의 발광체(發光體)는 그들에게 그들의 스승이 세운 궁륭(穹窿)에 걸려 있는 것으로 보인다. 너희들 문외한이 어떻게 그것을 볼 권리가 있으며, 너희가 그것을 어떻게 볼 수 있느냐는 것은 그들에겐 상상조차 불가능하다. "너희들은 무슨 방법으론가 우리로부터 빛을 훔쳤음에 틀림없다." 그들은 체계화되지 않은 제어(制御)할 수 없는 그 빛이 어떤 소옥(小屋)에라도, 심지어는 그들이 사는 그곳에라도 들어가리라는 것을 아직 인식하지 못한다.

잠시 그들로 하여금 지껄이게 하고, 그것을 저희들의 것이라고 부르게 내버려두자. 만일 그들이 정직하고 바르게 행동한다면, 즉시 그들의 그 아담한 새로운 울타리는 너무 옹색하고 너무 낮아서 터지고 기울고 썩고 소멸할 것이다. 그리하여 저 불멸의 빛, 한없이 젊고 기쁘고 천만 가지 광륜(光輪)과 천만 가지 빛의 광채를 갖는 불멸의 빛이 창세(創世) 첫날 아침처럼 우주에 비칠 것이다.

둘째, 이탈리아·영국·이집트를 우상으로 하여 떠돌아 헤매는 미신이, 아직도 모든 유식층인 미국에게 매력이 있는 것은 자기 수양이 부족한 소치이다. 영국이나 이탈리아나 그리스를 상상 속에서 존귀한 것으로 만든 사람들은, 마치 지구의 지축과 같이 그들이 있는 곳에 고착함으로써 그렇게 했던 것이다. 마음이 웅대(雄大)할 때에는 우리들은 의무가 곧 우리의 거처인 듯한 감을 갖는다.

심령은 결코 만유가(漫遊家)가 아니다. 현자는 집에 머무르고 나가지 않는다. 그리고 그가 필요해서, 또는 의무에 의해서, 또는 어떤 경우에 집을 나가 외국 땅에 발을 들여놓을 때에도 그는 여전히 집에 있는 모습 그대로이고, 그의 얼굴 표정으로써 그는 지(智)와 덕(德)의 전도자로서 여행하고 있으며, 결코 밀매자나 종복(從僕)이 아니라, 제왕처럼 도시와 사람들을 방문한다는 것을 세인(世人)에게 감지시킬 것이다.

주

1. 배화교의 시조, 기원전 800년경에 생존했던 사실만 고증될 뿐 기타 일체는 不明.

2. 이스라엘인이 모세에게 한 말. 〈출애급기〉 제20장 19절 참조.
3. 경험 철학을 주창한 영국의 철학자(1632~1704).
4. 프랑스의 대화학자(1743~1794).
5. 스코틀랜드의 철학자 · 지질학자(1726~1797).
6. 영국의 유명한 법학자 · 예술가(1748~1832).
7. 프랑스의 유명한 사회주의적 철학자(1772~1837).

예술이나 연구나 박애(博愛)를 목적으로 하여 세계를 여행하는 것은 그 사람이 무엇보다도 가정적 훈육이 되어 있다는 것이다. 그가 자신이 아는 이상의 어떤 굉장한 것을 찾을까 하고 외국에 나가는 것이 아니라면 나는 그것을 그렇게 외고집으로 반대하지는 않는다. 다만 오락을 목적으로, 또는 자기에게 없는 어떤 것을 얻고자 여행하는 사람은 자기를 이탈하여 나가는 사람이고, 비록 젊더라도 옛것 속에서 늙어버린다. 테베[1]나 팔미라[2]에서 그의 의지와 정신은 이런 고도(古都)와 마찬가지로 고풍(古風)의 황폐한 것이 되어버린다. 그는 폐허를 폐허에 가지고 가는 것이다.

주

1. 기원전 1600년경으로부터 1100년경까지 전성한 이집트의 古都. 카이로 동남방 300마일 나일강 안에 있으며 지금 그 자리엔 신전 · 왕궁 · 분묘 등이 많이 있다.
2. 기원 3세기경 전성한 소아시아의 고도. 나마스카 북방 150마일 지점에 있다.

여행은 우인(愚人)의 낙원이다. 우리는 첫 여행을 통

해 그곳이 그곳이고, 별로 신기한 것이 없다는 것을 알게 된다. 집에서 생각하면 나폴리나 로마에서, 그 아름다움에 도취하여 자신의 슬픔을 잊을 수 있을 것으로 몽상한다. 그래서 트렁크를 싸들고 친구들과 작별의 포옹을 하고 항로에 나서는 것인데, 결국은 나폴리에서 꿈이 깨지고 내 곁에는 내가 도피해온 엄연한 사실, 용서 없고 변함 없는 슬픈 자아가 따른다. 바티칸[1]이나 기타의 궁전을 찾고 풍경이나 암시에 도취한 척한다. 그러나 도취되지 않는다. 나의 거인은 내가 어디로 가거나 나와 동반한다.

셋째, 그런데 여행을 열망하는 것은 지적(知的)활동 전체에 영향을 미치는 한층 깊은 불건전한 징조이다. 지성이란 원래 표랑적(漂浪的)인 것이고, 우리의 교육 체계는 그것을 더욱 불안하게 만든다. 우리의 몸이 부득이 집에 머무르고 있을 때에도 우리의 마음은 떠돈다. 우리는 모방한다. 모방이란 다만 마음의 여행이 아니고 무엇이겠는가. 우리집은 외국 취미로 세워지고, 우리의 선반은 외국 장식품으로 장식되고, 우리의 의견, 우리의 취미, 우리의 능력은 과거의 것과 먼 나라의 것에 의존하고 그것에 맹종한다.

예술이 번창한 데는 어디서나 영혼이 그것을 창조했던 것이다. 예술가가 그의 모델을 찾은 것은 그 자신의 마음속에서였다. 그것은 대상되는 사물과 준수할 조건에 자신의 사상을 적용한 것이었다. 그런데 어째서 우리는 도리아식(doric)이나 고딕의 모델을 모사할 필요가 있겠는가.

아름다움이나 편리함, 사상의 웅장함이나 기묘한 표현 등은 누구에 못지않게 우리 주변에도 있는 것이다. 그러므로 만일 미국의 예술가가 자기가 할 바로 그것을 희망과 사랑으로써 연구하고, 기후·토지 일조시간(日照時間)의 장단, 사람들의 요구, 정부(政府)의 관습과 형식 등을 고려하기만 한다면 그는 이런 모든 것이 적응되고 취미와 감정에도 흡족할 만한 집을 지을 것이다.

주

1. 로마 법왕의 궁전.

자기 자신을 고집하라. 결코 모방치 말라. 제군은 제군의 천분(天分)을 전생애의 교양이 쌓인 힘으로써 순간에 발휘할 수 있다. 그러나 남에게서 차용(借用)한 재능은 제군은 다만 일시적으로 그 절반을 소유할 따름이다. 각자가 가장 잘할 수 있는 것은 다만 그의 조물주만이 그에게 가르칠 수 있다. 그것이 무엇인가는 그 본인이 그것을 발휘할 때까지는 아는 이도 없고 알 길도 없는 것이다.

셰익스피어를 가르칠 수 있었다는 교사(敎師)가 어디 있는가. 프랭클린, 워싱턴, 베이컨, 뉴턴 등을 지도할 수 있었다는 그런 교사가 어디 있는가. 모든 위인은 독특한 것이다. 스키피오[1]의 스키피오주의(主義)는 바로 그가 다른 데에서 차용할 수 없었던 그 부분에 있다.

셰익스피어는 셰익스피어의 연구로써 이루어지진 않을 것이다. 우선 제군에게 맡겨진 것을 하라. 그런 연후에는 제군은 아무리 큰일이라도 희망할 수 있고 아무리 큰일이라도 감행할 수 있다.

이 순간에 제군에게는 피디아스[2]의 거대한 끌이나, 이집트인의 고데나, 모세나 단테의 펜의 표현에 상당하는 그러면서도 그런 것들과 전연 다른 건장하고 웅대한 표현이 생겨난다. 아마 아무리 풍부하고 아무리 웅변적인 천 갈래의 혀를 가진 인간이라 해도, 제가 한 소리를 다시 되풀이해서 들려 주진 않을 것이다. 그러나 만일 제군이 이런 옛 대가(大家)들이 말하는 것을 들을 수 있다면, 확실히 제군은 같은 어조로 그들에게 대답할 수 있으리라. 왜냐하면 귀와 혀는 동일한 자연물의 두 기관이기 때문이다. 너의 생명의 천진 고귀한 경지에서 살아라. 너의 마음에 복종하라. 그러면 너는 태고의 전세계(全世界)를 다시 재현할 수 있으리라.

넷째, 우리 종교, 우리의 교육, 우리의 예술이 찾는 눈을 외부로 돌리듯이 우리의 사회 정신(社會精神)도 그러하다. 모든 사람이 사회의 개선을 자랑하지만, 아무도 개선하지는 않는다.

주

1. 로마의 장군(기원전 237~185).
2. 그리스 조각가(기원전 500~432).

사회는 결코 진보하지 않는다. 한편에서 전진하면 즉

시 다른 편에서 후퇴한다. 사회는 부단히 변화를 겪는다. 혹은 야만적이고, 혹은 개화(開化)하고, 혹은 기독교화(基督敎化)하고, 혹은 융성하고, 혹은 과학이 발달한다. 그러나 이런 변화는 개선이 아니다. 주어지는 것이 하나 있을 때마다 무엇인가 빼앗기는 것이 있다. 사회는 새로운 기술을 얻고 옛 본성(本性)을 잃는다. 좋은 옷을 입고, 책을 읽고, 글을 쓰고, 사색하고, 시계·연필·어음장을 주머니에 넣고 다니는 미국인과, 곤봉이나 창·거적, 그리고 잠자리라야 칸막이도 없는 겨우 30분의 1정도의 곳간 비슷한 것이 그 전재산인 뉴질랜드인과는 얼마나 대조적인가.

그러나 이 두 인간의 건강을 비교해 보아라. 백인이 본래의 힘을 잃은 것이 눈에 띌 것이다. 만일 여행자들이 하는 말이 진실이라면, 널찍한 도끼로 토인을 친다 해도 하루 이틀만 있으면 마치 연한 역청(瀝靑)을 친 것같이 새살이 나서 이룰 것이다. 그런데 똑같이 백인을 친다면 그를 무덤으로 보내는 결과가 될 것이다.

문명인은 마차를 만들었지만 발을 무용지물로 만들어 버렸다. 그는 단장(短杖)으로 몸을 떠받치고 있지만 그 근육의 지장력(支撑力)은 결핍되어 있는 것이다. 그는 훌륭한 제네바제(製) 시계를 갖고 있지만 태양으로 시간을 알아보는 재간은 없는 것이다. 그는 그리니치 항해력(航海曆)을 가지고 필요할 때에는 거기에서 틀림없는 지식을 얻기 때문에, 거리에 나선 사람들은 하늘의 별에 대해선 백지이다. 하지·동지에 대하여 그는 주의

하지 않고, 춘분·추분에 대해서 아는 것이 거의 없다. 전(全) 1년의 빛나는 달력은 지침반 없이 그의 마음속에 들어 있다.

그의 비망록(備忘錄)은 그의 기억력을 손상시키고 그의 도서관은 그의 지력에 과중의 짐을 지운다. 보험회사는 사고의 수를 늘인다. 기계 장치가 도리어 일의 방해가 되지나 않았는지, 우아한 품위로 말미암아 원기(元氣)를 잃지 않았는지, 또한 제도와 형식에 에워싸인 기독교로 말미암아 천성의 미덕의 힘을 잃지나 않았는지 의심스럽다. 대체 모든 스토아파는 극기주의자(克己主義者)였지만 기독교국(國)에는 어디 기독교도가 있는가.

높이나 용적(容積)의 표준에서처럼 정신적 표준에도 아무런 달라진 것이 없다. 자고로 어떤 위대한 사람보다 더 위대한 사람은 오늘날 존재하지 않는다. 초기시대의 위인과 현대의 위인 사이에 이상한 평등점을 인식할 수 있을 것이다. 19세기의 과학·예술·종교·철학의 전체를 가지고도 2,3,4세기 옛날의 플루타르크 ≪영웅전≫ 중의 영웅보다 위대한 인물을 교육할 만한 힘은 못 된다.

시간상으로는 인류는 진보적이 아니다. 포시온[1], 소크라테스, 아낙사고라스[2], 디오게네스[3]는 위대한 사람들이다. 그러나 동류(同類)를 남기지 않는다. 참으로 그들의 동류에 속하는 사람은 그들의 이름으로 불리지 않고, 그 사람 자신의 독자적인 인물이 되어 그 사람측에서 일파의 개조(開祖)가 될 것이다. 그 시대 그 시대의 예술과 발명은 다만 그 시대의 의상에 불과할 뿐 인간에게 원기를 부여하지는 못한다. 진보된 기계의 해(害)가 그 혜택을 상쇄하지 않는다고 단언할 순 없다.

허드슨[4)]과 베링[5)]은 그의 어선으로써 패리[6)]와 프랭클린[7)]을 놀라게 할 만한 업적을 성취하였다. 그런데 후자(後者)들의 설비는 실로 과학과 기술의 모든 수단을 다한 것이었다. 갈릴레이는 쌍안경 하나만으로써, 그 후 아무도 따를 수 없을 정도의 놀라운 일련의 천체 현상을 발견했던 것이다. 콜럼버스는 갑판도 없는 배로써 신대륙을 발견하였다. 재미있는 것은 수년 내지 수세기 이전에 엄청난 칭찬을 받으며 등장했던 방법이나 기계는 일정한 시간이 경과하면 무용하게 되거나 폐물화하는 것이다. 위대한 천재는 본원(本源)의 인간으로 돌아간다.

우리는 전술(戰術)의 개량을 과학의 승리의 하나로 따지지만, 나폴레옹은 야외노영(野外露營)에 의하여 유럽을 정복하였고, 그 노영은 적나라한 용기에 의존하고 걸리적거리는 일체의 보조를 버리는 것을 원칙으로 했다. 라 카사[8)]의 말에 의하면 황제가 완전한 군대를 만드는 데에는 '무기·화약고·병참부(兵站部)·차량(車輛)은 버리지 않았더라도 적어도 로마인의 풍속을 좇아 병사가 각각 맥류(麥類)의 급여를 받아, 그것을 저희 맷돌에 갈아서 제 손으로 빵을 굽게 될 때까지는' 도저히 불가능하다는 것이다.

주

1. 그리스의 정치가이며 장군(기원전 402~317).
2. 그리스의 대 철학자(기원전 500~428).
3. 그리스의 철학자(기원전 400?~323?). 기괴한 행동으로 유명.
4. 1611년歿. 허드슨강, 東海峽·同灣의 발견자. 최후의 항해 때 수부들의 반란으로 행방불명.
5. 덴마크의 항해가(1680~1741). 베링 해협을 발견.
6. 영국의 항해가(1790~1855).
7. 영국의 極洋 탐험가(1786~1847).
8. 프랑스의 역사가(1766~1842). 나폴레옹의 충신.

사회는 물결이다. 물결은 전진하지만 물결을 이루는 물은 그렇지 않다. 같은 분자(分子)가 골짜기에서 산봉우리로 오르는 것이 아니다. 그 결합은 다만 표면적 현상에 불과하다. 오늘날 한 나라를 형성하는 사람들이 명년(明年)이면 죽고, 그들의 경험 또한 그들과 더불어 죽는다.

그러므로 또한 재산에 의지하거나 그것을 보호하는 정부에 의지하는 것은 자시심(自恃心)의 결여를 말한다. 인간은 장구한 세월에 걸쳐 자기 자신에서 눈을 돌려 외부의 사물만을 보아왔기 때문에, 종교상·학문상·정치상의 제도를 재산의 보호자로 간주하게 되었다. 따라서 그들은 이런 제도에 대한 공격을 싫어한다. 그것은 이런 공격을 재산에 대한 공격이라고 느끼기 때문이다. 그들은 각기 서로를 평가하는 데 있어, 각자가 무엇인가에 의하지 않고 각자의 소유한 것에 의하여 평가한다.

그러나 교양인(教養人)은 자기의 본성을 새삼스러이 귀중히 여김으로써 자기의 재산에 대해서는 부끄럽게 여긴다. 특히 소가 소유하는 것이 우연한 결과에서 온 것임을 알았을 때, 즉 유산(遺産)에 의한다든지 증여(贈與)에 의한다든지, 혹은 범죄에 의하여 온 것이었을 때 그는 소유물을 증오한다.

그때 그는 그것이 참된 소유가 아니라고 생각한다. 그것은 그의 소유가 아니고, 그 사람의 내부에 근거를 갖는 것이 아니고, 다만 혁명이나 도둑이 가져가지 않기 때문에 거기 놓여 있는 것이라고 생각한다.

그러나 인간이 인간으로서 존재하는 이상 반드시 필연적으로 획득하는 것이 있어야 한다. 그리하여 그 사람이 획득하는 것이야말로 산 재산이다. 그것은 위정자(爲政者)나 군중이나 혁명·불·태풍·파산 등 임의로 되는 것이 아니고, 그 사람이 호흡하는 곳 어디서나 영원히 새로운 생명을 지닌다.

"그대의 운명, 즉 그대의 인생의 몫은 그대 자신을 추구하는 것이다. 그러므로 마음을 가라앉히고 그대의 운명을 추구하라"고 칼리프 알리[1]는 말하였다.

우리들이 이러한 외부의 물건에 의존하는 결과 비굴하게 숫자를 존경한다. 정당(政黨) 단체는 무수한 회합을 갖는다. 그 회합이 크면 클수록, 그리고 에섹스 대표 제씨! 뉴햄프셔 민주당원 제씨! 메인의 민권파(民權派) 제씨! 하며 도착 발표의 새로운 함성이 일어날 때마다, 젊은 애국자는 눈과 팔을 가진 새로운 수천 군중을 보고 자기가 전보다 강해졌다고 생각한다.

개혁가(改革家)도 역시 마찬가지로 회의를 소집하고 투표해서 다수로써 결정한다. 아! 제군이여, 이래서는 신이 제군의 마음속에 들어가 거기 있어주지 않을 것이요, 전혀 정반대의 방법에 의해서만 그렇게 해줄 것이다.

나는 사람이 모든 외적(外的)인 지지를 제거하고 홀로 설 때, 비로소 그가 굳세지고 승리할 것이라고 생각한다. 인간은 그의 깃발 아래에 하나의 원병(援兵)이 올 때마다 그만큼 약화한다. 한 사람의 인간은 한 도시보다 나은 것이 아니니까. 사람에게선 아무것도 구하지 말라. 그러면 무한한 변전(變轉) 속에서 너의 유일하고 확고한 기둥은 즉시 너를 에워싸는 모든 것의 지지자가 되고야 말 것이다.

힘이란 내부에서 생하는 것, 자기가 약한 것은 자기의 내부가 외부에서 도움을 구하기 때문임을 아는 사람이다. 이것을 깨닫고는 주저없이 자기의 사상(思想)에 투신 몰두하여 즉시 몸을 바르게 하고, 곧은 위치에 서서 당당히 수족(手足)을 구사하는 사람이야말로 기적을 성취한다. 그것은 마치 제 발을 디디고 서는 사람이 머리를 땅에 대고 서는 사람보다 힘센 이치와 같다.

소위 모든 운(運)이라는 것을 대할 때 그것을 이렇게 처리하라. 대부분의 사람들은 운명의 여신과 도박을 하여, 그 여신의 수레바퀴 구르는 데에 따라 혹은 전승(全勝)하고 혹은 전패한다.

그러나 이러한 소득은 부당한 것으로, 돌아보지 말고

신의 대법관(大法官)인 원인과 결과를 상대하라. 신의 의지에서 일하고 그리고 소득을 구하라. 그러면 너는 기회의 수레바퀴를 쇠사슬로 묶어 놓은 이상, 이후로는 그 수레바퀴의 회전을 두려워할 것 없이 편안히 앉아 있을 수 있으리라.

정치상의 승리, 임대료의 앙등, 병의 회복, 떠나갔던 친구가 돌아옴, 그밖에도 이러한 반가운 일이 제군의 기운을 돋구고, 행운의 날이 자기를 대기하고 있다고 생각한다. 그런 것을 믿지 말라. 제군 자신 이외에는 아무것도 제군에게 평화를 가져다 줄 리가 없다. 공도(公道)의 승리 이외에는 제군에게 평화를 가져다 줄 수 있는 것은 아무것도 없다.

주

1. 예언자 마호멧의 종형제(약 602~661). 養嗣者, 女婿, 아라비아 제4대의 칼리프.

6. 보상론

시간의 날개는 희고 검다.
아침과 저녁으로 물들어
높은 산과 깊은 바다,
흔들리는 균형이 바르게 유지된다.
영휴(盈虧)하는 달과 간만의 조수에
결(缺)과 유(有)의 싸움은 빛나고,
증감(增減) 척도는 공중으로
전광의 별과 사선(射線)을 그려낸다.
영겁의 집을 달려서 통과하는
수다한 구체(球體)들 중의 외로운 지구,
허공으로 나는 하나의 첨가물,
보충의 유성,
국외중천(局外中天)의 어둠을 가로질러 쏘아나간다.

사람은 느티나무, 부(富)는 담장이
단단히 힘차게 그 덩굴은 감긴다.
연약한 실덩굴이 너를 속일지라도
무엇이 줄기에서 그 덩굴을 떼내랴.
그러나 두려워 마라, 너 힘 약한 아이야.
벌레를 해치는 신(神) 없더니라.
월계관은 거기 상당한 가치에 쓰이고,
힘은 힘을 행사한 자에게.
그대의 몫은 없는가. 날개 돋친 발로써,
보라, 그것은 그대 앞으로 달려든다.

'자연'이 그대의 것으로 정한 모든 것이
공중에 뜨고 바위 속에 갇힌들
산을 헤치고 바다를 헤엄쳐
그림자처럼 그대를 따르리라.

나는 어릴 때부터 '보상(報償)'이라는 것에 대해서 한 편의 논문을 쓰고 싶었다. 그것은 아주 어릴 때, 내 생각으로는 이 문제는 실생활이 신학(神學)보다 앞서고, 민중은 설교가의 설교 이상을 알고 있는 것으로 생각되었기 때문이다. 그리고 또한 이 교훈을 꺼낼 수 있는 참고문서도 한없이 각양각색이어서, 내 공상(空想)을 매혹했고, 심지어 자고 있는 동안에도 눈앞에 떠오르는 것이었다.

그 문서(文書)라는 것은 우리들 수중의 소도구 바로 그것이고, 우리들 바구니 속의 빵 그것이고, 또는 거리에서의 거래, 농장·주택·인사(人事)·상호관계·대차(貸借), 인격의 힘, 모든 사람의 천성과 천부 바로 그런 것들이기 때문이다. 그리고 또한 이 보상 속에서 인간은 신령(神靈)의 섬광과 어떠한 전통의 흔적도 없이 완전무구한 이 세계의 영(靈)이 뚜렷하게 하는 활동을 볼 수 있을 것이고, 그로 인하여 인간의 심정은 충만한 영원의 사랑에 젖고, 지금 당장 실제로 존재하기 때문에 과거에도 항상 존재했고 앞으로도 항상 존재하리라고 생각되는 대령(大靈)과 영교(靈交)할 수 있는 것으로 내게 생각되었다.

그뿐 아니라 만일 이 교훈을 이러한 진리가 가끔 우리에게 나타날 때의 그 빛나는 직관에 어느 정도라도 유사한 말로 서술할 수가 있다면, 그것이야말로 우리의 수없이 계속되는 어두운 시간과 곡절 많은 인생 행로를 비춰주는 별일 것이고, 그로 해서 우리는 길을 헤매는 수난을 면할 것같이 생각되었다.

나는 최근 교회에서 어떤 설교를 듣고서 이런 염원을 굳혔다. 설교사는 그의 정통파적(正統派的) 언행으로 존경받는 사람이었는데, 평상시의 태도로 최후의 심판의 교리를 설명했다. 그는 설교하기를, 심판은 현세(現世)에서 행해지는 것이 아니다, 악인은 번영하고 선인(善人)은 비참하다고 말하고, 도리상으로 보나 성서의 교리로 보나 보상은 내세(來世)에 선악 쌍방에게 가해져야 한다고 주장하였다. 이 설에 대해서 회중(會衆)은 아무런 불쾌감을 갖지 않는 것 같았다. 내가 본 바로는, 그 집회가 끝났을 때 그들은 그 설교에 대하여 가부간(可否間) 아무 말도 없이 헤어지는 것이었다.

그런데 도대체 그 설교의 의미는 무엇이었을까. 설교사가 현세에서 선인은 비참하다고 말한 것은 무슨 의미일까. 그 말은 집과 땅과 관직(官職)과 술과 말과 의복과 향락 등은 방약무도(傍若無道)한 인간에게 돌아가고, 한편 성자(聖者)는 빈천하다는 의미일까. 그리고 성자에게는 내세의 보상이 행해져서 훗날 이런 것과 같은 만족—즉 은행 주권과 돈과 미주(美酒)가 부여된다는 뜻일까.

이것이 바로 그가 말하고자 한 보상일 것이다. 그렇지 않으면 무엇이겠는가. 혹은 성자는 기도하고 찬미할 특권이 있다는 말인가. 사람들을 사랑하고 그들에게 봉사할 특권이 있다는 것인가. 그야 그런 일은 그들이 현재도 할 수 있는 일이다. 그렇다면 그 교도(教徒)들이 꺼낼 수 있는 정당한 결론은 이러하다—"저 죄인들이 현재 향락하는 것과 같은 그러한 향락을 우리도 장차는 누린다." 혹은 그것을 극단으로까지 밀고 나간다면—"너희들은 오늘 죄를 짓는다. 우리는 차차 죄를 짓게 될 것이다. 할 수 있으면 지금 하고 싶지만, 잘 안 되기 때문에 우리는 내일 그 보복을 해볼 셈이다"라는 의미일 것이다.

여기에서 그릇된 생각은 악인이 현재 성공하고 정의가 지금 실행되지 않는다는 엄청난 소극적 태도에 들어있는 것이다. 그리고 그 설교사의 맹점(盲點)은 진리로써 세상에 직면하여 그 악을 책하지 않고, 또는 심령의 존재 의지의 전능(全能)을 선언하여 선과 악, 성공과 허위의 규준(規準)을 확립하는 일을 하지 않고서 남성적인 성공이 될 수 있는 것을 시장(市場)의 비천한 평가에다 내맡긴 데에 있는 것이다.

나는 요즘 대중적인 종교관계 서지(書誌)에서도, 또는 때때로 문학자들이 이에 관련되는 제목을 취급할 때 취급하는 같은 설(說)에서도 역시 마찬가지로 천박한 태도를 본다. 나는 오늘날 보편화한 신학에는, 그것이 대찬(代贊)한 미신보다 표면적 체재에서는 나아진 점이 있으나, 그 내용에서는 조금도 나아진 점이 없다고 생각한다.

그러나 인간은 그가 믿는 신학보다는 월등한 것이다. 그들의 일상생활은 신학의 허망성을 드러낸다. 모든 성실하고 큰 뜻을 품는 사람은 그 자신의 경험에서 교의(教義) 같은 것을 돌보지 않는다. 그리고 대체로 누구나가 그것을 표명할 수는 없지만 가끔 그 허위성을 느낀다. 그것은 인간이란 본래 저희들이 알고 있는 이상으로 현명하기 때문이다. 학교나 설교단(說教壇)에서는 되씹을 필요도 없이 듣고 마는 것이라도, 그것이 일상회화에 오르면 아마 침묵중에 의아심을 품을 것이다.

만일 어떤 사람이 잡다하게 모인 자리에서 신의 섭리라든지 신의 규범 같은 것에 대하여 독단적인 의견을 토로하는 것을 들으면, 그 사람은 반드시 침묵의 응수를 받을 것이다. 그 침묵이란 듣는 이가 불만을 품고서도 표현을 못하는 것임을 방관자는 충분히 이해할 것이다.

나는 지금부터 계속되는 여러 장에서 보상의 법칙의 경로를 보이는 몇 가지 사실을 적어볼까 한다. 만일 내가 이 대원환(大圓環) 가운데 최소한의 호선(弧線)이라도 그릴 수 있다면 정말 다행이다.

양극성, 즉 동(動)과 반동(反動)은 우리들이 자연계의 도처에서 본다. 암흑과 광명에서, 냉(冷)과 열(熱)에서, 조수의 간만에서, 남성과 여성에서, 동식물의 들이쉬고 내쉬는 호흡에서, 동물체의 수분의 양과 질의 균형에서, 심장의 수축과 이완에서, 유동체나 음향의 파동에서, 원심력과 구심력에서, 전기·전류·화학 등의 친화력에서 그것을 본다.

바늘 한끝의 자기(磁氣)가 반대편 끝에서 일어난다. 만일 남쪽이 끌면 북쪽이 반발한다. 이쪽을 텅비게 하자면 저쪽을 응축(凝縮)시켜야 한다. 불가피한 이원론은 자연현상을 이등분한다. 따라서 하나하나의 사물은, 그것은 절반이고 그것을 완전한 것으로 만드는 또하나의 절반이 있다는 것을 암시하고 있다. 예를 들면 정신과 물질, 남성과 여성, 기수(奇數)와 우수, 안과 밖, 위와 아래, 동(動)과 정(靜), 긍정과 부정 등이다.

세계는 이와 같이 이원적(二元的)인 동시에 그 부분부분도 모두 그러하다. 만물의 모든 조직은 그 하나하나의 부분으로 대표된다. 조수의 간만, 낮과 밤, 남성과 여성 등과 다소 유사한 것이 솔잎 하나, 곡물 한 알, 각 동물 종족의 각개에 들어 있다. 일월성신(日月星辰)의 우주 안에서 보는 그 장대한 반동은 이러한 미세한 권내(圈內)에서도 역시 반복된다. 예를 들면, 생물학자가 관찰한 바에 의하면, 동물계에서는 어떠한 생물도 특별히 후하게 천혜(天惠)를 받는 것은 없고 일종의 보상이 각 장처(長處)·단처를 균형되게 한다는 것이다. 같은 생물의 일부에 어떤 여분적(餘分的)인 것이 가해졌으면, 다른 부분에서는 그만큼 감쇄되어 있다. 만일 머리와 목이 크면 동체(胴體)와 수족은 짧다.

기계력(機械力)의 원리도 그 일례다. 힘에서 얻은 것

은 시간에서 잃고, 시간에서 얻은 것은 힘에서 잃는다. 유성간(遊星間)의 정기적, 즉 보상적 오차도 또한 그 예다. 정치사(政治史)에서 보는 기후와 토지의 영향도 그것이다. 추운 기후는 심신에 활기를 준다. 불모의 토지에서는 열병(熱病)도 악어도 범도 전갈도 자라지 않는다.

또한 이와 같은 이원론은 인간의 본성과 상태의 근저를 이루고 있다. 과도(過度)는 반드시 결함을 낳고, 결함은 반드시 과도의 원인이 된다. 단맛은 반드시 쓴맛을 내포하고, 화는 반드시 복을 내포한다. 쾌락의 용기(容器)인 관능은 그것이 남용될 때에 반드시 그에 상당한 징벌이 과해진다. 그것의 절제에는 생명이 따른다.

하나의 지(智)가 있으면 반드시 하나의 우(愚)가 있다. 잃은 것이 있으면 반드시 달리 얻는 것이 있고, 얻는 것이 있으면 잃는 것이 있다. 부(富)가 증가하면 그것을 사용하는 자도 증가한다. 수확하는 사람이 지나치게 많이 거두어들이면 자연은 그 사람으로부터 그 곳간에 거두어들인 만큼 빼앗는다. 재산을 불리지만 그 소유주를 죽인다. 자연은 독점과 예외를 미워한다. 대해(大海)의 파도가 높이 쳐올린 절정에서부터 급속히 평면으로 돌아가고자 하는 것과 같이, 세태만사(世態萬事)의 변천도 스스로 평형을 촉구한다.

세상에는 항상 그 무엇인가 평형을 도모하는 사정이 있어서, 교만한 사람과 강자와 부자와 행자(幸者)를 실질적으로 다른 사람들과 같은 지위로 끌어내리려고 한다. 어떤 사람이 지나치게 강경하고 사나워서 사회에 맞지 않고, 기질과 지위로 보아 불량시민이라고 하자. 아니 일종의 해적(海賊) 비슷한 느낌이 드는 인상 사나운 악당이라고 하자. 자연은 그에게 일단(一團)의 어여쁜 아들 딸을 점지한다.

그리하여 그들은 시골 학교 여교사 반(班)에서 즐거운 나날을 보내고, 그 아이들에 대한 어버이로서의 사랑과 걱정으로 그의 무뚝뚝한 찡그린 얼굴은 부드러워지고 친절해진다. 이와 같이 자연은 화강암과 장석(長石)을 유화(柔化)하기에 힘쓰고, 늑대를 내쫓고 어린양을 들여서 자연의 평형을 바르게 유지한다.

농부는 권세(權勢)와 지위를 훌륭한 것이라고 상상한다. 그러나 대통령은 그의 백악관에 들기 위하여 많은 대가를 지불하고 온 것이다. 그는 통례(通例)로 마음의 평화와 그의 최고의 남성적 특성을 희생한 것이다. 세상 사람들 앞에서 잠시 동안 아주 특출한 외양을 지속하기 위하여, 그는 옥좌(玉座) 뒤에 서있는 실제의 주인공들 앞에서 먼지를 먹기를 불사(不辭)하는 것이다.

혹은 좀더 견실하고 영구적인 천재의 장관(壯觀)을 탐낸다고 해보자. 이것 또한 자유로운 것은 아니다. 혹은 사상력(思想力)으로 대성하여 수천 사람을 굽어보는 사람은, 또한 그 높은 지위에 따르는 책임이 있다. 광명(光明)이 들어올 때마다 새로운 위험이 따른다. 그가 광명을 소유한다면 그는 그 광명을 증명해야 하며, 부단히 활동하는 심령(心靈)의 새로운 게시에 충실하기 위하여 절실한 만족을 주는 동정까지도 버려야 한다. 그는 부모 처자까지도 미워해야 한다. 세상 사람이 사랑하고 존경하고 선망하는 모든 것을 소유한다면, 그는 세인(世人)의 그 찬탄을 돌보지 않고 어디까지나 진리에 충실함으로써 그들을 괴롭히고 조소와 질책의 대상이 되어야 한다.

이 법칙은 도시와 국가의 법칙이 되기도 한다. 이 법칙을 어기고, 건설하고 획책하고 단합한다는 것은 헛된 일이다. 사물은 오랫동안 그릇되게 취급당하는 것을 거부한다(Res nolunt diu male Administrari). 비록 새로운 해독을 억제하는 힘이 눈에 보이지 않을지라도 그 힘은 존재하는 것이고 반드시 나타난다. 만일 정부가 학정(虐政)을 하면 위정자의 생명은 안전하지 않다. 만일 과도한 세금을 과하면 세입(歲入)은 전혀 오르지 않을 것이다. 만일 형법(刑法)을 피비린내나는 것으로 만들면, 배심관(陪審官)은 죄를 보지 못하게 될 것이다. 법이 너무 무르면 사적(私的) 복수가 들어온다. 만일 정부가 무서운 민주정치를 하면, 그 압력은 시민의 과다한 정력으로 저항을 받아 삶의 불꽃은 한층 맹렬히 불탈 것이다.

인간의 참된 생활과 만족은 조건이 극단적으로 엄격하거나 극단적으로 행복한 것을 피하고서, 모든 각양각색의 환경 아래에서 충분히 자유롭게 안정하는 것이라고 생각된다. 어떠한 정부하에서도 인격의 힘은 언제나 변하지 않는다—터키에서도, 뉴잉글랜드에서도 거의 마찬가지다. 역사의 기탄 없는 고백에 의하면 원시시대 이집트의 압제자 밑에서도 인간은 교양이 허락하는 한 자유로웠음이 틀림없다.

이런 현상은, 우주가 그 분자 하나하나 전부에 표현되어 있다는 사실을 가리킨다. 자연계의 만물은 자연의 모든 힘을 내포하고 있다. 만물은 속에 숨겨진 하나의 원질(原質)로써 만들어졌다. 예를 들면, 생물학자들이 모든 변형(變形)을 통하여 하나의 원형을 봄으로써 말을 달리는 사람으로, 고기를 헤엄치는 사람으로, 새를 나는 사람으로, 수목을 뿌리 돋친 사람으로 보는 것과 같다.

새로운 형체는 각각 그 원형의 주요한 특성을 되풀이할 뿐만 아니라, 부분은 부분끼리 상호간의 모든 세목(細目)과, 모든 목적과 촉진과, 장애와 활력과, 전조직을 반복하는 것이다. 어떤 직업이나 교역(交易)이나 기술이나 교섭도 모두 전세계의 축도이며 서로 관련되어 있다. 한 사람 한 사람은 모두가 인생의 완전한 전형(典型)이고, 인생의 화복(禍福), 고난, 적(敵), 행정, 목적을 완전히 상징하는 것이다. 그러므로 각자는 어떻게 해서든지 완전한 인간에 적응하고, 전 운명을 반복해야 하는 것이다.

자연은 한 방울의 이슬에도 제 모습을 둥글게 표시한다. 현미경으로 보아도, 작아서 완전치 못한 미소동물(微小動物)이란 없다. 눈·귀·미각·후각·동력(動力)·저항력·식욕, 그리고 영원을 포착하는 생식기관—이런 일체의 것이 그 미생물의 체내에 넉넉히 존재한다.

그와 마찬가지로 우리들은 어떠한 행위든지 그 하나 하나에 우리의 온 생명을 주입한다. 신의 편재(偏在)를 말하는 참된 교의는 신이 한 조각의 이끼에도, 한 가닥의 거미줄에도 그 모든 영역이 완전히 갖추어진 완전한 모습을 드러내는 것을 말한다. 우주의 진가(眞價)는 한 가지 한 가지의 모든 점에 가치 그 자체를 쏟아 넣으려고 한다. 선이 있으면 악이 있고, 친화가 있으면 반발이 있고, 힘이 있으면 제한이 있다.

이와 같이 우주는 살아 있다. 만물엔 모두 도(道)가 있다. 우리들의 내부에서는 하나의 감정에 속하는 저 영혼도 밖으로 발현하면 율법이 된다. 우리는 안으로 영감(靈感)을 느끼고, 밖으로 역사에서 그 결정적인 위력을 볼 수 있다. "그것은 세상 안에 들어 있고, 세상은 그것으로써 만들어졌다"는 말[1] 그대로다. 정의(正義)는 훗날로 미루어지는 일이 없다.

인생의 모든 부분에 걸쳐 완전한 공평(公平)이 균형을 조절한다. "신의 패쪽은 언제나 한쪽이 무겁게 마련이다."[2] 세상은 구구단이나 방정식과 같아서, 이것을 어떻게 바꾸어 놓든 스스로 균형이 잡힌다. 어떤 숫자를 우리가 끄집어내든 나타나는 값은 과부족(過不足)이 없다. 어떠한 비밀도 드러나고 어떠한 죄악도 처벌되고, 어떠한 덕도 보상받고, 어떠한 과오도 시정된다.

말없이 눈에 띄지 않게, 그러나 확실히. 우리가 말하는 응보(應報)라는 것은 우주의 필연(必然)적 법칙이고, 그 법칙으로 부분이 나타나는 곳에는 반드시 전체가 나타난다. 연기가 보이는 곳엔 반드시 불이 있다. 손발이 보이면 그것이 붙어 있는 동체가 배후에 있다는 것을 안다.

주

1. 〈요한복음〉 제1장 제1~5절 참조.
2. 그리스의 비극 시인 소포클레스의 말로서, 신의 패쪽은 언제나 한쪽이 무거워 나오는 면이 정해져 있다는 뜻.

모든 행위는 양면(兩面)에서 스스로 보상된다. 다시 말하면 스스로 완전해진다. 첫째는 사물 그 자체에서, 즉 그 내용적 본질에서, 둘째는 경우·상태에서, 즉 외관적 성질에서 그러하다. 사람들은 그 외적 상태를 응보라고 한다. 참된 인과(因果)에 의한 응보는 사물 그 자체에 내재하고 심령으로 알아본다. 외부적 상태에서의 응보는 지식으로 알아본다. 이것도 사물에서 분리될 수는 없지만 다만 흔히 널리 퍼져서 장기간에 걸치기 때문에, 오랜 세월이 경과하지 않으면 분명해지지 않는다.

어떤 범죄의 특정한 형벌은 범죄 후 시일이 경과해야 나타날 수도 있겠지만, 원래 거기에 부수된 것이기 때문에 그것을 면할 수는 없다. 죄와 벌은 같은 줄기에서 자라난다. 벌은 그것을 숨기고 있는 쾌락의 꽃 속에서 알지 못하는 사이에 익은 열매다. 원인과 결과, 수단과 목적, 씨와 열매는 분리될 수 없다. 그것의 결과는 이미 원인 속에서 꽃피기 시작했고, 목적은 수단 속에, 열매는 씨 속에 존재해 있었기 때문이다.

이렇게 세계는 완전해지고자 하며 분산하기를 거부하는데, 우리들은 부분적으로 행동하고 분열하고, 사유전용(私有轉用)하고자 한다. 예를 들면 우리는 오관(五官)의 만족을 도모하여 인격의 필요한 것들 중에서 오관의 쾌락만을 밀어내려고 한다. 인간의 재능은 항상 다음 한 가지 문제를 해결하는 데 바쳐왔다. 즉 어떻게 해서 관능적인 감미, 관능적인 힘, 관능적인 아름다움을 정신적인 감미, 정신적 깊이, 정신적인 아름다움에서 분리시키느냐 하는 문제, 즉 어떻게 하면 전연 이면(裏面)이 없을 정도로 엷게 그 표면을 떼어내느냐, 한 끝이 없이 한끝만을 베어내느냐 하는 그것이다.

심령이 '먹어라'고 명령만 하면 육체는 당장 감식(甘食)하려고 한다. "남녀는 영육이 다같이 일체여야 한다"고 심령이 명하면, 육체는 다만 육체만의 합체(合體)를 원한다. 그리고 심령이 "덕(德)을 목표로 만사를 다스려라"고 하면, 육체는 다만 그 자체의 목적만을 위하여 만물을 지배하고자 한다.

심령은 만물을 통하여 살고 작용하고자 전심전력 노력한다. 그 자체가 유일한 사실이고자 한다. 만물은 다만 거기에 첨가되는 것이다—권력도 쾌락도, 지식도 미(美)도, 어떤 사람은 특히 하나의 이름 있는 사람이 되고자 하여 유달리 자기를 과시하고, 사리(私利)를 위해서는 분전(分錢)을 다투며 동분서주한다.

특히 차를 타기 위해 차를 타고, 옷을 입기 위하여

옷을 입고, 먹기 위하여 먹고, 남에게 보이기 위하여 지배자가 되고자 한다. 인간은 위대하고자 한다. 관직과 부와 권력과 명예를 얻고 싶어한다. 그들은 위대해지는 것을 자연의 일부를 얻는 것으로 생각한다. 일면(一面)의 쓴맛을 제외한 단맛만을 얻으려고 한다.

이러한 분할과 분리는 꾸준히 반작용이 가해진다. 오늘에 이르기까지 그것을 해보려고 한 사람으로서 조금이라도 성공을 거둔 사람은 하나도 없다고 말하지 않을 수 없다. 갈라진 물은 손이 지난 뒤엔 다시 합친다. 전체에서 어떤 부분만을 떼어내려고 하면 쾌락은 즐거운 것에서 즉시 떨어져 나가고, 이익은 이로운 것에서, 힘은 힘센 물건에서 떨어져 나간다. 우리가 사물의 절반만을 취해서 관능적으로 좋은 것만을, 그것만 소유하고자 하는 것은 외부가 없는 내부만을, 또는 음영(陰影)없는 빛만을 얻으려고 하는 것과 같다. "갈퀴로 긁어내 보라. 자연은 재빨리 제자리로 돌아올 것이다."[1)]

인생은 불가피한 조건을 지니고 있다. 어리석은 사람은 그것을 피하고자 하고, 또 어떤 사람들은 그런 건 알 바 없다, 내겐 관계없는 일이라고 큰소리 친다. 그러나 그의 큰소리는 입술에서 멎지만, 그의 인생조건(人生條件)은 그의 영혼에서 떠나지 않는다. 사람이 일면에서 그것을 피한다 해도, 다른 치명적인 면에서 그것의 습격을 받는다. 만일 형체나 외관에서 그것을 피했다 하더라도, 실은 자기 생명에 저항하고, 자기 자신으로부터 도망친 것이기 때문에 그 응보는 죽음이라고 할 수 있다.

이와 같이 부담과 이익을 분리하고자 하는 일체의 노력은 분명히 실패로 돌아가는 것이 확실하기 때문에, 다음과 같은 경우 이외는 해볼 생각도 안 들 것이다—해본다는 것은 미친 짓이기 때문에—즉 의지에 일단 반역과 분리의 병이 들면 지력은 즉시 물들어, 사람들은 하나하나의 사물에서 신의 완전한 모습을 보지 못하고, 사물의 관능적 유혹은 보여도 관능적 해독은 보지를 못한다. 아름다운 인어의 머리는 보여도 무서운 용의 꼬리는 보이지 않는다.

따라서 자기가 얻고 싶어하는 것을 자기가 얻고 싶지 않는 것에서부터 떼어낼 수가 있다고 생각하게 된다. “아, 그대 오직 한 분의 유일한 신이여, 한없는 욕망을 가진 자에게 피곤을 모르는 신의(神意)로써 용서 없는 벌을 내리시며, 묵묵히 지고(至高)의 천상에 계신 그대의 참으로 신비로우심이여”.[2)]

인간의 심령은 전설·역사·법률·격언·회담(會談) 등에 묘사된 사실에 어긋남이 없다. 그것은 무의식중에 문학 속에서 발언한다. 그래서 그리스인들은 주피터[3)]를 ‘지고의 영(靈)’이라고 불렀다. 그러나 전설상 여러 가지 비천한 행위를 그의 소행이라고 하는 것을 보면, 그들은 이렇게 나쁜 신의 두 손을 묶고서 부지불식간에 도리(道理)에 맞도록 수정을 가한 것이다. 주피터를 영국의 왕처럼 무력한 것으로 만들었다. 프로메테우스[4)]는 조브[5)]도 짐작으로밖에 모르는 하나의 비밀을 말하고 있다. 미네르바[6]도 또 하나의 비밀을 알고 있다. 조브는 자기 자신의 우뢰(雨雷)지만 자기 마음대로 못한다. 미네르바가 그 열쇠를 쥐고 있다.

> 모든 신들 중에서 나만이 안다.
> 그 견고한 문을 여는 열쇠를
> 그 암실(岩室)은 대신(大神)의 우뢰의 침소
>
> —Aschylus의 The Eumenides 중의 일절—

이것은 만유(萬有)의 그 내부작용과 도의상(道義上)의 목적을 분명히 고백하는 것이다. 인도의 신화도 이와 같은 논리로 끝난다. 또한 어떤 우화치고 도의적이 아닌 것이 고찰되어, 다소라도 세상에 유포되리라는 것은 있을 수 없다. 오로라[7]는 자기 애인에게 청춘의 혜택이 길이 머물도록 간청하지 않았기 때문에, 티도누스[8]는 죽음은 면했으나 노쇠한다.

아킬레스도 완전한 불사신(不死神)은 아니었다. 그의 어머니 테티스(Thetis)가 쳐든 발꿈치만은 영수(靈水)에 씻기지 않았기 때문이다. 니벨룽겐[9]의 주인공 지그프리드(Siegfried)도 완전히 불사적인 것은 아니다. 그가 용의 피로 목욕할 때 잎새 하나가 그의 등에 떨어져, 그 잎에 덮인 부분만은 죽음을 면할 수 없었기 때문이다. 이것은 그렇지 않을 수 없다.

만물에는 반드시 신이 준 흠집이 있다. 이런 복수적 사실은 인간의 공상이 대담한 환락을 취하고 낡은 법률에서 벗어나고자 하는 분방한 시가(詩歌) 속으로까지,

항상 알지 못하는 사이에 스며든 것이 아닌가 생각한다—이러한 역습·총포(銃砲)의 반격이야말로 그 법률이 결정적인 것, 즉 자연에서는 그저 주어지는 것은 아무것도 없고, 만물은 모두 대가를 받고 팔린다는 것을 입증한다.

· 주

1. 로마의 시인 Horace의 시 〈 Epistles〉 제 1·10.
2. 성 Augustine의 ≪참회록≫ 제1권에 있는 구절.
3. 그리스 신화에서 神人至高의 왕인 제우스의 다른 이름.
4. 그리스 신화에 나오는 거인. 하늘에서 주피터 대신의 제단의 불을 훔쳐서 인간에게 주고, 그 사용법을 가르쳤기 때문에 대신의 벌을 받음.
5. 즉 주피터 대신.
6. 지식·학예·발명의 여신. 주피터, 주노와 함께 그리스 대신의 하나.
7. 새벽의 여신으로서 태양신 아폴로를 위하여 동쪽 문을 여는 것이 그의 직무다.
8. 트로이 왕 Laomedon의 아들인데 오로라 여신의 사랑을 받아 결혼하고 대신으로부터 不死의 생명을 받았지만, 불행히도 여신이 영원히 늙지 않는 청춘을 간청하지 않았기 때문에, 노쇠한 채 죽지 않아 심히 고통을 받았다.
9. 12세기 이전에 튜톤민족간에 전해진 서사시로서 독일 고대문학의 일대 偉跡.

여신 네메시스[1]는 우주를 감시하면서, 어떠한 죄도 벌받지 않는 일이 없도록 한다. 복수의 여신군(女神群) 푸어리스(Furies)는 정의의 여신의 시녀들로서, 태양이라도 그 길을 잘못 들어 죄를 범할 때에는 여신들의 벌을 받는다. 시인(詩人)들의 이야기에 의하면, 석벽(石壁)·철검·혁대도 그 소유주들이 받은 재난에 신비스럽게 감응했다는 것이다. 즉 아약스[2]가 헥토르[3]에게 준 혁대는 이 트로이의 용사를 아킬레스의 차륜(車輪)에 묶어서 전장으로 끌고 다니는 띠가 되었고, 헥토르가 아약스에게 준 칼은 그 칼끝에 아약스 자신이 쓰러진 칼이 되었다.

그 시인들은 또한 이렇게 기록하였다—즉 타시아스[4]가 경기의 승리자 테아게네스[5]를 위하여 입상(立像)을 세웠을 때, 그 상대방 패자(敗者)의 한 사람이 밤에 몰래 이 상(像)을 찾아가서 그것을 쓰러뜨리고자 연타(連打)를 가하여 드디어 상을 대석(臺石)으로부터 밀어 낼 수는 있었으나, 그것이 쓰러질 때 자신이 거기에 깔려 죽었다.

우화(寓話)의 이 목소리에는 무엇인가 거룩한 것이 깃들어 있다. 그것은 작자의 의지보다 높은 사상에서 온 것이다. 그것이 바로 어느 작가고 그들의 정수적(精髓的)인 부분이어서 거기에는 아무런 사적(私的)인 것이 개입되어 있지 않고, 작자 자신도 모르는 것이며 작자의 천부(天賦)에서 자연히 흘러나온 것이지, 결코 무리하게 꾸며진 것은 아니다. 그것은 한 사람의 작가를 연구해서는 쉽사리 발견할 수 없고, 많은 작가를 연구해야만 비로소 전체의 정신으로서 추출해 낼 수가 있다.

피디아스[6] 그 사람이 아니라 초대(初代) 그리스 세계에서의 인간의 작품 그것을 나는 알고자 하는 것이다. 피디아스의 이름과 사적(事績)은, 그것이 아무리 역사에는 편리할지라도, 최고의 비평 단계에 이르러서는 오히려 방해가 된다. 그 시대 그 시대에 인간들이 하고자 한 것, 그러나 그때에 인간활동의 매개적인 기관이었던 피디아스, 단테, 혹은 셰익스피어 등의 간접적인 의지 작용(意志作用)으로 말미암아 인간들은 그들의 하는 일에 방해를 받았거나 혹은(이렇게 말한다면) 그 일이 변경되지 않을 수 없었던 것, 그것을 우리는 보아야 하는 것이다.

한층 더 현저하게 이 사실이 표현되어 있는 것은 각 국민의 격언이다. 격언은 언제나 이성의 문학이고, 아무런 수식도 없는 절대 진리의 말이다. 격언은 말하자면 각 국민의 성전(聖典)과 같이 직관의 성소(聖所)다. 외관에만 속박되어 있는 우둔한 세상은 현실론자의 솔직한 발언을 허용치 않지만, 격언을 써서 그것을 말하면 방해하지 않고 내버려둘 것이다. 그리고 설교단이나 의사당(議事堂)이나 대학에서 공인하지 않는 이 율법 중의 율법은 모든 시장이나 공장에서 격언의 날개를 타고 시시각각 선전되고 있다. 그 격언의 가르침은 새나 파리의 그것과 마찬가지로 참된 것이고 미치지 않는 곳이 없다.

만물은 모두 표리(表裏)가 있고 이것과 저것이 상대한다.—오는 말이 있으면 가는 말이 있다. 눈에는 눈, 이에는 이〔齒〕, 피에는 피, 자에는 자, 사랑에는 사랑으로 보복된다.[7] 주어라, 그러면 너에게 보답되리라[8]—

남을 물에 빠뜨리기 위해서는 스스로 물에 들어가야 하느니라—신이 말하기를, 너는 무엇을 원하느냐, 우선 값을 치르고서 그것을 취하라—범의 굴에 들지 않고서는 범을 잡을 수 없다.—네가 한 일에 대해서는 반드시 그만한 보답이 올 것이다, 적지도 많지도 않게—일하지 않은 자 먹지 말지어다—해(害)를 생각하면 도리어 해를 입는다—저주는 항상 저주하는 자의 머리 위에 돌아온다—쇠사슬로 노예의 목을 묶으면 그 한 끝은 반드시 자신의 목에 묶인다.—흉계를 가르치면 가르친 자가 거기에 걸린다—악마는 바보다.

주

1. 선악 두 가지 운명을 사람에게 균등히 배당하는 신. 너무 행복한 자에게는 화를 주고 악한 자에게는 벌을 내린다.
2. 트로이 전쟁중 아킬레스 다음 가는 용사.
3. 트로이 국왕 Priam의 아들. 트로이 전쟁 때에 트로이편의 거물.
4. 그리스 다도해에 사는 사람들.
5. 기원전 480년의 올림피아제에서 桂冠을 획득한 유명한 力士.
6. 기원전 500년경에 나서 436년에 죽은 아테네의 유명한 조각가.
7. 〈출애굽기〉 제21장 24절 참조.
8. 〈누가복음〉 제6장 38절 참조.

이렇게 기록된 것은 결국 인생이 그러하기 때문이다. 우리의 행위는 자연 법칙에 의하여 우리의 의지 이상으로 제어되고 특색이 가해진다. 우리는 공익(公益)에서 완전히 이탈된 비소(卑小)한 목적을 노리는 수가 있지만, 우리의 행위는 불가항력의 자력(磁力)에 끌려 스스로 세계의 양극과 일선(一線)에 합치한다.

사람은 그가 하는 말이 곧 자신에 대한 판단이 아닐 수 없다. 자기가 원하든 원치 않든 그는 말 한 마디 한 마디로 상대방의 눈앞에 자화상을 그린다. 어떠한 의견이고 그 말을 하는 자에게 반응한다. 그것은 말하자면 목표를 향하여 던져진 실꾸리인데, 그 한쪽 끝은 언제나 던진 사람의 호주머니 속에 있다. 아니, 오히려 고래에게 던져진 창(槍) 같아서, 그것이 던져지자 배 안의 밧줄이 풀리면서 날아간다. 그런데 창이 나쁘거나 던지는 방법이 서투를 때엔 타수(舵手)를 베어 두쪽으로 내거나 배를 침몰시킬 우려가 있다.

제군은 스스로 해(害)를 입지 않고서 타인에게 해를 줄 순 없다. "자존심을 가진 자는 반드시 그 칼끝으로 자기를 상한다"고 버크[1)]가 말했다. 사교 생활에서 배타적인 사람은 환락의 독점을 시도함으로써 도리어 자신을 거기에서 멀리하는 것을 알지 못한다. 종교상의 배타주의자는 타인을 천국에 못 들어오게 함으로써, 도리어 자신에 대하여 천국의 문을 닫는 것을 알지 못한다. 사람을 장기의 졸(卒)이나 구주희(九柱戱)의 목주(木柱)처럼 취급하는 사람은 결국 저도 같은 꼴을 당한다. 제군이 상대방의 마음을 무시하면 제군의 마음도 무시당한다. 식견(識見) 여하에 따라서는 모든 사람을—여자도 아이들도 빈자도—모두 물건으로 만들 수 있다. "지갑에서 얻지 못하면 그의 살갗에서 얻으리라"는 속언(俗言)은 확실히 일리 있는 말이다.

우리는 사회적 관계에서 사랑과 평등에 어긋나는 행위는 모두 신속히 벌을 받는다. 그 벌은 공포의 벌이다. 내가 남과 담백한 관계에 있는 동안에는 그를 만나도 결코 불쾌감을 갖지 않는다. 물이 물을 만나듯, 두 갈래의 기류(氣流)가 합치듯, 본질적으로 완전한 혼화(混和) 융합을 기한다. 그런데 일단 단순에서 벗어나 편파(偏頗)를 꾀할 때엔, 즉 나에게만 좋고 그에게는 불리한 것을 시도할 때 우리의 이웃은 당장 그 부당함을 직감한다. 이리하여 그가 나를 회피하는 만큼 나도 그를 회피한다. 그의 눈은 더이상 내 눈을 찾지 않고 두 사람의 심중에는 싸움이 벌어져 그는 증오를 나는 공포를 품는다.

일반적이건 특수하건간에 사회의 오랜 악습의 일체, 재산이나 권력의 부당한 축적의 일체, 이런 것은 모두 같은 방법의 복수를 받는다. '공포'는 큰 지혜를 가진 교훈자이고 모든 혁명의 사자(使者)이다. 그것이 가르치는 한 가지 것은, 즉 그 모습이 나타나는 곳에 반드시 부패가 있다는 것이다. 그것은 썩은 고기를 먹는 까마귀여서 그것이 무엇을 찾아 헤매는지를 우리는 모른다 하더라도 반드시 어딘가에 죽음이 있는 것이다. 우리의 재산은 소심(小心)이고, 우리의 법률은 소심이고 우리의 지식 계급은 소심이다. 공포는 오랫동안 정부와 재산 위에 모습을 나타내어, 상을 찌푸리고 기분 나쁘게 지껄인다. 이 불길한 새는 괜히 나타나는 것은 아니다. 그것은 반드시 혁신을 요하는 큰 악폐(惡弊)가 있는 것을 표시한다.

우리의 자의적(自意的) 활동의 주저와 함께 즉시 일어나는 어떤 변화에 대한 기도도 역시 같은 성질을 갖는다. 구름 한 점 없는 한낮의 공포, 폴리크라테스의 에머랄드[2], 번성의 공포, 모든 도량 넓은 사람들로 하여금 고귀한 금욕주의와 몸을 바꾸어 희생을 감수하는 덕을 스스로 과하게 하는 본능, 이런 것들은 인간의 마음과 정신 위에서 정의의 저울대가 흔들리는 표적이다.

주

1. 아일랜드 태생의 정치가 · 웅변가 · 예술가(1730~1797).
2. 폴리크라테스(Polycrates)는 기원전 6세기경의 사모스의 왕. 그는 자기 몸이 너무 행복하여 神들의 질투를 받을까 두렵다는 이집트 왕의 충고를 받아들여 고가의 에메랄드반지를 바다에 던짐.

세상일에 경험이 풍부한 사람은 세상을 살아가는 데 응분(應分)의 부담을 지불하는 것이 무엇보다 훌륭한 일이고, 소소한 검약은 이따금 손해를 본다는 것을 잘 알고 있다. 채무자는 결국 자신에게 채무를 지는 것이다. 백 가지 은혜를 입으면서도 하나도 보답하지 않는 사람은 과연 어떤 득을 보는 것인가. 태만과 간지(奸智)를 통하여 이웃 사람의 물건 · 말 · 돈 등을 빌려 쓴 사람은 과연 이득을 본 것인가. 그 행위가 있었던 즉시 일방(一方)에서는 은혜를 베풀었다는 생각, 그리고 상대방에서는 은혜를 받았다는 생각이 일어난다. 즉 우자(優者)와 열자(劣者)의 차이가 생긴다.

이 교섭은 그 자신과 이웃 사람의 기억에 남는다. 그리하여 새로운 교섭이 있을 때마다 그 성질 여하에 따라서 그들 서로의 관계는 달라진다. 이리하여 사람은 이웃 사람의 마차에 타느니보다 자기의 뼈를 부러뜨리는 것이 낫다는 것을 알고, "물건을 얻는 것보다 값이 비싼 것은 없다"는 것을 깨닫게 된다.

현명한 사람은 이 교훈을 인생 제반사(諸般事)에 확대시킬 것이고, 모든 청구자를 떳떳이 대면하여 제군의 시간, 제군의 기능과 심정(心情)에 대한 정당한 요구 일체를 지불하는 것이 신중한 길이라고 깨닫게 될 것이다. 언제나 반드시 지불하라. 왜냐하면 조만간 제군은, 군의 모든 부채를 지불해야만 할 것이기 때문이다. 여러 가지 사람과 사건이 잠시 동안 우리들과 정의(正義) 사이를 가로막는 수가 있겠지만, 그것은 일시적 유예(猶豫)에 불과하다. 결국 제군은 자신의 부채를 지불하지 않으면 안 된다. 만일 제군이 현명하다면, 번영이라는 것은 다만 짐을 더해주는 것뿐이라고 생각하고서 두려워할 것이다.

은혜는 자연의 목적이다. 그러나 제군이 받는 일체의 은혜에 대해서는 세금이 과해진다. 가장 많은 은혜를 베푸는 사람은 위대하다. 타인의 은혜를 받으면서 아무것도 주는 것이 없는 사람은 비루하다. 이것이야말로 이 우주에서 유일하게 비루한 일이다. 자연의 질서로서 우리는 자기가 은혜받은 자들에게 그것을 보답할 수는 없다. 한다 해도 아주 드문 일이다. 그러나 우리가 받는 은혜는 글 한 줄에는 글 한 줄로써, 한 가지 행동에는 한 가지 행동으로써, 한 푼에는 한 푼으로 반드시 갚아야 한다. 제군 수중에 지나치게 많은 이득이 남아 있지 않도록 유의하라. 그것은 즉시 썩어서 벌레가 생길 것이다. 어떻게 해서든 그것을 빨리 갚도록 하라.

노동도 역시 마찬가지로 용서 없는 법칙의 감시를 받는다. 가장 안가(安價)한 노력은 가장 고가한 노력이라고 지각 있는 사람은 말한다. 비 한 자루, 매트 한 장, 차 한 대, 칼 한 자루를 살 때, 우리가 얻는 것은 결국 일상적인 수요에 적용되는 양식(良識)이다. 제군의 정원 가꾸기에 적용되는 양식을 얻는 것이 제일이다. 수부(水夫)에게서는 항해에 적용되는 양식을, 집안에서는 요리·재봉·봉사에 적용되는 양식을, 지배인에게는 계산·사무에 적용되는 양식을 얻는 것이 제일이다.

이렇게 함으로써 제군은 제군의 존재를 몇 배나 증대시키는 것이고, 제군의 영지(領地) 전체에 자신을 전개시키는 것이다. 그러나 사물은 이원적(二元的) 조직으로 되어 있기 때문에, 생활에서와 마찬가지로 노력에서 사기(詐欺)는 있을 수 없다. 도둑은 결국 자신에게서 훔치는 것이고, 사기꾼은 결국 자신을 속이는 것이다. 왜냐하면 노력의 진가(眞價)는 지(智)와 덕이고, 부(富)나 명예는 그 표기에 불과하다. 이 표기는 지폐와 같아서 위조도 할 수 있고 도둑맞기도 한다. 그러나 이 표기가 대표하는 것, 즉 지와 덕은 위조될 수도 없고, 도둑 맞을 수도 없다.

이러한 노력의 목적은 마음의 진실한 노력과 순수한 동기에 따름으로써만 도달할 수 있다. 노력하는 사람이 그 성실한 배려와 노력으로써 획득하는 물질적 · 정신적 요소의 지식은 사기꾼 · 위약자(違約者) · 도박사가 아무리 애써도 얻을 수 없는 것이다. 자연의 법칙은 이것이다. 즉 일을 하라, 그러면 힘을 얻을 것이다. 그러나 일을 하지 않는 자는 힘을 얻지 못한다.

인간의 노동은 그 모든 형태를 통하여, 즉 말뚝 하나를 깎는 것에서부터 도시를 건설하고 한 편의 서사시를 구성하는 일에 이르기까지, 우주의 완전한 보상(報償)의 일대 예증이다. 수(授=give)와 수(受=take) 사이의 절대적 균형, 만물에는 반드시 그 값이 있다는 설—만일 그 값이 지불되지 않는다면 그 물건이 아니라 다른 어떤 것이 돌아온다는 것, 그리고 값을 치르지 않고서는 아무것도 얻을 수 없다는 것—이것은 가계부의 수지란(收支欄)에 있어서나 국가의 예산명암의 법칙, 자연계의 동(動) · 반동 모든 법칙에서와 마찬가지로 엄연한 사실이다.

사람들이 누구나 잘 알고 있는 세상 사물의 경로(經路)에 내재하는 뚜렷한 대법(大法), 끌 끝에도 빛나고 연추(鉛錘)와 자로 잴 때에도 나타나고, 한 나라의 역사에도, 가게 앞의 진열장에도 명백히 드러나는 이 엄숙한 윤리—이것이 사람들에게 자기 일을 하도록 권장하고, 비록 말은 않더라도 그들로 하여금 자기 일을 고귀하다고 생각하게 하는 바로 그것이다.

덕과 자연의 연합은 만물로 하여금 악(惡)에 대적하는 전선(戰線)을 형성케 한다. 이 세계의 아름다운 법칙과 그 실체는 반역자를 가책하고 매질한다. 만물은 진리와 행복을 위하여 안배(按配)되어 있을 뿐, 악인이 숨을 곳은 이 넓은 세상에 한 군데도 없다는 것을 그는 깨닫는다. 일단 죄를 범해 보라. 대지(大地)는 투명한 유리판이 될 것이다. 일단 죄를 범해 보라. 여우·다람쥐·두더지 등의 하나하나의 발자국을 숲속에 드러내고야 마는 눈 쌓인 벌판이 당장 지상(地上)에 깔린 듯이 보일 것이다.

한 번 입 밖에 나간 말은 취소할 수 없고, 한 번 디딘 발자국은 씻어도 지워지지 않는다. 입구도 단서(端緖)도 보이지 않도록 사다리를 끌어올려 버릴 수는 없다. 죄의 정황(情況)은 반드시 드러나는 법이다. 대자연의 법칙과 실질(實質)—물·눈·바람·인력(引力)—은 도둑에 가해지는 형벌이 된다.

반면 이 법칙은 모든 옳은 행위에도 어김없이 똑같이 적용된다. 사랑하라, 그러면 사랑을 받을 것이다. 모든 사랑은 대수(代數) 방정식의 양항(兩項)과 같이 완전히 수학적으로 정확하다. 선인(善人)에게는 절대적 선이 있어서, 그것은 불과 같이 만물을 그 본성으로 환원시키기 때문에 우리는 그에게 아무런 해도 입힐 수가 없다. 나폴레옹 정복에 파견된 왕군(王軍)이 나폴레옹이 접근하는 것을 보자 군기(軍旗)를 내팽개치고는, 적이 하루아침에 우군(友軍)으로 변했던 것과 같이 질병·능욕·빈곤 등 모든 재난은 즉시 행복으로 변한다.

바람은 세차고 파도는 밀려
용자(勇者)에게 힘과 권세와 신성(神性)을 준다.
풍랑 그 자체는 이런 것이 아닌데도.

—워즈워드의 〈Near Dovor〉에서 인용—

선인은 그 약점·결점에 의해서까지도 도움을 얻는다. 어떤 사람이건 그가 가진 자만(自慢)의 모가 그에게 해를 끼치지 않는 일이 없듯이, 누구나 그의 결점이 어딘가에서 그에게 도움이 되지 않는 일은 없다. 우화 속에 나오는 수사슴[1]은 제 뿔을 칭찬하고 제 발을 욕했는데, 사냥개가 왔을 때에는 그 발 때문에 살고 그 후에는 도리어 뿔이 가지에 걸려서 죽었다. 누구나 일생을 살면서 자기 결점을 감사해야 할 때가 있다.

누구나 그가 진리와 씨름한 후가 아니면 그것을 충분히 이해할 수 없는 것과 마찬가지로, 사람은 자기 단점으로 고생을 하고 나서 자기에게 없는 장점을 결국 이겨서 얻은 것을 깨달을 때까지는, 인간의 장점·단점을 완전히 파악할 수 없는 것이다. 그에게 사교생활에 적합치 않은 기질상의 결점이 있을 경우에는 어떠한가. 그는 그 덕분으로 혼자 자신을 즐기고 자조(自助)의 습관을 갖게 된다. 그리하여 상처입은 굴과 같이 그 껍질을 진주로 수선한다.

㈜

1. 〈이솝우화〉의 제66화.

우리의 힘은 우리의 약점에서 자란다. 분개는 보이지 않는 힘으로 무장하고서, 우리가 돌격을 당하고 찔리고 심한 공격을 받게 되면 비로소 눈을 뜬다. 위대한 사람은 항상 자진해서 소인(小人)이 되고자 한다. 안이(安易)와 편리의 방석에 앉아 있노라면 그도 저절로 잠이 든다. 충격을 받고는 고뇌하고, 패배할 때 그는 비로소 무엇인가 배울 기회를 포착한다. 그는 지혜를 얻고 용기를 얻고, 사실을 파악하고 자기의 무지를 깨닫고, 자만의 망상에서 깨고, 절제(節制)와 진정한 숙달을 획득한다.

현인(賢人)은 도리어 자기의 적의 손에 몸을 내던진다. 내 약점이 보이는 것은 적의 이익이라기보다는 자기의 이익이다. 적이 가한 상처는 나아서 딱지가 되어 죽은 표피처럼 떨어진다. 그리하여 적이 개가를 울릴 때쯤 되면 보라, 그는 이제 불사신(不死神)이 되어 있는 것이다. 비난이 칭찬보다 안전하다. 나는 신문지상에서 변호받는 것을 싫어한다. 나에 대한 말이 하나에서 열까지 모두 내게 불리한 동안에는 나는 성공에 대한 어떤 확신을 느낀다.

그러나 일단 꿀같이 달콤한 칭찬의 말이 내게 가해질 때에는, 즉시 나는 아무런 방비 없이 적전(敵前)에 나선 사람과 같은 느낌을 받는다. 대체로 어떠한 해악(害惡)도 우리가 거기에 굴하지 않는 한, 그 하나하나는 모두 은인(恩人)이다. 샌드위치도 섬〔島〕의 토인들은 자기들이 죽인 적의 힘과 용기가 자기들에게 옮아오는 것으로 믿는다. 그와 같이 우리는 우리가 저항하는 유혹으로부터 도리어 힘을 얻는다.

우리를 보호하여 재난과 결점과 적의 수중에 빠지지 않게 하는 수호자(守護者)는 우리의 의지 여하에 따라서 우리를 이기심과 기만적 태도에 빠지지 않도록 수호해 준다. 빗장과 철책이 우리의 최선의 제도라고 할 수는 없다. 상업상의 약삭빠른 이재가 또한 지혜의 표지는 아니다.

사람은 기만을 당할지도 모른다는 어리석은 미신에 사로잡혀 평생을 고생한다. 그러나 사람은 자신에게나 기만당했으면 당했지 결코 어떤 사람에게도 기만당할 수가 없다. 이것은 마치 어떤 물건이 동시에 존재하고 또 존재하지 않는다는 것이 있을 수 없는 것과 같다. 우리의 일체의 인간 교섭에는 말없는 제3자가 반드시 입회(立會)한다. 사물의 본질과 정수(精髓)는 모든 계약의 이행을 스스로 맡아 보증한다. 그러므로 정직한 노역(勞役)은 결코 손실로 끝나는 일이 없다.

제군이 노력을 바치는데도 주인이 고마움을 모르는 사람이라면 더욱더 충성을 다하라. 부채(負債)는 신에게 맡게 하라. 하나하나의 노역이 모두 보상될 것이다. 지불이 지체되면 될수록 제군에게는 더욱 좋다. 복리(複利)에 복리를 가산하는 것은 신인이 출납원(出納員)의 이율이고 관습이기 때문이다.

박해(迫害)의 역사는 자연을 기만하고 물을 거슬러 흐르게 하고, 모래로써 새끼를 꼬고자 노력한 역사이다. 그 연출자가 다수이건 한 사람이건, 즉 폭군이건 폭도(暴徒)이건 상관없다. 폭도란 의식적으로 이성을 버리고 이성의 작업을 방해하려는 무리들의 일단이다.

폭도는 자진해서 짐승의 본성으로 타락하는 인간이다. 그 활동의 호기(好機)는 밤이다. 그 행동은 그 전조직과 마찬가지로 정상적이 아니다.

폭도는 원리원칙을 박해하고, 정리(正理)에 매질하고, 이런 것을 소유하는 자들의 가산(家産)과 신체에 불지르고 폭행을 가함으로써, 정의에 송지(松脂)와 새털의 형(刑)[1]을 가하고자 하는 것이다. 이것은 마치 천체 위에 빛을 쏟는 서광(曙光)을 꺼보려고 소화기를 가지고 달음질치는 아이들의 장난과 흡사하다.

불가능의 영(靈)은 악을 행한 자에게 반드시 원한의 화살을 돌린다. 순교자(殉教者)가 능욕을 당하는 일은 없다. 그에게 가해진 하나하나의 매는 명예를 외치는 혀가 된다. 감옥은 한층 더 빛나는 궁전이 되고, 불에 태운 책이나 집은 모두가 세상에 광채를 던지고, 억압되고 말살된 언론은 세계의 구석구석에서 반영해 온다. 정상적으로 사물을 숙고하는 시간이 개인에게 오는 것과 마찬가지로 사회에도 온다. 그때가 되면, 진리는 인식되고, 순교자는 의(義)에 속한다.

주

1. 이것은 중세부터 행해져 온 일종의 私刑으로서 松脂를 끓여서 죄인의 몸에 바르고 그 위에 새털을 밀착케 하여 乞孔을 막아버리는 형이다.

이리하여 모든 것은 환경 사정에 무관심할 것을 고취(鼓吹)한다. 인간 즉 만사이다. 모든 사물에는 선과 악의 양면이 있다. 모든 편익(便益)에는 무거운 부담이 있다. 나는 이것을 배우고 스스로 만족한다. 그러나 보상의 이론(理論)이, 이러나저러나 별 차이 없다는 이론은 아니다. 소견 없는 사람은 이런 설(說)을 듣고서 말하리라—선행이 무슨 이익이 있느냐. 선악은 결국 매한가지 일이다. 어떤 이로운 일이 있으면 나는 거기에 대가를 지불해야 한다. 어떤 손실을 보면 달리 어떤 이익을 얻는다. 이러니 모든 행위는 이러나저러나 별 차가 없다고.

심령에는 보상보다 한층 심오한 사실 즉 심령 그 자체가 있다. 심령은 보상이 아니고 하나의 생명이다. 심령은 실재한다. 완전한 균형을 이루며 물이 빠졌다가 다시 차는 이 대해(大海)와 같은 현상세계의 파도 밑에, 참된 '존재'라는 본원적 심연이 가로놓여 있다. '본체(本體) 즉 신'은 상대가 아니고, 또한 부분이 아니고 전체이다. '존재'는 부정(否定)을 포함치 않는 광대무변의 긍정이고, 스스로 균형잡히고, 모든 관계와 부분과 시간을 그 자체에 포함한다.

자연·진리·덕, 모두가 여기에서 흘러나오는 물줄기다. 악은 이 '존재'를 결(缺)하고 거기에서 이탈한 것이다. 무(無)·'허위'는 큰 '밤'으로서, 즉 산 우주가 그 모습을 나타내기 위한 배경인 그림자로서 존재하는 수가 있겠지만, 아무런 사실도 거기에서 생겨나거나 활동할 수가 없다. 그것은 실재하지 않기 때문이다. 그것은 어떠한 선도 이루지 못하고 어떠한 악도 이루지 못한다. 그것이 해로운 것은 실재하느니보다 실재하지 않는 것이 한층 좋기 때문이다.

죄인은 완강하게 악에 집착하지만, 눈에 보이는 이 세계의 어디서고 위기에 봉착하거나 심판을 받는 일이 없기 때문에 우리는 악행에 당연히 내려져야 할 응보(應報)에 대하여 기만당한 감을 갖는다. 또한 인간이나 천사 앞에서 그의 부당한 언행을 철저히 논박할 기회도 없다. 그렇다면 악인은 결국 대법(大法)을 속여넘긴 것일까. 그러나 그가 악의와 허위를 몸에 지니는 한, 그만큼 그는 자연에서 이탈하여 생명을 잃는 것이다. 무슨 방법으로든지 그 악은 또한 오성 앞에 표명될 것이고, 우리가 그것을 인식치 못한다 하더라도 이 악의 치명적 결손은 영원의 총결산에서 공제될 것이다.

반면, 정직의 이득은 어떤 손실을 지불해야 얻을 수 있다고 말할 수는 없다. 덕(德)에 대해서는 아무런 벌이 없고, 지(智)에 대해서도 아무런 벌이 없다. 덕이나 지는 실재의 당연한 부수물이다. 나는 유덕(有德)한 행위에서 정당히 실재하고 유덕한 행위에서 세상에다 무엇인가를 보탠다.

'혼돈'과 '무(無)'를 정복한 후에 남은 사막에, 나는 나무를 심고 어둠이 서서히 지평선 가로 물러가는 것을 본다. 사람에는 과도(過度)가 없고, 지식에도 그것이 없고, 미(美)에도 그것이 없다. 이러한 속성이 지극히 순수한 의미에서 해석되는 한 과도란 있을 수 없다. 심령은 제한을 용서치 않고, 언제나 '낙천주의'를 주창할 뿐 결코 '염세주의'를 말하지 않는다.

인간의 생명은 하나의 진보이다. 정돈(停頓)이 아니다. 그 본능은 '많이'라든지 '적게'라는 말을 사람에 관하여 사용하는데, 그것은 심령이 존재하는 정도 여하를 가리키는 것이지, 그 결여한 정도를 말하는 것은 아니다. 즉 용감한 사람은 비겁한 사람보다 한층 위대한 것이고, 진실한 사람, 자비로운 사람, 현명한 사람은 우인(愚人)이나 무뢰한보다 한층 많은 인간성을 가진 것이지 적게 가진 것은 아니다.

미덕상(美德上)의 이득에는 아무런 과세(課稅)도 없다. 그것은 신(神) 자신, 즉 비교를 초월한 절대적 존재의 수입이기 때문이다. 물질상의 이득에는 과세가 있다. 그것은 아무 공도 노력도 없이 얻어졌다면 나에겐 아무런 근거가 없는 것이니, 다음에 바람이 불어오면 날아가고 마는 것이다. 그러나 모든 자연의 이득은 심령의 이득이다. 자연의 정당한 화폐로써 대가를 지불하면, 즉 심장과 두뇌가 주는 노력으로써 대가를 치르면 그것을 소유할 수 있다.

나는 이제 내가 벌지 않은 이득이 굴러떨어지기를 바라지는 않는다. 예를 들면 땅에 묻힌 황금 단지를 얻겠다는 생각은 안한다. 필경 새로운 부담이 거기에 따르리라는 것을 알기 때문이다. 나는 이 이상의 외형적 이득을 바라지 않는다—재산도 명예도, 권력도 인물도. 이득은 실속 없는 것이고, 과세는 어디까지나 확실하다. 그러나 보상의 이치는 엄연히 존재한다는 지식, 보물를 파내는 것은 바랄 것이 못 된다는 지식 등에는 과세가 없다.

나는 이런 심경으로 청명한 영원의 평화를 즐긴다. 나는 가능한 재해(災害)의 영역을 축소한다. 이리하여 나는 성(聖) 버나드[1]의 지혜를 배운다—즉 "나 자신 이외의 아무것도 내게 해를 가하지 않는다. 내가 받는 해는 내가 지니고 있는 것이고 나는 내 자신의 과실에 의해서가 아니면 진정한 피해자는 아니다"라고 한 말을.

주

1. 프랑스의 유명한 고승(1019~1153).

심령의 본질 속에 경우에 따라서 불공평에 대한 보상이 있다. 자연의 근본적 비극은 다(多)와 소(少)의 구별, 바로 그것인 것 같다. '적은' 자가 어찌 고통을 느끼지 않을 수 있겠는가. '많은' 자에 대해서 어찌 분격이나 악의를 품지 않을 수 있겠는가. 재능이 적은 사람들을 보라. 누구나 언짢은 생각을 하는데, 그렇지만 그 재능을 어떻게 할 것인지를 모른다. 누구나 거의 그의 시선을 피한다. 그들이 신을 원망하지나 않나 두려워한다.

그들은 어떻게 해야 할 것인가. 이것이야말로 대단한 불공평이라 생각된다.

그러나 좀더 사실을 가까이 살펴보면 이런 엄청난 불공평은 사라진다. 사랑은 태양이 바다의 빙산(氷山)을 용해하듯이 이런 불공평을 해소시킨다. 만인의 심정과 정신은 본래 동일하기 때문에 이러한 '네것', '내것'의 비극은 없어진다. 그의 것은 결국 내것이다. 내가 곧 내 형제이고 내 형제가 곧 나이다. 만일 내가 위대한 이웃 사람의 그늘에 묻혀 그에게 뒤졌다는 느낌을 갖더라도, 역시 나는 사랑할 수가 있고, 역시 나는 받아들일 수가 있다. 따라서 사랑할 수 있는 사람은 그 사랑하는 위대한 것을 자기 소유로 한다.

이리하여 나는 마음의 사실을 발견한다. 즉 내 형제는 가장 친절한 마음으로써 나를 위하여 일하는 나의 보호자이고, 내가 그처럼 우러러보고 부러워했던 그 지위는 바로 내것이라고. 심령의 본성은 만물을 사용(私用)에 충당하는 데 있다. 예수도 셰익스피어도 이 심령의 단편(斷片)이어서, 우리는 사랑으로써 그들을 극복하고 그것을 자기의 의식의 영역 내에 병합한다. 예수의 덕, 그것이 바로 내것이 아닌가. 셰익스피어의 지(智), 그것이 내것으로 될 수 없는 한, 그것은 지라 할 수 없다.

자연에서의 재해의 역사 또한 그러하다. 때때로 인간의 번영을 파괴하는 변화는 성장을 법칙으로 하는 자연의 광고이다. 모든 심령은 그 본질적인 필요에 못 이겨,

그 사물의 전조직(全組織), 그 동료·집·법칙·신앙을 내버리려고 하는 것이다. 마치 조개와 같이 이젠 그 발달에 적합하지 않기 때문에 아름다운, 그러나 딱딱한 껍질로부터 기어나와 점차 새 집을 형성하는 것이다.

그 사람 개인의 기력(氣力) 여하에 따라서 이러한 혁명은 빈번하고, 한층 복된 사람의 경우에는 그것이 부단히 계기(繼起)한다. 그리하여 이세상의 모든 관계는 거의 그 사람을 속박함이 없이, 말하자면 일종 유동체의 투명한 엷은 막(膜)으로 되어 있기 때문에, 살아있는 모습이 거기에 들여다보이고, 결코 대부분의 사람의 경우처럼 많은 세월의 이종잡다(異種雜多)한, 하등 일정의 특성 없는 조직 속에 유폐되지 않는다.

이리하여 거기에 발전 확장이 있는 것이고, 오늘의 인간은 어제의 인간을 거의 인식하기 어렵다. 시간의 흐름 속에서 인간의 표면적 전기(傳記)는 마땅히 이러해야 할 것이다. 즉, 그가 매일 옷을 갈아입듯이, 하루하루 생명없는 환경은 벗어버려야 한다. 그러나 우리는 항상 정돈 상태에서 나아감이 없이 서서 쉬고, 신의 섭리인 발전에 협력하지 않고 도리어 저항하기 때문에, 이런 성장은 돌연한 대충격(大衝擊)이 되어 닥쳐오는 것이다.

우리는 우리의 친구들과 헤어질 수가 없다. 우리는 우리를 수호하는 천사들을 떠나가게 할 수는 없다. 그들이 떠나는 것은 다만 대천사(大天使)가 내려왔기 때문인 것을 모른다. 우리는 옛것을 우상적으로 숭배한다. 우리는 심령의 풍부함 본래의 영생(永生)과 편재(偏在)를 믿지 않는다.

우리는 오늘이라는 그 속에, 아름다운 어제와 맞서고 그것을 재현할 만한 힘이 있음을 믿지 않는다. 우리는 일찍이 우리들의 먹을 것이 있고, 집이 있고, 기구(機具)가 있었던 옛 막사(幕舍)의 폐허에 연연히 머뭇거리며, 심령이 다시 우리를 먹여주고, 우리를 가려주고, 우리를 고무해 줄 수 있으리라는 것을 믿지 않는다. 우리는 그렇게 다정하고 그렇게 유쾌하고, 그렇게 고운 것을 다시는 얻지 못할 것으로 생각한다.

그래서 앉아서 헛되이 눈물만 흘릴 뿐이다. 전능(全能)한 신은 말한다—"일어나서, 언제까지나 앞으로 나아가라"고. 우리는 그 폐허에 머무를 수는 없다. 또한 새 것에만 의존하려고도 하지 않는다. 그래서 우리는 뒤만 쳐다보는 저 요마(妖魔)와 같이 언제까지나 눈을 뒤로 돌리고 걸을 뿐이다.

그러나 재난의 보상은 또한 오랜 시일이 경과한 후 인간의 이해력에도 뚜렷이 알려진다. 질병・상해(傷害), 잔혹한 실망, 재산의 손실, 우인(友人)의 사별(死別) 등이 그때에는 보상되지 않는, 그리고 보상될 수 없는 손실로 생각된다. 그러나 어김없는 세월은 모든 사실의 밑바닥에 깔린 깊은 구제(救濟)의 힘을 드러내 보인다. 친한 친구・처・형제・애인의 죽음은 다만 상실로만 생각되지만 얼마만큼 시간이 경과하면, 그것은 자기의 안내자나 수호신(守護神)의 모습으로 나타난다.

그것은 이러한 재화(災禍)가 흔히 우리의 생활 양상에 혁명으로 작용하여 바야흐로 끝나려고 하고, 유년 혹은 청년기에 종지부를 찍고, 종래의 직업·가정·생활방식 등을 버리고, 인격의 발전에 한층 편리한 새로운 것을 형성하게 하기 때문이다. 그것은 새로운 지기(知己)를 만들고, 다음에 닥쳐오는 세월에 가장 긴요한 새로운 세력을 받아들이도록 내버려두거나, 불연(不然)이면 그것을 강요한다.

이리하여 담은 쓰러지고, 정원사가 돌보지 않아서 멀리 뿌리를 뻗을 여지도 없고, 머리 위로는 지나친 햇볕을 받으며, 그저 일광(日光) 잘 받는 정원꽃이 될뿐 한 남녀가 도리어 숲속의 보리수가 되어 널리 세상사람들에게 그늘과 과일을 제공하게 되는 것이다.

옮긴이 약력

동국대학교 문리과 대학 학장 역임

저 서
≪20세기의 영미 시의 이해≫
≪20세기의 영미 시의 형성≫

역 서
≪T.S. 엘리어트 선집≫
≪T.S. 엘리어트 문학론≫
≪20세기 시선(詩選)≫ 기타 다수

에머슨 수상록 〈서문문고 095〉

개정판 발행 / 1996년 5월 5일
개정판 2쇄 / 2009년 6월 30일
지은이 / 에 머 슨
옮긴이 / 이 창 배
펴낸이 / 최 석 로
펴낸곳 / 서 문 당
주소 / 서울시 마포구 성산동 54-18호
전화 / 322—4916~8 팩스 / 322—9154
창업일자 / 1968. 12. 24
등록일자 / 2001. 1. 10
등록번호 / 제10-2093
SeoMoonDang Publishing Co. 2001

ISBN 89-7243-295-4 ※ 잘못된 책은 바꾸어 드립니다